um caso de

Hercule Poirot

Publicado originalmente em 1953

AGATHA CHRISTIE
DEPOIS DO FUNERAL

· TRADUÇÃO DE ·
Érico Assis

Rio de Janeiro, 2024

Copyright © 1953 Agatha Christie Limited. All rights reserved.
Copyright de tradução © 2023 Casa dos Livros Editora LTDA. Todos os direitos reservados.
Copyright da apresentação © Sophie Hannah 2014
Título original: *After the Funeral*

AGATHA CHRISTIE, POIROT and the AC Monogram Logo are registered trademarks of Agatha Christie Limited in the UK and/or elsewhere. All rights reserved.

Todos os direitos desta publicação são reservados à Casa dos Livros Editora LTDA. Nenhuma parte desta obra pode ser apropriada e estocada em sistema de banco de dados ou processo similar, em qualquer forma ou meio, seja eletrônico, de fotocópia, gravação etc., sem a permissão do detentor do copyright.

Diretora editorial: *Raquel Cozer*

Gerente editorial: *Alice Mello*

Editora: *Lara Berruezo*

Editoras assistentes: *Anna Clara Gonçalves e Camila Carneiro*

Assistência editorial: *Yasmin Montebello*

Copidesque: *Luíza Amelio*

Revisão: *Suelen Lopes*

Design gráfico de capa e miolo: *Túlio Cerquize*

Imagem de capa: *TurboSquid | Flawlessnormals*

Diagramação: *Abreu's System*

Dados Internacionais de Catalogação na Publicação (CIP)
(Câmara Brasileira do Livro, SP, Brasil)

Christie, Agatha, 1890-1976
  Depois do funeral / Agatha Christie ; tradução Érico Assis. --
1. ed. -- Rio de Janeiro : HarperCollins Brasil, 2023.

  Tradução original: After the Funeral
  ISBN 978-65-5511-513-0

  1. Ficção policial e de mistério (Literatura inglesa) I. Título.

23-145849   CDD: 823.0872

Índices para catálogo sistemático:
1. Ficção policial e de mistério : Literatura inglesa 823.0872

Aline Graziele Benitez - Bibliotecária - CRB-1/3129

Os pontos de vista desta obra são de responsabilidade de seu autor, não refletindo necessariamente a posição da HarperCollins Brasil, da HarperCollins Publishers ou de sua equipe editorial.

HarperCollins Brasil é uma marca licenciada à Casa dos Livros Editora LTDA.
Todos os direitos reservados à Casa dos Livros Editora LTDA.
Rua da Quitanda, 86, sala 601A – Centro
Rio de Janeiro, RJ – CEP 20091-005
Tel.: (21) 3175-1030
www.harpercollins.com.br

PARA JAMES
Em recordação de dias felizes em Abney

Depois do funeral

Uma apresentação

Por Sophie Hannah

No levantamento realizado em novembro de 2013 pela Crime Writers' Association para comemorar o sexagésimo aniversário da organização, Agatha Christie foi eleita "Melhor Autora de Todos os Tempos". Sinceramente, outro resultado, qualquer que fosse, seria uma piada. Os livros de Christie já venderam mais de 2 bilhões de exemplares em 109 idiomas (provavelmente mais). Sua peça *A Ratoeira* encanta plateias no West End, em Londres, há mais de 60 anos. Creio que seria justo dizer que nenhuma outra romancista do gênero policial chegou perto de se equiparar a tais realizações. Da minha parte, como autora de suspenses psicológicos, Agatha Christie é e sempre será o padrão de excelência, uma inspiração para toda a vida, cujas histórias, sempre tão criativas, demonstram exatamente o como-se-faz. Foi Christie que fez com que eu me apaixonasse por mistérios aos 12 anos de idade. Quando releio sua obra hoje, aos 42, ainda percebo como ela desperta meu entusiasmo e minha perplexidade intelectual como ninguém.

Na categoria "Melhor Livro de Todos os Tempos" do mesmo levantamento, Christie venceu de novo com a obra que muitos de seus fãs consideram a melhor: *O assassinato de Roger Ackroyd*. De fato, é um vencedor digno pela ousadia que traz na solução do crime. É interessante que os livros mais famosos de Christie costumam ser os das grandes sacadas, os das soluções quase impossíveis, mas ainda assim plausíveis, e que tiram nosso fôlego: *O assassinato de Roger Ackroyd, E não sobrou nenhum, Assassinato no Expresso do Oriente*. É fácil entender o porquê. Ao conceber estas histórias, Christie providenciou exatamente aquilo que os leitores queriam: a melhor trama possível, a que tinha mais chances de provocar suspiros de choque e assombro quando se revela a solução tão genial.

Sempre sensata, Christie nunca deu a mínima para as perguntas chatas do estilo "Ora, mas quais são as chances de isso acontecer?". Enquanto uma solução pudesse acontecer na teoria — enquanto nenhuma lei da ciência a impossibilitasse — ela a considerava devidamente plausível e, portanto, aceitável para a literatura. Suspeito que ela não teria a menor simpatia pelos leitores contemporâneos que insistem em não entender a palavra "plausível" e a utilizam como sinônimo de "lugar-comum", "banal" ou "aconteceu com uma pessoa que eu conheço".

Digo "leitores contemporâneos" porque acho que nossas expectativas em relação à literatura já são outras. Enquanto Christie era viva e escrevia, tenho a impressão de que a maioria dos leitores de literatura policial compartilhava da sua filosofia: "Acima de tudo, conte a história mais empolgante que você conseguir". Hoje, contudo, se dá mais valor ao que muitos insistem em chamar de "plausibilidade", o que na verdade é uma falta preocupante de imaginação própria em busca de restringir a imaginação alheia. Muitos, por exemplo, sentem desconfortos com Hercule Poirot, o detetive superinteligente que sempre chega à resposta certa e repetidas vezes se prova um homem de gênio excepcional. Por nunca ter conhecido gênios excepcionais e, por conseguinte, considerá-los impossíveis, há quem diga: "Isso não é realista; não daria para o detetive ser de uma competência mais comum? Quem sabe ele resolve o caso com… ah, sei lá, de repente ele bota as digitais num banco de dados e descobre tudo?".

Vamos considerar, só por um segundo, que a existência de detetives brilhantes e infalíveis como Poirot e Miss Marple não fosse algo possível no mundo real. Se eles não fossem possíveis, não seria ainda mais importante que fossem inventados? Usar a ficção como uma maneira de engrandecer a vida, de deixá-la maior, melhor, mais interessante e — o crucial — mais satisfatória? É óbvio que precisamos de Hercule Poirot! Não é exatamente a função da literatura nos oferecer o que a vida não pode, e ao mesmo tempo nos iluminar quanto ao mundo real? Se esse é o caso, isto é exatamente o que Agatha Christie faz. Seus livros são recheados de sabedoria, e experiência, e perspicácia psicológica. Ela sabia que, por vezes, a melhor maneira de trazer à luz uma verdade do mundo era enquadrá-la de uma forma tão incomum que chegava a causar espanto — usando uma trama estrambólica, inesquecível, que chamasse a atenção.

Christie, contudo, não só contava grandes histórias. Seu gênio de fato estava em, assim que bolava a trama, transmiti-la com prazer palpável e alegria irrepreensível. Quando você lê um livro de Agatha Christie, tem a forte sensação, do início ao fim, do quanto ela está empolgada com as pistas que espalhou pelo caminho, com tudo que você pode interpretar errado ou simplesmente ignorar. Você sente a presença dela por trás do texto, rindo e pensando: "He he he! Você nunca vai chegar lá antes de mim! Eu fui mais esperta que você! Mais uma vez!".

A paixão tangível de Christie pela narrativa não é sua única característica como autora da literatura policial. Ela também consegue combinar a luz e as trevas sem que uma prejudique a outra, de um jeito que outros escritores não dão conta. As histórias de Christie não são nem um pouco cômodas nem fofas, mesmo quando o são os vilarejos onde elas se passam; Christie entende de perversidade, de crueldade e dos pontos fracos e perigosos do ser humano. Ela sabe de tudo a respeito de mentes distorcidas, de rancores que nunca arrefecem, da carência que leva à agonia; em cada um de seus livros, é a familiaridade com os recônditos mais sinistros da psique humana que sustenta a narrativa. Ao mesmo tempo, a superfície de suas histórias tem algo de divertido, de leve, de acolhedor, um quebra-cabeça que faz o leitor dizer: "Ah, gostei desse desafio!". O lado sinistro da obra de Christie nunca supera o lado que faz você se sentir bem. Ler um livro de Agatha Christie é, acima de tudo, uma enorme diversão.

Em setembro de 2013, fui contratada pelo espólio, família e editores de Agatha Christie para escrever um romance inédito de Hercule Poirot para festejar a longevidade do personagem. Enquanto estávamos divulgando a novidade, fui convidada a escolher meu livro predileto com Poirot. Era uma pergunta complicada. Eu tinha certeza de que meu livro preferido com Miss Marple era *Um crime adormecido*. Esse era fácil! Mas, no caso de Poirot, eu não sabia dizer. Tenho uma queda por *Assassinato no Expresso do Oriente* porque acredito que seja a melhor combinação de mistério e solução de toda a literatura detetivesca. Contudo, quando pensei nas histórias de Poirot como livros encorpados e não apenas como estruturas de trama, decidi que *Depois do funeral* era meu preferido.

Depois do funeral tem uma trama brilhante, pistas plantadas com meticulosidade, um cerne habitado por uma família problemática e memorável, e uma solução criativa, de fato. Mas também tem uma coisa que eu estimo demais: a motivação intransferível. Poirot nunca cansa de dizer a Hastings que motivação é o elemento mais importante do crime. Eu concordo. Uma motivação intransferível é aquela coisa que nenhum outro assassino, em nenhum outro livro policial, já teve ou virá a ter. Uma motivação que é singular a esta personagem em específico nesta situação fictícia em específico. Com uma motivação intransferível, idealmente o leitor deveria pensar: "Bom, embora eu pudesse considerar cometer assassinato por esse motivo, entendo perfeitamente por que este personagem cometeu. Faz todo sentido, por conta da combinação singular de sua personalidade e sua aflição". Neste quesito, *Depois do funeral* funciona maravilhosamente bem. Ele também tem outra jogada muito esperta no que diz respeito à motivação — ele propõe uma motivação de duas camadas, que funciona da seguinte forma: "X cometeu o(s) assassinato(s) pelo motivo Y. Ah, mas por que X tinha a motivação Y? Pelo motivo Z".

Estou sendo enigmática de propósito, porque não quero entregar as surpresas maravilhosas deste livro. Só quero dizer uma coisa: leia! Leia agora!

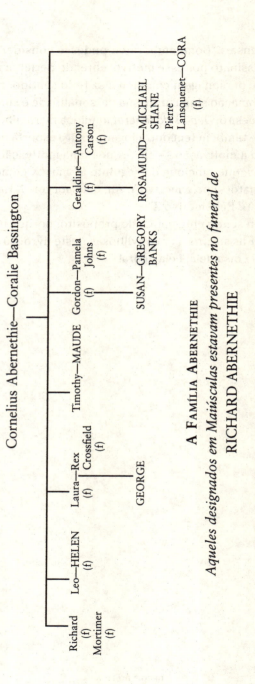

Capítulo 1

O velho Lanscombe andava trôpego, de quarto em quarto, abrindo as persianas. Uma vez ou outra, seus olhos com cataratas espiavam pelas janelas. Em breve eles estariam de volta do funeral. Ele começou a arrastar os pés com um pouco mais de pressa. Eram janelas demais.

A Mansão Enderby era uma enorme construção vitoriana de estilo gótico. As cortinas de todos os aposentos eram de brocado rico e esmaecido, ou de veludo. Algumas paredes ainda eram forradas de seda desbotada. Na sala de estar verde, o velho mordomo ergueu o olhar ao quadro sobre a cornija, o retrato do velho Cornelius Abernethie, para quem a Mansão Enderby havia sido construída. A barba castanha de Cornelius se destacava e sua mão repousava sobre um globo terrestre. Se havia sido por desejo do modelo ou por extravagância simbólica da parte do artista, ninguém sabia dizer.

O velho Lanscombe sempre considerara o patriarca um cavalheiro de expressão vigorosa e ficava contente por nunca tê-lo conhecido em pessoa. Mr. Richard é que havia sido seu cavalheiro. Um ótimo patrão, Mr. Richard. E que partira de maneira repentina, sim, muito abrupta, embora estivesse há algum tempo sob atenção médica. Bom, a verdade é que o patrão nunca havia se recuperado do choque da morte do jovem Mr. Mortimer. O velho mordomo balançou a cabeça enquanto entrava pela porta que dava no *boudoir* branco. Que horror, que catástrofe. Um rapaz tão moço, honrado, belo, tão forte e saudável. Nunca diriam que lhe acometeria algo do tipo. Uma lástima, uma lástima de fato. Sem falar em Mr. Gordon, morto na guerra. Um acontecimento após o outro. Era como as coisas andavam. A soma havia sido demais para o patrão. Ainda assim, ele estava com boa aparência uma semana atrás.

A terceira persiana do *boudoir* recusava-se a subir. Subia até certo ponto e travava. O problema eram as molas, que estavam fracas. Eram muito velhas essas persianas, assim como tudo na mansão. Hoje em dia essas coisas já não tinham conserto. Diriam que elas são muito antiquadas, sacudindo a cabeça de jeito apalermado, sentindo-se os superiores. Como se as coisas antigas não fossem muito melhores que as novas! *Isso* era o que Lanscombe lhes diria! E mequetrefe, isso é que era esse material novo. Desmanchava-se na mão. Não só o material era de má qualidade, a instalação tampouco. Ah, mas ele lhes diria isso *mesmo*.

Lanscombe não teria como fazer nada a respeito das persianas se não buscasse a escadinha. Nos últimos tempos ele não gostava de subir ali, pois ficava um pouquinho tonto. Bom, por ora ele deixaria a persiana como estava. Não fazia diferença, já que o *boudoir* não dava para a frente da casa, onde seria visto enquanto os carros voltassem do funeral. Hoje em dia, o aposento nem era mais usado. Era uma saleta das damas, e há muito tempo não se via uma dama em Enderby. Era uma pena que Mr. Mortimer não tivesse se casado. Ele estava sempre pescando na Noruega, caçando na Escócia e praticando os esportes do inverno na Suíça em vez de se acomodar com uma senhora e ter crianças correndo pela mansão. Fazia muito tempo que não se via uma criança naquela casa.

A mente de Lanscombe alcançou uma época que se destacava com clareza. Era muito mais nítida do que os últimos vinte anos, que estavam todos embaçados, confusos. Ele não conseguia se lembrar de quem havia ido e vindo, nem das aparências. Mas ele conseguia lembrar muito bem dos velhos tempos.

Mr. Richard, sim, havia sido praticamente um pai para os irmãos e irmãs mais novos. Tinha 24 anos quando o pai de fato faleceu, e debruçou-se sobre os negócios. Saía de casa todo dia, pontual como um relógio, e mantinha a mansão ativa e opulenta tal como tinha que ser. Uma casa muito feliz, com todas as daminhas e senhorezinhos a crescer. Havia disputas e rixas vez ou outra, é claro, e as governantas tinham bastante trabalho! Criaturas vis, as governantas. Lanscombe sempre as detestou. As daminhas eram muito espirituosas. Miss Geraldine, especialmente. Miss Cora também, embora fosse muito mais nova. Agora, Mr. Leo havia falecido e Miss Laura também se fora. E o pobre Mr. Timothy, debilitado, uma tristeza. Miss Geraldine, que morreu no exterior, não se sabe onde. Mr. Gordon, morto na guerra. Embora fosse o mais velho, Mr. Richard se mostrou o mais forte de todos. Viveu mais do que os outros. Quase todos, pois Mr. Timothy ainda era vivo, assim como a pequena Miss Cora, que havia se casado com o artista, aquele sujeito desagradável. Fazia 25 anos desde que Lanscombe a vira pela última vez. Era uma mocinha linda quando partiu com o sujeito. Hoje, naquele dia, ele mal a reconhecera, tão crescida, tão corpulenta... e de trajes tão *artesanais*! O marido era francês, ou quase francês. Nunca se esperaria nada de bom no casamento com um *deles*! Mas Miss Cora sempre fora um tanto... *simplória,* como diriam se ela morasse em um vilarejo. Sempre há alguém assim na família.

Ela lembrou dele. "Mas, ora, é Lanscombe!", disse ela, com uma cara tão contente ao revê-lo. Ah, como eram afeiçoados por ele nos velhos tempos. Quando havia um jantar para convidados, as crianças vinham à despensa e ele lhes dava gelatina e pavê assim que as sobremesas voltavam da mesa de jantar. Todos conheciam o velho Lanscombe. Hoje, mal havia quem lembrasse. Só a turma mais jovem, de quem ele nunca tinha total clareza e que o via apenas como um mordomo que fazia parte da casa há muito tempo. "Um bando de estranhos", pensou ele, quando chegaram do funeral. "E um bando maltrapilho, ainda por cima!"

Exceto por Mrs. Leo. Ela era diferente. Ela e Mr. Leo vinham a Mansão Enderby uma vez ou outra desde que Mr. Leo se casara. Era uma senhora agradável, Mrs. Leo — uma dama *de verdade*. Que vestia roupas decentes, que arrumava o cabelo, que aparentava aquilo que era. O patrão sempre fora afeiçoado por Mrs. Leo. Uma pena que ela e Mr. Leo nunca tiveram filhos...

Lanscombe aprumou-se. O que estava fazendo ali, parado, devaneando com os velhos tempos, quando havia tanto serviço? As persianas do térreo já estavam abertas e ele havia mandado Janet subir para abrir os quartos. Ele, Janet e a cozinheira haviam ido ao velório na igreja, mas em vez de seguir até o crematório haviam voltado à mansão para abrir as persianas e preparar o almoço. Um almoço de frios, é claro, pois assim teria que ser. Presunto, frango, língua, salada. Com suflê de limão gelado e torta de maçã logo após. Primeiro, uma sopa quente. Era bom ele conferir se Marjorie já havia aprontado a sopa, pois era certo que eles chegariam em questão de minutos.

Lanscombe disparou no seu trote arrastado pelo aposento. Seu olhar, abstraído e apático, passou pelo retrato sobre a lareira — o que fazia companhia ao da sala verde. Era uma bela pintura de cetim branco e pérolas. O ser humano que elas envolviam e no qual se penduravam não era tão marcante. Feições dóceis, a boca como um botão de rosa, o cabelo partido no meio. Uma mulher tão modesta quanto singela. O único aspecto digno de nota em Mrs. Cornelius Abernethie era seu nome: Coralie.

Mais de 60 anos depois de sua fundação, a Emplastros Coral e a Coral Preparos para os Pés ainda tinham sua potência. Se havia algo de tão magnífico nos Emplastros Coral, ninguém sabia dizer. O que se sabia é que eles tinham apreço entre os gostos do público. Foi sobre os alicerces da Emplastros Coral que se havia erguido este palácio neogótico, seus hectares e mais hectares de jardins, e o dinheiro que havia rendido um estipêndio a sete filhos e filhas e que possibilitara a Richard Abernethie falecer, três dias atrás, um homem muito rico.

II

Chegando à cozinha com palavras de reprimenda, Lanscombe recebeu uma resposta ríspida de Marjorie, a cozinheira. Marjorie era nova, tinha apenas 27 anos, e era motivo de irritação constante para Lanscombe por ser tão afastada da concepção que ele tinha do que uma cozinheira deveria ser. Ela não demonstrava a dignidade nem a devida estima pelo cargo do mordomo. Com frequência ela chamava a casa de "velho mausoléu" e reclamava da metragem imensa de cozinha, copa e despensa, dizendo que "levava um dia para fazer toda a ronda". Ela estava há dois anos em Enderby e só continuava lá porque, em primeiro lugar, o ordenado era muito bom e, em segundo, porque Mr. Abernethie gostava muito do que ela cozinhava. Marjorie, de fato, cozinhava muito bem. Janet, que estava à mesa da cozinha, recompondo-se com uma xícara de chá, era uma empregada idosa que, embora gostasse das disputas ácidas e frequentes com Lanscombe, ainda assim costumava aliar-se a ele contra a geração mais moça que Marjorie representava. A quarta pessoa na cozinha era Mrs. Jacks, cuja "chegada" aconteceu para dar assistência onde houvesse necessidade, e que muito havia apreciado o funeral.

· DEPOIS DO FUNERAL ·   **17**

— Lindo, foi lindo — disse ela, dando uma fungada decorosa enquanto reabastecia sua xícara. — Dezenove carros, a igreja lotada e o cônego, a meu ver, fez ótima condução da missa. Também foi um belo dia para a ocasião. Ah, meu pobre Mr. Abernethie. Não sobraram muitos que nem o senhor nesse mundo. Era respeitado por todos.

Ouviu-se o som de uma buzina e o barulho de um carro chegando na entrada. Mrs. Jacks soltou sua xícara e exclamou:

— Chegaram!

Marjorie aumentou o gás sob a grande panela de frango ensopado. O enorme forno a lenha, dos tempos de magnificência vitoriana, mantinha-se frio e ocioso, como um altar ao passado.

Os carros chegaram um após o outro e as pessoas que saíam usavam trajes escuros. Vinham andando com certa indecisão, saguão adentro e rumo à grande sala de estar verde. Chamas crepitavam na imensa grade de aço da lareira, em tributo aos primeiros dias de outono e calculadas para contrapor o frio adicional de ficar parado em um funeral.

Lanscombe entrou na sala oferecendo copos de xerez em uma bandeja de prata.

Mr. Entwhistle, sócio sênior do antigo e respeitado escritório Bollard, Entwhistle, Entwhistle e Bollard, estava de costas para a lareira, aquecendo-se. Ele aceitou um copo de xerez enquanto analisava os convivas com seu olhar de advogado arguto. Nem todos lhe eram conhecidos pessoalmente e ele tinha, por assim dizer, uma necessidade de fazer classificações. As apresentações antes da saída para o funeral haviam sido apressadas e mecânicas.

Analisando primeiro o velho Lanscombe, Mr. Entwhistle pensou: "Como é trêmulo, o pobre senhor... Beirando os 90, se não estou enganado. Bom, a pensãozinha lhe será agradável. *Ele* não tem com o que se preocupar. Uma figura fiel. Hoje em dia não se encontra esta prestação de serviço à moda antiga. Secretárias do lar e babás, Deus nos ajude! Que mundo triste.

Pode-se dizer que é bem apropriado que o pobre Richard não tenha durado mais. Ele não tinha muito pelo que viver".

Para Mr. Entwhistle, que tinha 72 anos, a morte de Richard Abernethie aos 68 era definitivamente a de um homem que morreu antes do seu tempo. Mr. Entwhistle havia se aposentado das principais atividades da firma há dois anos, mas, como executor do testamento de Richard Abernethie e em respeito a um de seus clientes mais antigos, também seu amigo, havia se disposto a fazer a viagem ao Norte. Refletindo quanto às cláusulas do testamento, ele analisou a família em sua mente.

Mrs. Leo, Helen: esta ele conhecia bem, é claro. Era uma mulher muito charmosa, pela qual ele tinha tanto apreço quanto respeito. Os olhos do advogado pousaram sobre ela com aprovação enquanto estava perto de uma das janelas. Preto lhe caía bem. Ela também havia conservado a silhueta. Ele gostava de seus traços bem-marcados, dos fios de cabelo grisalhos que lhe saltavam das têmporas e de seus olhos, que já haviam sido comparados a centáureas e continuavam vividamente azuis.

Com que idade estaria Helen? Por volta dos 51 ou 52, supôs Mr. Entwhistle. Era estranho que ela não houvesse se casado de novo após a morte de Leo. Uma mulher tão atraente. Bom, um sempre fora muito devoto ao outro.

Seus olhos dirigiram-se a Mrs. Timothy. Ele nunca a conhecera direito. Preto não lhe caía bem; seu traje adequado era o tweed rural. Uma mulher grande, sensata, com aparência de competente, e que sempre fora a dedicada esposa de Timothy. Cuidava da saúde dele, estava sempre à sua volta... mimava-o, provavelmente. Qual era a doença de Timothy, afinal? Apenas hipocondria, suspeitava Mr. Entwhistle. Richard Abernethie suspeitava o mesmo. "Era fraco dos pulmões quando era menino", ele havia dito. "Mas, Deus me bendiga: acho que ele não tem mais nada." Ah, por fim, todos precisavam de um hobby. O de Timothy era a própria saúde, que tomava todo o seu tempo. Mrs. Tim havia sido ludibriada? Provavelmente não. Mas mulheres nunca admitiam esse tipo de coisa. Timothy devia estar muito bem de vida. Ele nunca fora gastador. Contudo, o dinheiro extra não seria de todo mal — não com esses impostos do jeito que andavam. Ele provavelmente havia tido de apertar o cinto desde a Guerra.

Mr. Entwhistle transferiu sua atenção a George Crossfield, filho de Laura. Um camarada muito suspeito, esse com quem Laura havia casado. Ninguém sabia muito a seu respeito. Dizia-se corretor de ações. George trabalhava em um escritório de advocacia, mas era uma firma de baixa reputação. Era um jovem de boa aparência, mas tinha algo de escorregadio. Não devia ter muito dinheiro guardado. Laura sempre fora absolutamente imbecil nos investimentos e não havia deixado quase nada quando faleceu, cinco anos antes. Fora uma moça romântica, bonita, mas sem noção para o dinheiro.

Os olhos de Mr. Entwhistle deixaram George Crossfield e seguiram adiante. Qual das duas moças seria aquela? Ah, sim: era Rosamund, filha de Geraldine, conferindo as flores de cera na mesa de malaquita. Linda moça; belíssima, aliás, embora com uma expressão de boba. Era dos palcos. Companhias de teatro ou algum desses disparates. Ainda por cima, havia se casado com um ator. Um camarada boa pinta. "E que *sabe* que é", pensou Mr. Entwhistle, que tinha preconceitos contra o palco como profissão. "Queria saber de *onde* que ele saiu."

Ele lançou um olhar de reprovação para Michael Shane, com seus cabelos claros e o charme fatigado.

Já Susan, filha de Gordon, se daria muito melhor no palco do que Rosamund. Tinha mais personalidade. Um pouco demais para a vida cotidiana, quem sabe. Ela estava pertíssimo dele e Mr. Entwhistle tentava analisá-la de forma velada. Cabelos escuros; olhos cor de mel, quase dourados; uma boca atraente, zangada. Ao seu lado, o marido com quem havia acabado de se casar. Era assistente de farmacêutico, até onde ele sabia. Ora, um balconista de farmácia! Segundo o credo de Mr. Entwhistle, meninas não se casavam com moços que atendiam atrás do balcão. Mas, hoje em dia, como se percebe, casavam-se com *qualquer um*! O moço, que tinha rosto pálido genérico e cabelos cor de areia, parecia extremamente constrangido. Mr. Entwhistle ficou questionando-se quanto ao porquê, mas, caridosamente, decidiu que tinha a ver com o esforço de conhecer tantos parentes da esposa.

Ao fim de seu levantamento, Mr. Entwhistle chegou a Cora Lansquenet. Havia certa justiça nisso, pois Cora indubitavelmente havia sido temporã. Irmã mais moça de Richard, ela havia nascido quando a mãe tinha passado dos 50 e a meiga senhora não sobrevivera à décima gravidez (três crianças haviam falecido ainda bebês). Pobre Cora! Havia passado a vida como a vergonha da casa. Cresceu, ficou alta e desajeitada, dada a fazer comentários que era melhor não ter feito. Todos os irmãos e irmãs mais velhos haviam sido carinhosos com Cora, pagando os pecados por suas inadequações e dando cobertura a seus deslizes sociais. Nunca ocorrera a qualquer um deles que Cora viria a se casar. Nunca fora uma menina atraente e suas investidas escancaradas normalmente levavam os moços a retrair-se com certo pavor. E então, refletiu Mr. Entwhistle, se dera o caso Lansquenet: Pierre Lansquenet, de ascendência metade francesa, que ela havia conhecido na faculdade de Artes, onde vinha tendo lições comportadas sobre pintura de flores em aquarelas. De algum modo ela havia entrado na aula de Modelo Vivo, onde conheceu Lansquenet, e então voltou para casa proclamando suas intenções de casamento. Richard Abernethie batera o pé. Ele não havia gostado do que viu em Pierre Lansquenet e suspeitava que o jovem só estivesse atrás de uma esposa rica. Enquanto fazia os devidos levantamentos sobre os antecedentes de Lansquenet, Cora fugiu com o sujeito e, de um lance só, casaram-se. Os dois haviam passado a maior parte do matrimônio na Bretanha e na Cornualha, assim como em outros refúgios comuns a pintores. Lansquenet era um pintor muito ruim e, segundo relatos de muitos, não era uma pessoa muito agradável. Cora, porém, seguia devota e nunca perdoara a família pela postura que tinham com ele. Richard havia sido generoso em deixar um estipêndio à irmã e era disso, acreditava Mr. Entwhistle, que o casal vivia. Ele duvidava que Lansquenet tivesse ganhado algum dinheiro em toda a vida. Devia ter morrido há uns doze anos, quem sabe mais, calculou Mr. Entwhistle. E aqui estava sua esposa, de silhueta um tanto encorpada e usando um vestido preto delgado com colares de azeviche, de volta ao lar de sua meninice, andando e tocando nas coisas, exclamando de alegria quando recordava uma memória de infância. Ela demonstrou pouquíssimo pesar pela morte do irmão. Mas Cora, de fato, refletiu Mr. Entwhistle, nunca havia sido de fingimentos.

Ao voltar à sala, Lanscombe falou em tom brando e adequado à ocasião:

— O almoço está servido.

Capítulo 2

Depois da deliciosa canja e de frios acompanhados por um excelente Chablis, a atmosfera de funeral se alumiou. Ninguém sentia luto profundo pela morte de Richard Abernethie, já que nenhum ali tivera laços de intimidade com o homem. A postura de todos havia sido devidamente decorosa e contida (com exceção da desinibida Cora, que evidenciava seu gosto pela ocasião), mas já se tinha a sensação de que a compostura fora observada e que se podia retomar a conversa normal. Mr. Entwhistle incentivou esta postura. Ele tinha experiência com funerais e sabia exatamente como dar o devido andamento funéreo.

Após o fim da refeição, Lanscombe apontou a biblioteca para o café. Era o talento que ele tinha para as sutilezas. Havia chegado o momento de discutir negócios — em outras palavras, o testamento. A biblioteca tinha a atmosfera adequada, com suas estantes e cortinas pesadas de veludo vermelho. Ele serviu café para todos e retirou-se, fechando a porta ao sair.

Depois de alguns comentários desordenados, todos começaram a arriscar olhares para Mr. Entwhistle. Ele respondeu prontamente após conferir o relógio de pulso.

— Tenho que pegar o trem das 15h30 — principiou ele.

Outros, aparentemente, também precisavam pegar o mesmo trem.

— Como sabem — disse Mr. Entwhistle —, sou o executor do testamento de Ricard Abernethie...

Ele foi interrompido.

— *Eu* não sabia — respondeu Cora Lansquenet, com voz vivaz. — É mesmo? Ele deixou alguma coisa para mim?

Não foi a primeira vez que Mr. Entwhistle pensou que Cora sempre estava a postos para falar quando não lhe cabia a palavra.

Voltando-lhe um olhar de censura, ele prosseguiu:

— Até um ano atrás, o testamento de Richard Abernethie era muito simples. Afora certas legações, ele deixava tudo para o filho Mortimer.

— Pobre Mortimer — disse Cora. — Eu acho essa paralisia infantil uma coisa *terrível*.

— O falecimento de Mortimer, que se deu de forma tão repentina e tão trágica, pesou fundo em Richard. Ele levou meses para se recompor. Eu lhe sugeri que seria salutar compor novas definições legatárias.

Maude Abernethie perguntou com a voz grave:

— E se ele *não* tivesse feito um novo testamento? Iria... iria tudo para Timothy, como parente mais próximo?

Mr. Entwhistle abriu a boca para dissertar sobre o tema do parentesco, pensou melhor e falou em tom encrespado:

— Sob minha orientação, Richard decidiu fazer um novo testamento. Em primeiro lugar, contudo, ele decidiu conhecer melhor a geração mais moça.

— Passamos por um período de teste — comentou Susan, com uma risada repentina e forte. — Primeiro George, depois Greg e eu, depois Rosamund e Michael.

Gregory Banks, com o rosto fino e corado, falou enfaticamente:

— Não acho que você deveria ver por esse lado, Susan. Ora, período de teste?

— Mas é o que foi, não é, Mr. Entwhistle?

— Ele deixou alguma coisa *para mim*? — repetiu Cora.

Mr. Entwhistle tossiu e falou em tom gélido:

— Minha proposta é enviar cópias do testamento a todos. Posso lê-lo por inteiro neste momento, mas as fórmulas jurídicas podem soar-lhes um tanto obscuras. Para ser breve, resume-se ao seguinte: passadas certas dotações menores e uma legação substancial para a pensão de Lanscombe, o grosso dos bens, que são consideráveis, será dividido em seis quinhões de mesmo montante. Após o pagamento das obrigações, quatro destes quinhões irão para Timothy, irmão de Richard; para seu sobrinho George Crossfield; para a sobrinha Susan Banks e para a sobrinha Rosamund Shane. As outras duas partes ficarão aplicadas e o rendimento deve ser outorgado a Mrs. Helen Abernethie, viúva de seu irmão Leo; e à irmã, Mrs. Cora Lansquenet, enquanto vivas. Após o falecimento de ambas, o capital será dividido entre os outros quatro beneficiários ou seus descendentes.

— *Muito* bom! — disse Cora Lansquenet, com apreciação.

— Um rendimento! De quanto?

— Eu... hum... não sei dizer com exatidão no momento. Evidentemente os impostos sobre a herança serão pesados e...

— Não pode nem me dar uma ideia?

Mr. Entwhistle percebeu que Cora precisava ser aplacada.

— Possivelmente algo entre 3 e 4 mil por ano.

— Que maravilha! — exclamou Cora. — Eu vou poder visitar Capri.

Helen Abernethie pronunciou-se com uma fala suave:

— Quanta generosidade e gentileza da parte de Richard. Sou muito grata pela afeição que teve por mim.

— Ele tinha grande afeição pela senhora — disse Mr. Entwhistle. — Leo era o seu irmão preferido e as visitas que a senhora lhe fez após o falecimento dele sempre foram muito estimadas.

Helen falou, lamentosa:

— Queria ter percebido o quanto ele estava doente. Vim visitá-lo não muito antes de morrer, mas, embora soubesse que ele *estava* doente, não achei que fosse sério.

— Sempre foi sério — respondeu Mr. Entwhistle. — Mas ele não queria que fosse comentado e creio que ninguém esperasse que o fim viesse tão veloz quanto veio. Sei que o médico ficou bastante surpreso.

— "Repentino na residência" — disse Cora, sacudindo a cabeça. — Foi o que saiu no jornal. Me deixou pensativa, sabe?

— Foi um choque para todos — comentou Maude Abernethie. — Pobre Timothy, ficou muito chateado. Ele não parava de dizer como foi inesperado. "Tão *inesperado*."

— Mas foi bem acobertado, não foi? — disse Cora.

Todos olharam para ela, que pareceu um pouco envergonhada.

— Acho que vocês têm razão — acrescentou ela, apressada. — *Toda* razão. É que... não ia ajudar em nada. Vir a público, no caso. Muito desagradável. Deveria ficar só entre a família mesmo.

Os rostos virados para ela ficaram ainda mais em choque.

Mr. Entwhistle curvou-se para a frente.

— Creio que não entendi ao que se refere, Cora.

Cora Lansquenet olhou para sua família com surpresa e olhos arregalados. Ela pendeu a cabeça de lado, como se fosse um passarinho.

— Mas ele *foi* assassinado, não foi?

Capítulo 3

A caminho de Londres, no canto de um vagão de primeira classe, Mr. Entwhistle entregou-se a raciocínios um tanto incômodos em relação ao comentário extraordinário de Cora Lansquenet. Era evidente que Cora era uma mulher desequilibrada e estúpida, e que, ainda menina, já se percebia o modo vergonhoso como ela deixava escapar verdades indesejadas. Aliás, ele não quis dizer *verdades*. A palavra era *extremamente* errada para a situação. Afirmações *descabidas*: esse termo era bem melhor. Sua memória retornou aos acontecimentos que se seguiram àquele comentário infeliz. Os olhares assustados e de reprovação haviam dado a Cora uma noção da enormidade do que tinha dito.

Maude havia exclamado: "*Ora,* Cora!". George dissera: "Minha querida tia Cora". Outra pessoa dissera: "*Do que* você está falando?".

E Cora Lansquenet, envergonhada, condenada pela enormidade, imediatamente verteu enunciações destrambelhadas.

— Ah, me desculpem... eu não queria... ah, sim, que imbecilidade da minha parte... mas eu não achei que... pelo que ele havia dito... Ah, é claro que eu sei que é normal, mas foi uma morte tão *abrupta*... por favor, esqueçam tudo que eu falei... não quis ser tão tola... Eu sei que eu sempre digo o que não devia.

Então, o transtorno momentâneo se desfez e teve início a discussão pragmática em torno da distribuição dos objetos de uso pessoal de Richard Abernethie. A casa e tudo que ela continha, complementou Mr. Entwhistle, seriam postos à venda.

A gafe de Cora já estava esquecida. Afinal, Cora sempre fora, se não abaixo da média, no mínimo de uma ingenuidade vergonhosa. Ela nunca tinha ideia do que devia ou não devia ser dito. Aos 19 anos, isso não tinha importância. Os maneirismos de uma *enfant terrible* podem durar até lá. Mas uma *enfant terrible* de quase 50 é, sem sombra de dúvida, perturbadora. Deixar escapar verdades indesejáveis...

A linha de pensamento de Mr. Entwhistle sofreu uma parada abrupta. Era a segunda vez que aquela palavra incômoda lhe ocorria. *Verdades.* E por que era tão incômoda? Porque sempre estivera no cerne da vergonha que os comentários desembaraçados de Cora provocavam. Suas afirmações ingênuas causavam vergonha justamente porque eram verdade ou porque continham uma nesga da verdade!

Embora fossem poucas as semelhanças que Mr. Entwhistle conseguia ver entre a moça desajeitada dos velhos tempos e aquela mulher roliça em seus 49 anos, certos maneirismos haviam se mantido. A leve inclinação da cabeça, tal como um passarinho, quando ela lançava um comentário particularmente ultrajante. Um quê de expectativa e satisfação. O modo como ela havia comentado, certa vez, a silhueta da ajudante de cozinha. "Mollie mal consegue chegar perto da mesa de tanta barriga. Isso tem o quê? Um, dois meses? *Por que* ela anda tão gorda?"

Cora foi silenciada rapidamente. A Mansão Abernethie seguia o tom vitoriano. A ajudante de cozinha desapareceu da propriedade no dia seguinte e, depois da devida investigação, o auxiliar do jardineiro recebeu ordens para fazer dela mulher honesta e, para cumpri-las, ganhou um chalé.

Memórias distantes... Mas que faziam certo sentido...

Mr. Entwhistle explorou sua inquietação em maior detalhe. O que haveria nos comentários ridículos de Cora que se sustentara para provocar seu subconsciente desta maneira? Ele imediatamente isolou duas frases: "Pelo que ele havia dito..." e "foi uma morte tão abrupta...".

Mr. Entwhistle analisou o último comentário primeiro. Sim, em certo sentido, a morte de Richard poderia ser considerada abrupta. Mr. Entwhistle havia discutido a saúde de Richard tanto com o próprio quanto com o médico de seu cliente. O médico havia sugerido com toda clareza que não se esperava uma vida longa. Se Mr. Abernethie tomasse conta de si e fosse cuidadoso, talvez vivesse mais dois ou três anos. Quem sabe mais... mas era improvável. De qualquer modo, o médico não havia previsto um colapso em futuro próximo.

Bom, o médico estava errado. Mas os próprios médicos seriam os primeiros a admitir que não tinham como ter certeza da reação particular de um paciente a cada doença. Casos sem volta de repente se recuperavam. Pacientes a caminho da alta sofriam um relapso e morriam. Muito dependia da vitalidade do paciente. E da vontade de viver.

E Richard Abernethie, embora fosse um homem forte e vigoroso, não tivera muito incentivo para a vida.

Seis meses antes, seu único filho vivo, Mortimer, fora vítima de paralisia infantil e falecera em questão de semanas. Sua morte fora um choque, incrementada em muito pelo fato de que ele fora um jovem particularmente forte e cheio de vida. Ávido por esportes, ele também era bom atleta e era dessas pessoas de quem se dizia que nunca passou um dia doente. Ele estava prestes a noivar com uma moça encantadora e as esperanças de seu pai quanto ao futuro estavam centradas no filho amado e sua absoluta correspondência às expectativas.

· DEPOIS DO FUNERAL ·

29

Em vez disso, uma tragédia se abatera. Além da sensação de perda, o futuro pouco tinha para estimular o interesse de Richard Abernethie. Um filho havia morrido na infância, o segundo sem deixar descendentes. Não tinha netos. Aliás, não havia ninguém de nome Abernethie depois de Richard. Ele detinha uma enorme fortuna, com amplos investimentos em negócios, e que até certo ponto ele ainda controlava. Quem seria o sucessor desta fortuna e ficaria no controle das empresas?

Entwhistle sabia que isto preocupava bastante Richard. Seu único irmão vivo estava muito debilitado. Restava a geração mais jovem. Embora seu amigo não houvesse dito com todas as letras, passava pela mente de Richard, pensou o advogado, escolher um sucessor-mor definitivo, mesmo que ele ainda devesse fazer legações menores. De qualquer modo, como sabia Entwhistle, nos últimos seis meses Richard Abernethie havia convidado para visitas, nesta ordem: seu sobrinho George; sua sobrinha Susan e o marido; sua sobrinha Rosamund e o marido; e sua cunhada, Mrs. Leo Abernethie. Era entre os três primeiros, assim pensava o advogado, que Abernethie havia procurado seu sucessor. Helen Abernethie, cogitou ele, havia sido convidada por afeição pessoal e quem sabe até como uma pessoa a ser consultada, pois Richard sempre tivera alta estima pelo bom senso e pelo pragmatismo de Helen. Mr. Entwhistle também lembrava que, em algum momento dos últimos seis meses, Richard havia feito uma rápida visita ao irmão, Timothy.

O resultado havia sido o testamento que o advogado carregava na sua maleta naquele exato momento. Uma distribuição igualitária dos bens. A única conclusão que se podia tirar, portanto, era de que ele ficara decepcionado tanto com seu sobrinho como com suas sobrinhas, ou talvez com os maridos das sobrinhas.

Até onde Mr. Entwhistle sabia, ele não havia convidado sua irmã, Cora Lansquenet, para uma visita — e isto fez o advogado voltar à primeira frase incômoda e incoerente que Cora havia deixado escapar: "Mas eu não achei que... pelo que ele havia *dito*...".

O que Richard Abernethie teria dito? E quando dissera? Se Cora não havia estado em Enderby, Richard Abernethie devia tê-la visitado no vilarejo de artistas em Berkshire, onde ela tinha um chalé. Ou seria algo que Richard disse em uma carta?

Mr. Entwhistle franziu a testa. Cora era uma mulher muito estúpida. Ela poderia ter interpretado uma frase erroneamente, distorcido seu sentido. Mas ele se perguntou qual frase poderia ter sido...

O advogado estava bastante inquieto, a ponto de pensar na possibilidade de abordar Mrs. Lansquenet quanto ao assunto. Mas não com tanta pressa. Melhor que não parecesse tão importante. O caso é que ele *gostaria* de saber o que Richard Abernethie havia dito que levou Cora a levantar a voz tão depressa, com aquela pergunta ultrajante:

"Mas ele foi assassinado, não foi?"

II

No vagão de terceira classe, mais à frente no mesmo trem, Gregory Banks comentava com a esposa:

— Essa sua tia deve ser totalmente doida!

— Tia Cora? — Susan estava absorta. — Ah, sim. Sempre foi muito simplória, ou fazia o tipo.

George Crossfield, de frente para ela, falou com rispidez:

— Não deviam deixar ela dizer esse tipo de coisa. As pessoas podem ficar com ideias erradas.

Rosamund Shane, preocupada em delinear o arco da boca com o batom, falou, distraída:

— Não creio que alguém vá prestar atenção ao que uma coitada como aquela diz. As roupas mais esquisitas, aquele exagero de preto...

— Bom, eu acho que deviam contê-la — disse George.

— Está bem, querido. — Rosamund riu, deixando de lado seu batom e contemplando sua imagem no espelho, satisfeita. — Você que a detenha.

O marido falou de repente:

— Eu acho que George está certo. É assim que as pessoas começam a cochichar.

— E faria diferença? — ponderou Rosamund quanto à própria pergunta. O arco da boca ergueu-se nos cantos para formar um sorriso. — Pode ser divertido.

— Divertido? — disseram quatro vozes.

— Ter um assassinato na família — respondeu Rosamund. — Emocionante, sabem?

Ocorreu ao nervoso e infeliz jovem Gregory Banks que a prima de Susan, apesar de seu exterior atraente, pudesse ter alguns pontos de semelhança com tia Cora. As palavras que ela disse a seguir confirmaram sua impressão.

— Se ele foi assassinado — disse Rosamund —, quem você acha que foi?

Seu olhar passeou pelo vagão, pensativo.

— A morte dele foi extremamente conveniente para todos nós — prosseguiu ela, ainda pensativa. — Michael e eu estávamos na bancarrota. Mick recebeu uma proposta muito boa de um papel no teatro de Sandbourne, mas só se puder esperar. Agora ficaremos nas nuvens. Temos como financiar nossa própria peça, se assim quisermos. Aliás, tem uma com um papel maravilhoso...

Ninguém deu ouvidos à dissertação arrebatada de Rosamund. A atenção dos demais estava voltada para o futuro imediato.

"Foi por um triz", pensou George. "Agora eu posso repor aquela grana e ninguém vai perceber... Mas passou perto mesmo."

Gregory fechou os olhos enquanto se recostava no assento. Finalmente ia fugir das obrigações.

Susan disse com a voz clara e áspera:

— É claro que eu sinto muitíssimo pelo pobre e velho tio Richard. Só que ele era *muito* velho, aí Mortimer faleceu, e ele não tinha mais pelo que viver e seria horrível se ele ficasse, ano vai e ano vem, cada vez mais debilitado. Foi *muito* melhor ele bater as botas de uma hora para outra, do jeito que foi, sem alardes.

Seu olhar intenso e confiante se abrandou enquanto assistia ao rosto absorto do marido. Ela venerava Greg. Ela tinha a leve sensação de que Greg lhe dava menos atenção do que ela a ele... mas isto só reforçava a paixão que ela sentia. Greg era dela e, por ele, ela faria qualquer coisa. Qualquer coisa...

III

Maude Abernethie, trocando de vestido para a hora do jantar em Enderby (pois ia passar a noite na mansão), pensou consigo se devia ter se oferecido para ficar mais dias e ajudar Helen com a triagem e limpeza da casa. Havia todos os pertences de Richard... Podia haver cartas... Ela supôs que todos os documentos importantes já estavam em posse de Mr. Entwhistle. E ela precisava muito voltar para o lado de Timothy, assim que possível. Ele ficava aflito quando ela não estava lá para cuidar dele. Maude esperava que ele fosse ficar feliz quanto ao testamento, que se chateasse. Ela sabia que o marido esperava que a maior parte da fortuna de Richard viesse para *ele*. Afinal, ele era o único remanescente dos Abernethie. Richard poderia ter confiado *nele* para cuidar da geração mais jovem. Sim, ela temia que Timothy *fosse* ficar chateado... E ficar assim lhe atacava o estômago. Além disso, quando estava chateado, Timothy ficava bastante insensato. Havia momentos em que parecia que ele perdia a noção de proporção... Ela se perguntou se deveria tratar do assunto com Dr. Barton. Aqueles soporíficos... Timothy vinha tomando demais. Ele ficava muito irritado quando Maude tentava lhe tirar o frasco. Mas Dr. Barton havia dito que podiam fazer mal. A pessoa podia ficar sonolenta, esquecer que já tinha tomado... e tomar mais. Aí, poderia acontecer de tudo! Não havia tantos no frasco quanto devia ter... Timothy era muito travesso com os remédios. Ele não lhe dava ouvidos... Às vezes ele era muito complicado.

Ela deu um suspiro... E depois se avivou. Agora as coisas ficariam mais fáceis. O jardim, por exemplo...

IV

Helen Abernethie estava sentada perto da lareira na sala verde, esperando Maude descer para o jantar.

Ela olhou ao seu entorno, recordando os velhos tempos com Leo e os demais naquela sala. Era uma casa alegre. Mas uma casa assim precisava de *gente*. Precisava de crianças, de criados, de grandes jantares e de lareiras crepitando no inverno. E fora uma casa triste enquanto nela só habitava um idoso que havia perdido o filho...

"Quem compraria a mansão?", ela se perguntou. Seria transformada em um hotel? Um instituto? Quem sabe um daqueles albergues para jovens? Era o que acontecia hoje em dia com essas casas gigantes. Ninguém comprava para morar. Quem sabe seria derrubada e todo o terreno, ocupado.

Ela ficava triste de pensar naquilo, mas afastou a tristeza com decisão. Não fazia bem a ninguém insistir no passado. Esta casa, os dias contentes ali, Richard e Leo: tudo havia sido muito bom, mas tinha acabado. Ela tinha seus interesses... Agora, com a renda que Richard havia lhe deixado, ela poderia manter a *villa* no Chipre e fazer tudo que havia planejado.

Como ela andava preocupada com dinheiro... com os impostos... os investimentos que deram errado... Agora, graças ao dinheiro de Richard, tudo estava resolvido.

Pobre Richard. Morrer dormindo havia sido uma bênção... *De repente, no dia 22...* ela imaginou que havia sido aquilo que botara ideias na cabeça de Cora. Ela era uma escandalosa! Sempre fora. Helen lembrou de encontrá-la uma vez no exterior, pouco depois de ela casar-se com Pierre Lansquenet. Naquele dia ela estava especialmente boba e pretensiosa, com aqueles meneios da cabeça, com afirmações dogmáticas sobre pintura, especialmente sobre os quadros do marido, coisa que ele mesmo devia achar desagradável. Nenhum homem gostaria de uma mulher que se passasse por tão tola. E Cora era um tola! Ah, enfim, coitada. Ela não tinha o que fazer e aquele marido não a tratava direito.

O olhar de Helen caiu distraidamente sobre um buquê de flores de cera que ficava sobre uma mesinha redonda de malaquita. Cora estava sentada ao lado dela enquanto estavam todos esperando a saída para a igreja. Ela ficara cheia de reminiscências, identificando alegremente diversas coisas e ficou tão contente de voltar a seu antigo lar que perdeu toda a noção do motivo pelo qual haviam se reunido.

"Mas quem sabe", pensou Helen, "ela tenha apenas sido menos hipócrita do que todos nós..."

Cora nunca fora de atender às convenções. Já se via no modo como ela havia desatado a pergunta: "Mas ele *foi* assassinado, não foi?".

Os rostos ao redor, chocados, sobressaltados, todos olhando para ela! Uma variedade de expressões deve ter aparecido naqueles rostos...

E, de repente, ao ver a imagem na sua mente com toda clareza, Helen franziu a testa... Havia algo de errado com a imagem...

Algo...?

Alguém...?

Seria a expressão no rosto de alguém? Seria isso? Algo que... como ela diria... não devia estar lá...?

Ela não sabia... ela não conseguia situar... mas havia algo... em algum lugar... *errado*.

V

Enquanto isso, na cafeteria de Swindon, uma senhora em trajes de luto e colares de azeviche comia pão doce e tomava chá, empolgada com o futuro. Ela não tinha qualquer premonição de desastre. Estava contente.

Como eram cansativas estas viagens para atravessar o país. Seria mais fácil voltar a Lytchett St. Mary via Londres — e não sairia tão caro. Ah, mas custos haviam deixado de ter importância. Além disso, ela teria que viajar com a família. Provavelmente teria que passar o tempo todo conversando. Muito empenho.

Não, era melhor atravessar o país. Como estavam gostosos os pães doces. É anormal o quanto um funeral dá fome. A sopa em Enderby estava deliciosa... assim como o suflê gelado.

Como as pessoas eram presunçosas. E hipócritas! As caras que fizeram quando ela falou do assassinato! O jeito como olharam para ela!

Bom, tinha dito a coisa certa. Ela assentiu com a cabeça, aprovando a si mesma. Sim, tinha sido a decisão correta.

Ela ergueu os olhos para o relógio. Cinco minutos para o trem sair. Bebeu seu chá. Não estava bom. Fechou a cara. Por alguns instantes, ficou devaneando. Sonhando com o futuro que se descortinava à sua frente... Sorria como uma criança contente.

Ela finalmente ia aproveitar a vida... Partiu na direção da linha do trem ocupada com seus planos...

Capítulo 4

Mr. Entwhistle teve uma noite inquieta. Estava tão cansado e tão indisposto pela manhã que não saiu da cama.

Sua irmã, que cuidava da casa, trouxe o desjejum em uma bandeja e explicou o quanto ele estava errado em ter se enfiado no norte do país com aquela idade e com aquela saúde.

Mr. Entwhistle contentou-se em dizer que Richard Abernethie havia sido um velho amigo.

— Funerais! — disse a irmã, com profunda reprovação. — Funerais são absolutamente fatais para um homem da sua idade! Se não se cuidar, você vai ter uma morte tão abrupta quanto o seu querido Mr. Abernethie.

A palavra "abrupta" fez Mr. Entwhistle estremecer. Também o deixou em silêncio. Ele não discutiu.

De repente, entendeu o que o fez se encolher com a palavra *abrupto*.

Cora Lansquenet! O que ela havia sugerido era impossível, tinha que ser. De qualquer maneira, ele gostaria de descobrir exatamente por que ela havia sugerido o que sugeriu. Sim, ele iria até Lytchett St. Mary para conversar. Podia fingir que tinha a ver com negócios ligados ao inventário, que precisava de uma assinatura de Mrs. Lansquenet. Não havia por que fazê-la pensar que ele havia dado atenção ao comentário tolo. Mas ele iria até lá para conversarem — e iria em breve.

Ele terminou o desjejum e recostou-se nos travesseiros para ler o *Times*. Mr. Entwhistle sentia-se acalentado com o jornal.

Era por volta de 17h45 quando seu telefone tocou. Ele atendeu. A voz do outro lado da linha era de Mr. James Parrott, segundo na sociedade da Bollard, Entwhistle, Entwhistle e Bollard.

— Veja só, Entwhistle — disse Mr. Parrott. — Acabei de receber uma ligação da polícia de uma cidadezinha chamada Lytchett St. Mary.

— Lytchett St. Mary?

— Sim. Parece que... — Mr. Parrott fez uma pausa. Parecia acanhado. — Tem a ver com uma senhorinha... Cora Lansquenet. Não era uma das herdeiras de Abernethie?

— Sim, sim, claro. Eu a encontrei ontem no funeral.

— Ah, é? Ela foi ao funeral, é?

— Sim. O que há?

— Bom... — Mr. Parrott soou pesaroso. — Ela... veja só que *inesperado...* Ela foi... *assassinada.*

Mr. Parrott disse a última palavra com depreciação total. Sugeria que não era o tipo de palavra que devia significar algo para a firma de Bollard, Entwhistle, Entwhistle e Bollard.

— *Assassinada?*

— Sim... sim... sinto informar. Bom, não há dúvida de que foi.

— Como a polícia chegou a nós?

— A acompanhante, ou governanta, ou o que quer que seja dela... Miss Gilchrist. A polícia perguntou o nome do parente mais próximo ou do representante legal. E esta Miss Gilchrist parecia em dúvida quanto a parentes e endereços, mas sabia de nós. Então nos procuraram imediatamente.

— Por que acham que ela foi assassinada? — Quis saber Mr. Entwhistle.

Mr. Parrott soou pesaroso mais uma vez.

· DEPOIS DO FUNERAL ·   **39**

— Bom, parece que *disso* não há dúvida... Foi com um machado ou algo do gênero... um crime dos violentos.

— Latrocínio?

— É o que se acredita. Há uma janela quebrada, deram falta de algumas bugigangas, tem gavetas fora do lugar e tudo mais. Mas parece que a polícia considerou a cena, digamos, um tanto fajuta.

— Que horas aconteceu?

— Em algum momento entre catorze e 16h30 desta tarde.

— Onde estava a governanta?

— Tinha ido trocar livros da biblioteca em Reading. Ela voltou por volta das dezessete e encontrou Mrs. Lansquenet morta. A polícia quer saber se temos alguma ideia de quem poderia tê-la agredido. Eu disse que achava improvável fazermos suposições — A voz de Mr. Parrott saiu indignada.

— Sim, é claro.

— *Deve* ter sido algum louco da cidade... que achou que havia algo para roubar, aí perdeu a cabeça e a atacou. Deve ter sido isso... não acha, Entwhistle?

— Sim, sim... — respondeu Mr. Entwhistle, absorto.

"Parrott tinha razão", dizia ele a si. "Era o que devia ter acontecido..."

Mas ele estava incomodado, ouvindo a voz vivaz de Cora a lhe dizer: "Ele foi assassinado, não foi?".

Cora, aquela tola. Sempre fora assim. Sempre se metendo onde não devia... Soltando as verdades indesejadas...

As verdades!

De novo, aquela maldita palavra...

II

Mr. Entwhistle e o Inspetor Morton se olharam, se avaliando.

À sua maneira ordeira e exata, Mr. Entwhistle havia deixado todas as informações relevantes a respeito de Cora

Lansquenet à disposição do inspetor. Sua educação, seu casamento, sua viuvez, sua situação financeira, seus parentes.

— Mr. Timothy Abernethie é seu único irmão vivo e o parente mais próximo. Mas ele é recluso e debilitado, é praticamente incapaz de sair de casa. Ele me capacitou a agir em seu nome e fazer todas as disposições necessárias.

O inspetor assentiu. Era um alívio ter este advogado velho e arguto com quem lidar. No mais, ele torcia para que o advogado pudesse lhe dar alguma assistência para resolver o que começava a parecer um problema dos mais enigmáticos. Ele disse:

— Soube por Miss Gilchrist que Mrs. Lansquenet esteve no norte, no funeral de um irmão mais velho, na véspera de seu falecimento.

— É verdade, inspetor. Eu também estava lá.

— Não havia nada de incomum na conduta da senhora? Nada de estranho? Ou de apreensivo?

Mr. Entwhistle ergueu as sobrancelhas com uma surpresa simulada.

— É normal ver algo de estranho no comportamento de uma pessoa que está prestes a ser assassinada? — perguntou ele.

O inspetor deu um sorriso pesaroso.

— Não estou achando que ela era "predestinada" ou que teve uma premonição. Não, estou apenas à procura de algo... bom, algo que fuja do ordinário.

— Não sei se entendi o senhor, inspetor — disse Mr. Entwhistle.

— Não é um caso de entendimento fácil, Mr. Entwhistle. Digamos que alguém tenha observado esta Miss Gilchrist sair de casa por volta das catorze horas, andar pelo vilarejo e chegar ao ponto de ônibus. Esta pessoa, então, propositalmente pega o machado que estava no lenheiro, quebra a janela da cozinha, entra na casa, sobe a escada e ataca

Mrs. Lansquenet. Golpeia com crueldade. Foram seis ou oito machadadas. — Mr. Entwhistle encolheu-se. — Sim, um crime brutal. Então o intruso desarruma algumas gavetas, apanha uns berloques... que valem umas dez libras, se isso... e dá no pé.

— Ela estava na cama?

— Sim. Parece que chegou tarde da viagem na noite anterior, exausta, mas muito animada. Ela havia ganhado uma herança, se bem entendi?

— Sim.

— Ela dormiu muito mal e acordou com uma dor de cabeça horrível. Tomou várias xícaras de chá, depois um barbitúrico para a cabeça, depois disse a Miss Gilchrist para não ser chamada até a hora do almoço. Ainda não se sentia melhor e decidiu tomar dois comprimidos para dormir. Então mandou Miss Gilchrist ir a Reading de ônibus, para trocar livros da biblioteca. Ela estava muito sonolenta, se é que já não havia adormecido, quando o homem invadiu. Ele podia ter levado o que queria com ameaças, ou poderia tê-la amordaçado. O machado, que ele provavelmente trouxe consigo, me parece excessivo.

— Talvez ele só tivesse intenção de ameaçá-la — sugeriu Mr. Entwhistle. — Se ela reagiu...

— Segundo a perícia médica, não há evidência de que ela tenha reagido. Parece que tudo mostra que ela estava deitada de lado, dormindo em paz, quando foi golpeada.

Mr. Entwhistle revirou-se na cadeira, inquieto.

— Às vezes se ouve falar destes assassinatos brutais e sem sentido — ressaltou.

— Ah, sim, sim, é provavelmente o que se descobrirá. Emitimos um alerta nas ruas, é claro, para qualquer figura suspeita. Não há ninguém da cidade envolvido, disso temos certeza. Os moradores já estão fora de consideração. Naquele horário, a maioria das pessoas está no trabalho.

É claro, o chalé dela fica numa alameda afastada do vilarejo em si. Qualquer um poderia chegar lá sem ser visto. Há um labirinto de vias ao redor de todo o vilarejo. Era uma manhã bonita e faz alguns dias que não chove, então não há marcas de pneu a se fiar, caso a pessoa tenha vindo de carro.

— O senhor diria que a pessoa chegou de carro? — perguntou Mr. Entwhistle, direto.

O inspetor encolheu os ombros.

— Não sei. Estou dizendo apenas que há características curiosas no caso. Estas, por exemplo... — Ele arrastou um punhado de objetos pela mesa. Um broche em forma de trevo com uma perolazinha, um conjunto de broches com ametistas, um pequeno colar de pérolas e um bracelete de granada.

— São as coisas que foram tiradas da caixa de joias da senhora. Foram encontradas do lado de fora da casa, enfiadas em uma moita.

— Sim... sim, *bastante* curioso. Talvez o agressor tenha se assustado com o que fez...

— É verdade. Mas, se fosse o caso, ele teria deixado tudo no quarto dela... Claro, ele pode ter sido acometido pelo pânico entre o quarto e o portão.

Mr. Entwhistle falou baixinho:

— Ou, como o senhor sugere, estes objetos podem ter sido levados apenas com o fim de despistar.

— Sim, são várias possibilidades... Pode ter sido a tal Gilchrist. Duas mulheres morando sozinhas... nunca se sabe que rusgas ou ressentimentos ou aborrecimentos podem surgir. Também estamos levando esta possibilidade em consideração. Mas não parece muito provável. Até onde sabemos, elas estavam em situação deveras amistosa. — Ele fez uma pausa antes de prosseguir. — Segundo o senhor, ninguém teria a ganhar com a morte de Mrs. Lansquenet?

O advogado se remexeu, inquieto.

— Não foi o que eu disse.

O Inspetor Morton lhe dirigiu um olhar afiado.

— Achei que o senhor tinha dito que a fonte de renda de Mrs. Lansquenet era um estipêndio que o irmão lhe tinha feito e que, até onde o senhor sabia, ela não tinha propriedades ou meios próprios.

— É verdade. O marido morreu falido e, pelo que eu sei dela desde garota, ficaria surpreso caso tivesse economias ou dinheiro guardado.

— O chalé em si é alugado, não é próprio. A mobília é barata e não tem nada de notável, nem para os dias de hoje. Há uns móveis de carvalho fajuto e umas pinturas metidas a artísticas. Seja quem for para quem ela deixou seus pertences, não vai ganhar grande coisa. Se é que ela fez um testamento, no caso.

Mr. Entwhistle fez que não.

— Não sei de nada a respeito de testamento. Mas entenda que eu não a via há muitos anos.

— Então, o que exatamente quis dizer agora? O senhor tinha algo em mente, não tinha?

— Sim. Sim, tinha. Eu queria ser bastante preciso.

— O senhor se refere à herança que mencionou antes? A que o irmão lhe deixou? Ela tinha poderes para legar esse dinheiro no próprio testamento?

— Não, não no sentido a que o senhor se refere. Ela não tinha poderes para dispor do capital investido. Agora que faleceu, ele ficará dividido entre os outros cinco beneficiários do testamento de Richard Abernethie. É isso que quero dizer. Os cinco vão se beneficiar diretamente da morte.

O inspetor fez cara de decepção.

— Ah, achei que estávamos chegando a algum ponto importante. Bom, o certo é que não parece haver motivo para alguém entrar na casa e atacá-la com um machado. Parece ter sido um sujeito com parafuso a menos... um desses bandidinhos adolescentes, quem sabe. Tem muitos por aí. O sujeito perdeu as estribeiras, jogou as tranqueiras no mato e deu no pé... Deve ter sido isso. A não ser que tenha sido a respeitosa Miss Gilchrist. E devo dizer que me parece improvável.

— Quando ela encontrou o corpo?

— Não antes das dezessete horas. Ela voltou de Reading no ônibus das 16h50. Retornou ao chalé, entrou pela porta da frente, foi à cozinha e colocou a chaleira no fogo. Não havia som do quarto de Mrs. Lansquenet, então Miss Gilchrist supôs que ela continuava dormindo. Então Miss Gilchrist percebeu a janela da cozinha e os cacos de vidro no chão. Mesmo assim, de início ela pensou que podia ter sido coisa de um garoto com uma bola ou estilingue. Ela subiu as escadas e espiou com todo cuidado o quarto de Mrs. Lansquenet para ver se ela estava dormindo ou se queria um chá. Então, é claro, ela entrou em desespero, saiu aos berros e correu pela viela até o vizinho mais próximo. A história é perfeitamente coerente e não há vestígio de sangue no quarto dela, nem no banheiro, nem nas roupas. Não, não creio que Miss Gilchrist tenha tido algum envolvimento. O médico chegou às 17h30. Ele determinou que o horário da morte foi, no máximo, 16h30... mais provavelmente perto das catorze. Assim parece que, quem quer que tenha sido, estava nas redondezas aguardando Miss Gilchrist sair da casa.

O rosto do advogado teve uma pequena contração. O Inspetor Morton prosseguiu:

— O senhor vai encontrar Miss Gilchrist, creio eu?

— Pensei em vê-la.

— Eu ficaria contente se fosse. Creio que ela nos tenha dito tudo que pode, mas nunca se sabe. Às vezes, em uma conversa, um ou outro ponto pode se destacar. Ela faz um tanto a velhinha solteirona... mas é uma mulher sensata e pragmática. Tem sido muito prestativa e competente.

· DEPOIS DO FUNERAL ·　　**45**

Ele fez uma pausa antes de dizer:

— O corpo está no necrotério. Caso o senhor queira ver...

Mr. Entwhistle aquiesceu, embora sem entusiasmo.

Minutos depois, ele estava observando os restos mortais de Cora Lansquenet. Ela havia sido agredida de forma bárbara e sua franja tingida de henna estava dura do sangue coagulado. Os lábios de Mr. Entwhistle se retesaram e, enojado, ele desviou o olhar.

Pobre da pequena Cora. Como estava ansiosa, um dia antes, para saber se o irmão havia lhe deixado alguma coisa. Que previsões cor-de-rosa ela devia ter feito quanto ao futuro. Quantas tolices faria, e faria com todo proveito, com aquele dinheiro.

Pobre Cora... Como essas expectativas haviam durado pouco.

Ninguém havia ganhado com sua morte. Nem o agressor brutal que roubara as bugigangas enquanto fugia. Cinco pessoas ficaram com alguns milhares de libras a mais em capital investido. Mas o dinheiro que já haviam recebido provavelmente lhes seria mais do que suficiente. Não, ali não havia motivação.

É engraçado que um homicídio estivesse correndo pela mente de Cora exatamente na véspera do dia em que ela foi assassinada.

"Mas ele foi assassinado, não foi?"

Que coisa ridícula de se dizer. Ridícula! Absolutamente ridícula! Ridícula demais para comentar com o Inspetor Morton.

Mas, claro, depois que ele falasse com Miss Gilchrist...

Supondo que Miss Gilchrist, mesmo que fosse improvável, pudesse lançar alguma luz a respeito do que Richard havia dito a Cora.

"Pensei no que ele disse..."

O *que* Richard havia dito?

"Tenho que ver Miss Gilchrist imediatamente", disse Mr. Entwhistle a si.

III

Miss Gilchrist era uma mulher baixinha e um tanto apagada, com cabelos curtos acinzentados. Tinha um daqueles rostos indefinidos que as mulheres por volta dos 50 anos tendem a ficar.

Ela fez uma recepção calorosa a Mr. Entwhistle.

— Estou *tão* contente que o senhor veio, Mr. Entwhistle. Sei tão *pouco* a respeito da família de Mrs. Lansquenet e é óbvio que eu nunca, nunca estive tão próxima de um *homicídio*. Que pavor!

Mr. Entwhistle tinha plena certeza de que Miss Gilchrist nunca tivera proximidade com um homicídio. Aliás, a reação dela foi muito parecida com a de seu sócio.

— Nós *lemos* a respeito, é claro — disse Miss Gilchrist, relegando crimes a sua devida esfera. — E nem *disso* eu gosto. São tão *sórdidos,* a maioria.

Acompanhando-o à sala de estar, Mr. Entwhistle ficou de olhar incisivo para seus arredores. Havia um cheiro forte de tinta a óleo. O chalé era abarrotado — não tanto pela mobília, como o Inspetor Morton havia descrito, mas por quadros. As paredes eram cobertas de quadros, a maioria pinturas a óleo muito escuras e sujas. Mas também havia desenhos a aquarela e uma ou outra natureza morta. Havia quadros menores empilhados na moldura da janela.

— Mrs. Lansquenet comprava em bazares — explicou Miss Gilchrist. — Ela gostava muito, pobrezinha. Ia a todos os bazares das redondezas. Hoje em dia os quadros são tão baratos, uma bagatela. Ela nunca pagou mais de uma libra por qualquer um desses. Às vezes custavam meia dúzia de xelins. Ela sempre dizia que eram oportunidades sem igual de comprar algo que tivesse muito valor. Ela dizia que este aqui era um primitivista italiano que podia valer muito.

· DEPOIS DO FUNERAL · **47**

Mr. Entwhistle conferiu com dúvidas o primitivista italiano que lhe foi apresentado. Cora, refletiu ele, nunca entendeu de pintura. Ele estaria disposto a apostar qualquer coisa se algum daqueles borrões valesse uma nota de cinco libras.

— É claro que — começou Miss Gilchrist, percebendo a expressão de Mr. Entwhistle e rápida em avaliar sua reação —, da minha parte, não entendo nada, mesmo que meu pai tenha sido pintor. Não de muito êxito, infelizmente. Mas eu fazia aquarelas quando criança, ouvi muitas conversas sobre pintura e era bom para Mrs. Lansquenet ter alguém com quem conversar e que entendia de arte. Pobre alma, ela gostava tanto das artes.

— Vocês tinham grande afeição?

"Uma pergunta tola", disse a si. "Ela iria responder 'não'? Devia ser um tédio conviver com uma mulher como Cora", pensou.

— Ora, *sim* — disse Miss Gilchrist. — Nos dávamos *muito* bem. De certo modo, Mrs. Lansquenet era uma criança. Ela dizia tudo que lhe ocorria. Não sei se o *juízo* dela sempre foi bom...

Ninguém vai falar "era muito tola" de uma falecida, então Mrs. Entwhistle disse:

— Ela não era uma intelectual, de modo algum.

— Não... não... creio que não. Mas era muito perspicaz, Mr. Entwhistle. Muito astuta. Às vezes até me surpreendia... como ela conseguia acertar em cheio.

Mr. Entwhistle olhou para Miss Gilchrist com mais interesse. Ela também não era nenhuma tola.

— A senhora passou anos com Mrs. Lansquenet, não foi?

— Três anos e meio.

— A senhora... hum... era a acompanhante e também... hum... cuidava da casa?

Estava evidente que ele havia tocado em assunto delicado. Miss Gilchrist ficou um tanto corada.

— Ah, sim, claro. Eu cozinhava mais. Gosto *muito* de cozinhar. Também tirava um pouco de pó e tratava das lides mais delicadas da casa. Nada do *serviço pesado,* é claro.

O tom de Miss Gilchrist expressou um princípio aferrado. Mr. Entwhistle, que não tinha ideia do que seria o "serviço pesado", fez um balbucio reconfortante.

— Mrs. Panter, que é do vilarejo, vinha cuidar desta parte. Duas vezes por semana, com regularidade. Entenda, Mr. Entwhistle, que eu não teria como me conceber *criada.* Quando minha casa de chá não deu certo... bom, foi um desastre. Foi por conta da guerra, sabe. Era muito bonitinha. Eu a batizei de Salgueirinho. Toda a porcelana tinha o desenho de um salgueiro azul... Era uma delicadeza... E os bolinhos, uma delícia. Sempre tive mão boa para bolos e brioches. Sim, estava indo muito bem, então veio a guerra, cortaram o abastecimento e minha casa de chá foi à bancarrota. Uma baixa da guerra, como eu sempre digo. É assim que eu tento pensar. Perdi o pouco dinheiro que meu pai havia me deixado, que eu havia investido lá, e evidentemente tive que procurar outa coisa para fazer. Nunca tive formação para nada. Então fui trabalhar com uma senhora, mas não deu certo... ela era muito grosseira, muito autoritária. Depois fiz alguns serviços de escritório... Mas não gostava, nem um pouco. Então cheguei a Mrs. Lansquenet e uma se adequou à outra desde o começo. Já que o marido era artista e tudo mais.

Miss Gilchrist parou por falta de fôlego. Complementou, lamentosa:

— Mas como eu amava minha querida, minha adorada casinha de chá. Eram pessoas tão *boas* que apareciam lá!

Olhando para Miss Gilchrist, uma imagem veio a Mr. Entwhistle: centenas de silhuetas de senhorinhas que o abordavam em casas de chá chamadas Loureirinho, Malhadinho, Papagainho, Salgueirinho, Aconcheguinho, todas envoltas em aventais azul, rosa ou laranja, anotando os pedidos —

xícaras de chá e bolinhos. Miss Gilchrist tinha um Lar Espiritual, uma casa de chá para senhorinhas do Velho Mundo, com uma freguesia devidamente refinada. "Deve haver", pensou ele, "um bom número de Miss Gilchrists pelo país, todas meio parecidas, com rostos leves e pacientes, lábios tesos e os cabelos grisalhos, ligeiramente ralos."

Miss Gilchrist prosseguiu:

— Mas eu não devia ficar falando tanto de mim. A polícia foi muito gentil e atenciosa. Gentil mesmo. Veio aqui um tal de Inspetor Morton, da delegacia, e ele foi *muito* compreensivo. Ele inclusive combinou tudo para eu passar a noite com Mrs. Lake, descendo a rua, mas eu neguei. Senti que era meu dever ficar aqui na casa, com todas as lindezas de Mrs. Lansquenet. Levaram o... o... — gaguejou Miss Gilchrist — levaram o corpo, é claro, e trancaram o quarto, e o inspetor me disse que ficaria um guarda de vigia na cozinha a noite inteira. Por conta da janela quebrada. Trocaram hoje de manhã, felizmente. Onde eu estava? Ah, sim, então disse que ficaria *perfeitamente* bem no meu quarto, embora deva confessar que, sim, eu *empurrei* o gaveteiro contra a porta e deixei um cântaro cheio de água no peitoril. Nunca se sabe... se por acaso *fosse* um maníaco... a gente ouve falar dessas coisas...

Miss Gilchrist parou. E Mr. Entwhistle disse depressa:

— Estou a par das informações essenciais. O Inspetor Morton me forneceu. Mas a senhora não ficaria incomodada de me dar sua versão... Certo?

— É claro, Mr. Entwhistle. Sei *exatamente* como o senhor se sente. A polícia é tão impessoal, não é? Com razão, é claro.

— Mrs. Lansquenet voltou do funeral anteontem... — Mr. Entwhistle deu a partida.

— Sim, e o trem chegou muito tarde. Eu havia chamado um táxi para recebê-la, como ela havia pedido. Estava muito cansada, a pobrezinha... o que é bem natural. Mas de modo geral, ela estava de bom humor.

— Sim, sim. Ela comentou algo a respeito do funeral?

— Um pouco. Eu lhe dei uma xícara de leite quente... ela não quis mais nada. Ela me disse que a igreja estava muito cheia e tinha muitas, muitas flores... Ah! Ela disse que estava muito sentida por não ter visto o irmão mais velho... Timothy, não é?

— Sim, Timothy.

— Ela disse que fazia mais de vinte anos que não o via e que esperava que ele estivesse lá, mas entendeu que ele achava melhor não comparecer diante das circunstâncias. Mas que a esposa dele estava e que ela nunca suportou Maude... ah, meu Deus, peço *desculpas,* Mr. Entwhistle... Deixei escapar... Eu não quis...

— De modo algum. De modo algum — disse Mr. Entwhistle, em tom de incentivo. — Não tenho parentesco, como a senhora sabe. E creio que Cora e a cunhada nunca se acertaram.

— Bom, ela dizia praticamente a mesma coisa. "Sempre soube que Maude ia virar uma dessas mulheres mandonas e intrometidas", é isso que ela dizia. E então ela ficou muito cansada e disse que ia se deitar de uma vez... eu já estava com a bolsa de água quente pronta... e aí ela subiu.

— Ela não disse nada de especial?

— Ela não teve nenhuma *premonição,* Mr. Entwhistle, se é a isso que o senhor se refere. Disso eu tenho certeza. Ela estava de muito bom humor. Fora o cansaço e... e a tristeza da ocasião. Ela me perguntou se eu gostaria de viajar a Capri. A Capri! É claro que eu falei que seria maravilhoso. É uma coisa com que eu nunca sequer sonhei! E então ela disse: "Pois vamos!". Bem assim. Eu entendi... é claro que não foi *dito,* mas eu supus que o irmão havia lhe deixado uma espécie de pensão.

Mr. Entwhistle assentiu.

— Pobrezinha. Bom, fico contente que ela teve o prazer de planejar... tantos eventos. — Miss Gilchrist deu um suspiro e balbuciou, saudosa. — Creio que agora não vou a Capri nunca mais...

— E na manhã seguinte? — incitou Mr. Entwhistle, alheio às decepções da senhora.

— Na manhã seguinte, Mrs. Lansquenet não estava nada bem. Uma cara temerosa, de verdade. Ela me disse que mal havia dormido. Muitos pesadelos. "É porque ontem você se excedeu", eu lhe disse. Ela respondeu que sim, talvez fosse isso. Ela tomou o café na cama e passou a manhã deitada, mas na hora do almoço me disse que ainda não havia conseguido dormir. "Eu me sinto tão inquieta", disse. "Só fico pensando nas coisas, me perguntando." Então ela falou que ia tomar comprimidos para dormir e tentar tirar uma soneca. E queria que eu fosse de ônibus a Reading e que trocasse os dois livros da biblioteca, pois ela havia terminado os dois no trem e não tinha nada para ler. Geralmente dois livros lhe duravam quase uma semana. Então eu saí pouco depois das catorze e... e foi... foi a última vez... — Miss Gilchrist começou a fungar. — Ela devia estar dormindo, sabe. Ela não ouviu nada e o inspetor me garantiu que ela não sofreu... Ele acredita que ela morreu no primeiro golpe. Ah, meu Deus, eu passo mal só de *pensar*!

— Por favor, por favor. Não tenho nenhum interesse em que se aprofunde no que aconteceu. Só queria ouvir o que teria a me contar de Mrs. Lansquenet antes da tragédia.

— É natural, creio eu. Conte aos parentes que, a não ser por uma noite ruim, ela estava muito feliz e ansiosa pelos dias por vir.

Mr. Entwhistle fez uma pausa antes da pergunta seguinte. Ele queria ter o cuidado de não conduzir a depoente.

— Ela não falou de algum parente em específico?

— Não, não, creio que não. — Miss Gilchrist parou para pensar. — Fora quando disse que estava sentida por não ter visto o irmão Timothy. — Ela não falou nada a respeito do falecimento do irmão? — Quanto, hum, à causa do falecimento? Nada assim?

— Não.

Não havia sinal de alerta no rosto de Miss Gilchrist. Mr. Entwhistle tinha certeza de que haveria se Cora houvesse deixado escapar o veredicto de assassinato.

— Ele estava doente há bastante tempo, creio eu — disse Miss Gilchrist, em tom vago. — Tenho que dizer que fiquei surpresa quando soube. Ele parecia ter tanto vigor.

Mr. Entwhistle falou depressa:

— A senhora o viu... quando?

— Quando ele veio visitar Mrs. Lansquenet. Deixe-me ver... foi há umas três semanas.

— Ele ficou aqui?

— Não, não... veio apenas para almoçar. Foi uma grande surpresa. Mrs. Lansquenet não o aguardava. Eu creio que havia alguma discordância na família. Ela não o via há anos, pelo que me contou.

— Sim, é verdade.

— Ela ficou muito incomodada... tanto por vê-lo de novo quanto, provavelmente, por perceber como ele estava doente...

— Ela sabia que ele estava doente?

— Ah, sim, lembro muito bem. Porque eu me perguntava... Só na minha mente, se o senhor me entende. Eu me perguntava se Mr. Abernethie podia estar com os parafusos soltos. Uma tia minha...

Mr. Entwhistle foi habilidoso em desviar-se do assunto da tia.

— Algo que Mrs. Lansquenet disse a fez pensar em "parafusos soltos"?

— Sim. Mrs. Lansquenet disse algo do tipo "Pobre Richard. Deve ter sido a morte de Mortimer que o envelheceu tanto. Ele parece tão senil. Muitas fantasias de perseguição, de que alguém queria envená-lo. Quem é velho fica assim". E é claro, como eu sei, que isso é uma grande *verdade*. Esta tia de que eu estava lhe falando... estava convencida de que os criados queriam envená-la com a comida e no fim só comia ovo cozido. Porque, como ela dizia, não tinha como você perfurar um ovo cozido e botar veneno. Nós fazíamos as vontades dela, mas se fosse nos tempos de hoje, não sei *o que* faríamos. Com a escassez de ovos, a maioria vindo do estrangeiro, ferver ovo é sempre um risco.

Mr. Entwhistle ouviu a saga da tia de Miss Gilchrist com ouvidos moucos. Estava transtornado.

Por fim, quando Miss Gilchrist esgotou a voz, ele disse:

— Eu imagino que Mrs. Lansquenet não tenha levado isso tudo a sério.

— Ah, não, Mr. Entwhistle, ela entendeu *muito* bem.

Mr. Entwhistle achou aquele comentário perturbador, embora não exatamente no sentido que Miss Gilchrist havia usado.

Será que Cora Lansquenet havia entendido? Não no momento, quem sabe, mas depois? Ela teria entendido até bem demais?

Mr. Entwhistle sabia que não havia nada de senil em Richard Abernethie. Richard estava em plena posse das faculdades mentais. Ele não era homem de ter manias de perseguição, de modo algum. Ele era, como sempre fora, um empresário casmurro. E sua doença não provocara diferença alguma neste aspecto.

Era bastante incomum ele ter conversado com a irmã naqueles termos. Mas talvez Cora, com sua astúcia esquisita e jovial, tivesse lido as entrelinhas e preenchido lacunas em relação ao que Richard Abernethie havia dito de fato.

"No geral", pensou Mr. Entwhistle, "Cora fora uma grande imbecil." Ela não tinha juízo, não tinha equilíbrio e tinha um ponto de vista pueril, grosseiro. Mas também tinha o dom fabuloso e infantil de, às vezes, acertar na mosca de tal maneira que chegava a ser assustador. Mr. Entwhistle deixou estar. "Miss Gilchrist", pensou ele, "não sabe mais do que ela havia dito." Perguntou se ela sabia se Cora Lansquenet havia deixado testamento. Miss Gilchrist respondeu prontamente que o testamento de Mrs. Lansquenet estava no banco.

Dito isso, e depois de mais algumas combinações, ele pediu licença. Insistiu que Miss Gilchrist aceitasse uma pequena quantia para custear as despesas de momento e disse-lhe que entraria em contato novamente. Nesse meio-tempo, ele ficaria grato se ela pudesse permanecer no chalé enquanto procurava novo posto de trabalho. Seria de grande conveniência, disse Miss Gilchrist, e ela não ficava nervosa em sentido algum.

Ele foi incapaz de escapar sem fazer uma excursão do chalé com Miss Gilchrist, que lhe apresentou vários quadros do finado Pierre Lansquenet que estavam apinhados na pequena sala de jantar. Os quadros fizeram Mr. Entwhistle se encolher. Eram sobretudo nus executados com extrema falta de competência, mas com grande fidelidade aos detalhes. Ele também foi levado a admirar diversos esboços a óleo, pequenos, de portos pitorescos e de seus pescadores, pintados pela própria Cora.

— Polperro — falou Miss Gilchrist com orgulho. — Estivemos lá no ano passado e Mrs. Lansquenet ficou encantada com os panoramas.

Mr. Entwhistle, conferindo imagens de Polperro pela vista sudoeste, noroeste e supostamente de todos os pontos da bússola, concordou que Miss Lansquenet de fato se entusiasmara.

— Mrs. Lansquenet prometeu me deixar seus esboços — disse Miss Gilchrist, melancólica. — Eu os admirava muito.

Dá para ver as ondas quebrando neste aqui, não dá? Mesmo que ela tenha esquecido, talvez eu pudesse ficar com *um* de lembrança, o senhor não acha?

— Tenho certeza de que pode ser combinado — disse Mr. Entwhistle, em tom benévolo.

Ele tomou outras providências e partiu a interrogar o gerente do banco e fazer mais uma visita ao Inspetor Morton.

Capítulo 5

— Exaurido, é isso que você está — disse Miss Entwhistle, usando o tom de indignação e intimidação que irmãs adotam com irmãos cuja casa elas administram. — Você não devia fazer esse tipo de coisa na sua idade. Eu gostaria de saber: por que você tem que se meter? Você se aposentou, não se aposentou?

Mr. Entwhistle respondeu, em tom pacífico, que Richard Abernethie era um de seus amigos de mais longa data.

— Eu reconheço. Mas Richard Abernethie morreu, não morreu? Por isso, eu não vejo motivo para se meter com coisas que não lhe dizem respeito e pegar um resfriado mortal nesses trens cheios de correntes de ar. Com um homicídio, ainda por cima! *Eu* não entendo por que vieram falar com você.

— Entraram em contato comigo porque havia uma carta no chalé assinada por mim, informando a Cora dos preparativos para o funeral.

— Funerais! É um funeral depois do outro. Isso me lembra uma coisa. Tem um desses tão queridos Abernethie que não para de telefonar... Timothy, creio que foi isso que ele disse. De algum lugar em Yorkshire... e *também* tinha a ver com um funeral! Ele disse que lhe telefonava mais tarde.

A ligação para Mr. Entwhistle chegou naquela noite. Ao atender, ele ouviu a voz de Maude Abernethie.

— Graças aos céus que encontrei o senhor! Timothy está péssimo. A notícia de Cora o deixou muito aflito.

— É compreensível — disse Mr. Entwhistle.

— O que foi que disse?

— Disse que é compreensível.

— É, creio que sim. — Maude soou mais do que duvidosa. — Quer me dizer que foi mesmo assassinato?

("Mas ele foi assassinado, não foi?", Cora havia dito. Mas desta vez não houve hesitação quanto à resposta.)

— Sim, foi um assassinato — assegurou Mr. Entwhistle.

— E foi com um machado, como dizem os jornais?

— Foi.

— Eu achei *inacreditável* que a irmã de Timothy... — disse Maude — que a própria irmã tenha sido assassinada com um *machado*!

Parecia igualmente inacreditável a Mr. Entwhistle. A vida de Timothy era tão distanciada da violência que até seus parentes, era de se pensar, deviam se isentar.

— Sinto dizer que é um fato a se aceitar — respondeu Mr. Entwhistle, em tom suave.

— Estou *muitíssimo* preocupada com Timothy. Tudo isso lhe faz muito mal! Eu já o botei na cama, mas ele insiste que eu convença o senhor a vir aqui. Ele quer saber de uma centena de coisas... se haverá inspeção do cadáver, quem vai comparecer, quanto tempo depois podem fazer o funeral, onde, que recursos estão disponíveis, se Cora expressou alguma vontade em relação a ser cremada ou o que for, se deixou testamento...

Mr. Entwhistle a interrompeu antes que a lista ficasse comprida demais.

— Existe um testamento, sim. Ela deixou Timothy de executor.

— Ah, nossa, Timothy não tem como assumir nada...

— O meu escritório vai tratar de todos os trâmites necessários. O testamento é muito simples. Ela deixou os quadros e um broche de ametista para sua acompanhante, Miss Gilchrist, e tudo mais para Susan.

58
· AGATHA CHRISTIE ·

— Para Susan? Mas por que a Susan? Não creio que ela tenha tido contato com Susan... desde que era um bebê.

— Imagino que tenha sido porque se dizia que Susan teve um casamento que não agradou a família.

Maude bufou.

— Até Gregory é muitas vezes melhor do que foi aquele Pierre Lansquenet! É óbvio que se casar com um balconista era algo inaudito na minha época. Mas uma farmácia é muito melhor do que uma chapelaria. E Gregory, ao menos, parece ser uma pessoa de respeito. — Ela fez uma pausa antes de prosseguir. — Quer dizer que Susan fica com a pensão que Richard deixou para Cora?

— Não, não. O capital será dividido conforme as instruções do testamento de Richard. Não, a pobre Cora tinha só duzentas, trezentas libras e a mobília do chalé para legar. Depois que se pagarem as contas atrasadas e vender a mobília, duvido que venha a somar mais do que quinhentas libras.

— Ele parou e prosseguiu: — É evidente que terá de haver inspeção do cadáver, sim. Está marcada para quinta-feira. Se Timothy estiver disposto, enviaremos Lloyd para assistir aos trâmites em nome da família. — Ele complementou, em tom de desculpas: — Sinto dizer que pode atrair certa notoriedade, dadas... dadas as circunstâncias.

— Que desagradável! Já pegaram o desgraçado que fez isso?

— Ainda não.

— Imagino que seja um desses jovens imaturos e terríveis que ficam à solta pelo interior, vagabundeando e matando. A polícia é muito incompetente.

— Não, não — disse Mr. Entwhistle. — A polícia não está sendo incompetente de forma alguma. A senhora não considere isso nem por um instante.

— Bom, tudo me parece muito incomum. E faz *muito* mal a Timothy. O senhor por acaso não teria como vir aqui, Mr. Entwhistle? Eu ficaria *extremamente* grata se o senhor pudesse.

Creio que os ânimos de Timothy ficariam mais acomodados se o senhor o tranquilizasse.

Mr. Entwhistle ficou um instante em silêncio. O convite não era de todo indesejável.

— Entendo o que a senhora diz — admitiu ele. — E precisarei da assinatura de Timothy em certos documentos, como executor. Sim, creio que será apropriado.

— Magnífico. Fico muito aliviada. Amanhã? E o senhor dorme aqui? O melhor trem é o de St. Pancras às 11h20.

— Infelizmente terá de ser um trem da tarde — disse Mr. Entwhistle. — Tenho outros compromissos pela manhã...

II

George Crossfield cumprimentou Mr. Entwhistle calorosamente, mas com um quê de (quem sabe) espanto.

Mr. Entwhistle, de modo explanatório, falou, embora não explicasse nada:

— Acabei de chegar de Lytchett St. Mary.

— Então foi mesmo tia Cora? Eu li nos jornais e não pude acreditar. Achei que fosse alguém do mesmo nome.

— Lansquenet não é um nome comum.

— Não, é óbvio que não. Creio que exista uma aversão natural a crer que alguém de sua família tenha sido assassinado. Parece aquele caso no mês passado em Dartmoor.

— Parece?

— Sim. As mesmas circunstâncias. Um chalé em local afastado. Duas idosas morando juntas. O dinheiro que foi levado era uma quantia patética, desprezível.

— O valor do dinheiro é sempre relativo — disse Mr. Entwhistle. — O que conta é a necessidade.

— Sim... sim, creio que o senhor tenha razão.

60 · AGATHA CHRISTIE ·

— Se a pessoa está em desespero por dez libras... Quinze são mais do que apropriadas. E o contrário também é válido. Se a sua necessidade é de cem libras, 45 seriam uma inutilidade. Se é de milhares que se precisa, centenas não vão bastar.

George falou com um piscar abrupto dos olhos:

— Eu diria que *qualquer* dinheiro, hoje em dia, vem a calhar. Todos passam necessidade.

— Mas não *desespero* — enfatizou Mr. Entwhistle. — O que conta é o desespero.

— O senhor está pensando em alguém em particular?

— Não, não, ninguém. — Ele fez uma pausa antes de prosseguir. — Ainda levará algum tempo até que fechemos o inventário; um adiantamento lhe seria conveniente?

— Pois eu ia mesmo levantar esse assunto. Contudo, consultei o banco hoje pela manhã e pedi que entrassem em contato com o senhor, e foram muito solícitos quanto a uma abertura de crédito.

Os olhos de George voltaram a piscar e Mr. Entwhistle, dos recônditos de sua experiência, entendeu o sinal. Ele tinha certeza de que George estava num aperto que, se não era de desespero, pelo menos era doloroso. Ele soube naquele instante o que havia sentido subconscientemente desde o começo: que, quando se tratava de dinheiro, ele não deveria confiar em George. Ele se questionou se o velho Richard Abernethie, que também tinha ampla experiência em julgar outros homens, sentira a mesma coisa. Mr. Entwhistle também tinha certeza de que, depois do falecimento de Mortimer, Abernethie havia decidido deixar George de herdeiro. George não carregava o sobrenome Abernethie, mas era o único descendente masculino naquela geração e, portanto, seria o sucessor natural de Mortimer. Richard Abernethie havia mandado chamar George, convidara-o a passar alguns dias na mansão. Podia-se presumir que, ao final da visita, o decano não estava satisfeito com

George. Teria ele sentido, instintivamente, tal como sentia Mr. Entwhistle, que George não andava na linha? A família considerava que o pai de George havia sido uma péssima escolha da parte de Laura. Era um corretor que tinha outras atividades, deveras misteriosas. George tinha mais de seu pai do que dos Abernethie.

Talvez equivocado quanto ao silêncio do velho advogado, George falou com um riso intranquilo:

— A verdade é que não ando tendo sorte com meus investimentos. Corri certo risco e não tive retorno. Praticamente me deixou liso. Mas agora vou conseguir me recapitalizar. Só preciso de um pouco de capital. Ardens Consolidated está rendendo, o senhor não acha?

Mr. Entwhistle nem concordou nem discordou. Ele estava questionando se, de algum modo, George havia especulado com dinheiro dos clientes e não com o próprio. Se George corria algum risco de processo penal...

Mr. Entwhistle disse exatamente o seguinte:

— Tentei entrar em contato um dia depois do funeral, mas acredito que o senhor não estava na firma.

— O senhor telefonou? Não me avisaram. Aliás, achei que eu tinha direito a um dia de folga depois da boa notícia!

— Boa notícia?

George enrubesceu.

— Ah, veja bem: não me refiro à morte do tio Richard. Mas a pessoa descobrir que vai receber dinheiro dá certa empolgação. A pessoa sente uma necessidade de comemorar. Na verdade, fui a Hurst Park. Apostei em dois que renderam. Quando chove é tempestade! Quando a sorte bate, é porque bateu! Foram só uns cinquenta mangos, mas sempre ajuda.

— Ah, sim — disse Mr. Entwhistle. — Tudo vem a calhar. E o senhor ainda receberá uma soma extra devido à morte de sua tia Cora.

George fez cara de preocupado.

— Pobre senhorinha — comentou ele. — Um azar de araque, não foi mesmo? Quando ela finalmente ia aproveitar a vida, imagino eu.

— Torçamos para que a polícia encontre o responsável pelo assassinato — disse Mr. Entwhistle.

— Também espero que peguem o sujeito. São bons, nossos policiais. Arrebanham todos os indesejados da vizinhança e passam um pente-fino. Fazem eles prestarem contas do que faziam no horário.

— Não é tão fácil depois que se passou algum tempo — explicou Mr. Entwhistle. Ele deu um sorrisinho gélido que sugeria que estava prestes a fazer piada. — Da minha parte, estava na livraria Hatchard's às 15h30 no dia em pauta. Será que lembrarei disso se a polícia me interrogar daqui a dez dias? Duvido muito. E você, George, estava em Hurst Park. Lembraria do dia em que foi às corridas em... digamos... um mês?

— Ah, eu poderia me pautar pelo funeral. Foi no dia seguinte.

— É verdade... é verdade. E o senhor apostou em dois vencedores. Mais uma forma de estimular a memória. Raramente a pessoa esquece o nome do cavalo que lhe rendeu sorte. Quais eram, aliás?

— Deixe-me ver. Gaymarck e Frogg II. Sim, desses não esqueço tão cedo.

Mr. Entwhistle deu sua gargalhada seca e despediu-se.

III

— Claro que é um prazer rever o senhor — disse Rosamund, sem qualquer entusiasmo à mostra. — Mas a essa hora da manhã?

Ela deu um bocejo forte.

— São onze horas — respondeu Mr. Entwhistle.

Rosamund bocejou mais uma vez. Ela disse em tom de desculpas:

— Tivemos uma festa de arromba na noite passada. Tinha bebida demais. Michael ainda está com uma ressaca horrível.

Michael surgiu naquele momento, também bocejando. Ele vinha com uma xícara de café na mão e vestia um roupão muito estiloso. Parecia fatigado e atraente; seu sorriso tinha o charme usual. Rosamund vestia uma blusa preta, um pulôver amarelo sujo e, até onde Mr. Entwhistle conseguia julgar, mais nada.

O advogado exato e meticuloso não aprovava de modo algum o modo de vida dos jovens Shane. Aquele apartamento decrépito no primeiro andar de um prédio em Chelsea... as garrafas, os copos e as bitucas de cigarro espalhadas em profusão... a atmosfera azeda e o ar geral de pó e desalinho.

Em meio a esta ambientação desanimadora, Rosamund e Michael vicejavam sua beleza. Não havia dúvida de que formavam um belo casal e, na avaliação de Mr. Entwhistle, um era muito afeiçoado ao outro. Rosamund, com certeza, tinha ares de adoração por Michael.

— Querido — disse ela. — O que acha de um golinho de champanhe? Só para nos aproximarmos e brindarmos ao futuro. Ah, Mr. Entwhistle, é uma sorte incrível que tio Richard tenha nos deixado esta quantia tão linda exatamente agora...

Mr. Entwhistle percebeu o franzir imediato, quase uma carranca, que Michael fez, mas Rosamund seguiu com serenidade:

— Porque temos uma chance maravilhosa de fazer uma peça. Michael pode investir. O papel seria maravilhoso para ele e tem até um papel pequeno para mim. Trata de um desses bandidos jovens, sabe, que na verdade são santos. Carregada destas ideias modernas em voga, sabe?

— Assim parece — comentou Mr. Entwhistle, rijo.

— Ele rouba e mata, entende, aí é perseguido pela polícia e pela sociedade. No final, ele faz um milagre.

Mr. Entwhistle ficou sentado com o silêncio da indignação. Jovens tolos falando de absurdos perniciosos! E *escrevendo*, ainda por cima.

Não que Michael Shane falasse muita coisa. Sua cara continuava fechada.

— Mr. Entwhistle não quer ouvir todas nossas rapsódias, Rosamund — repreendeu ele. — Cale-se um pouco e deixe ele nos dizer por que veio nos ver.

— Temos só um ou dois assuntos a resolver — disse Mr. Entwhistle. — Acabei de voltar de Lytchett St. Mary.

— Então *foi* tia Cora que assassinaram? Nós vimos no jornal. E eu disse que devia ter sido, porque o sobrenome é muito incomum. Pobre da tia Cora. Fiquei olhando para ela naquele dia do funeral e pensando como estava acabada... que a pessoa devia preferir a morte a ter aquela cara. E agora ela *morreu*. Ninguém acreditou em mim ontem à noite, quando eu disse que o assassinato com a machadinha que saiu no jornal tinha sido da *minha tia*! Ficaram rindo, não foi, Michael?

Michael Shane não respondeu e Rosamund, com todo tom de estar divertindo-se, disse:

— Dois assassinatos, um na sequência do outro. É um exagero, não é?

— Não seja tola, Rosamund. Seu tio Richard não foi assassinado.

— Bom, Cora achava que sim.

Mr. Entwhistle interveio para perguntar:

— Vocês voltaram a Londres depois do funeral, não foi?

— Sim, viemos no mesmo trem que o senhor.

— Claro... é claro. Pergunto porque tentei entrar em contato no dia seguinte... — Ele deu um olhar rápido ao telefone. — Várias vezes, na verdade. E não tive resposta.

— Ah, nossa... me desculpe. O que fizemos naquele dia? Anteontem. Ficamos até aqui o meio-dia, não foi? E aí você saiu para ver se encontrava o Rosenheim e foi almoçar com Oscar, e eu fui ver se conseguia uma meia-calça e passei no

· DEPOIS DO FUNERAL · **65**

centro. Eu ia encontrar a Janet, mas não nos achamos. Sim, foi uma bela tarde de compras. Depois jantamos no *Castile*. Voltamos por volta das dez da noite, eu diria.

— Por volta disso — disse Michael. Ele olhava para Mr. Entwhistle, pensativo. — Por que o senhor queria falar conosco?

— Ah, só algumas questões que haviam surgido em relação ao patrimônio de Richard Abernethie. Documentos a assinar. Nada mais.

Rosamund perguntou:

— Nós já vamos receber o dinheiro ou vai levar eras?

— Eu sinto dizer — disse Mr. Entwhistle —, que a lei é dada à demora.

— Mas podemos receber um adiantamento, não podemos?

— Rosamund parecia alarmada. — Michael disse que podíamos. Aliás, é importantíssimo. Por conta da peça.

Michael falou em tom amigável:

— Não há pressa. É apenas questão de decidir se vamos ou não aproveitar a proposta de investir.

— Será muito fácil adiantar uma parte do dinheiro — afirmou Mr. Entwhistle. — O quanto precisarem.

— Então está tudo certo. — Rosamund deu um suspiro de alívio. Ela complementou, como se acometida por uma nova ideia: — Tia Cora deixou algum dinheiro?

— Um pouco. Foi para sua prima Susan.

— Por que Susan? Eu gostaria de saber! É muito?

— Duzentas, trezentas libras e alguns móveis.

— Móveis refinados?

— Não — respondeu Mr. Entwhistle.

Rosamund perdeu o interesse.

— Isso foi muito esquisito, não é? — disse ela. — Lá estava Cora, depois do funeral, e de repente ela solta: "Ele *foi* assassinado!". E aí, no dia seguinte, *ela* é assassinada? É *esquisito,* não é?

Um instante de silêncio extremamente desconfortável pairou entre os três antes de Mr. Entwhistle falar com voz baixa:

— Sim, de fato, muito esquisito...

IV

Mr. Entwhistle analisou Susan Banks conforme ela inclinou-se para a frente na mesa, falando a seu modo animado. Aqui não se via nada do encanto de Rosamund. Ainda assim era um rosto atraente e sua atração residia, concluiu Mr. Entwhistle, na vitalidade. As curvas da boca eram abundantes, plenas. A boca era feminina e o corpo era decididamente feminino. Enfaticamente, aliás. Mas, em outros aspectos, Susan o lembrava o tio, Richard Abernethie. O formato da cabeça, o queixo, os olhos fundos e reflexivos. Ela tinha a personalidade dominante tal qual a de Richard, a mesma energia propulsora, a mesma previdência e o juízo sem rodeios. Dos três integrantes da geração mais jovem, só ela parecia feita da determinação que havia alçado as vastas fortunas dos Abernethie. Teria Richard reconhecido na sobrinha um espírito afim? Mr. Entwhistle achou que sim. Richard sempre tive perspicácia para avaliar caráter. Aqui com certeza se viam exatamente as qualidades que ele buscava. Ainda assim, no seu testamento, Richard Abernethie não havia feito distinção a favor dela. Desconfiado, acreditava Mr. Entwhistle, de George, saltando a adorável lerdinha Rosamund... ele não teria encontrado em Susan o que procurava? Uma herdeira do seu valor?

Se não, a causa devia ser, por conclusão lógica... o marido.

Os olhos de Mr. Entwhistle passaram educadamente pelo ombro de Susan até encarar o ponto onde estava Gregory Banks, distraidamente apontando um lápis.

Era um jovem magro, descorado, genérico, com cabelos castanho-avermelhados. Era tão eclipsado pela personalidade exuberante de Susan que era difícil perceber como ele era de fato. Nada chamava atenção no camarada. Era muito agradável, sempre concordava... um "capacho", como dizia a gíria moderna. E ainda assim isto não o descrevia a contento.

· DEPOIS DO FUNERAL · **67**

Havia algo indistinto, mas inquietante na discrição de Gregory Banks. Ele era um partido totalmente inadequado... e ainda assim Susan insistira em se casar? Em contestar todos os votos contra? Por quê? O que ela teria visto nele?

E agora, seis meses depois do casamento... "Ela é louca pelo sujeito", pensou Mr. Entwhistle. Ele conhecia os sinais. Um bom número de esposas com problemas conjugais havia passado pela firma Bollard, Entwhistle, Entwhistle e Bollard. Esposas em estado de insanidade na devoção a maridos que não as satisfaziam em nada e que muitas vezes nem tinham uma aparência graciosa; assim como as esposas com desprezo e tédio por maridos de aparência atraente e impecável. O que uma mulher via em um homem estava além da compreensão do homem médio e inteligente. Era o que era. Uma mulher que fosse inteligente no que dizia respeito a tudo nesse mundo podia ser uma tola quando se tratava de um homem. "Susan", pensou Mr. Entwhistle, "era uma destas mulheres." Para ela, o mundo girava em torno de Greg. E isto tinha seus perigos, em vários sentidos.

Susan falava com ênfase e indignação.

— ...porque *é* uma vergonha. Lembra daquela mulher que foi assassinada em Yorkshire no ano passado? Nunca prenderam ninguém. E aquela velha da loja de balas, que foi morta com um pé de cabra? Prenderam um homem, mas depois soltaram!

— Tem que haver provas, minha cara — disse Mr. Entwhistle.

Susan não lhe deu atenção.

— E aquele outro caso... o da enfermeira aposentada... Foi com um machado ou uma machadinha. Igual ao da tia Cora.

— Nossa, parece que você fez um grande estudo de crimes, Susan — comentou Mr. Entwhistle, em tom agradável.

— É natural que a pessoa se lembre dessas cosias... E quando se mata alguém da própria família, praticamente do mesmo modo... bom, isso demonstra que deve ter muita gente assim andando pelo interior, arrombando casas e atacando as mulheres que moram sozinhas... e que a polícia não está *nem aí!*

Mr. Entwhistle sacudiu a cabeça.

— Não menospreze a polícia, Susan. É um grupo muito arguto e muito paciente. Persistente também. Não é por que ainda não foi mencionado nos jornais que o caso está fechado. Longe disso.

— Ainda assim, há centenas de crimes sem solução todo ano.

— Centenas? — Mr. Entwhistle fez cara de dúvida. — Algum número, sim. Mas há diversas ocasiões em que a polícia sabe quem cometeu um crime, mas em que as provas são insuficientes para o processo.

— Não acredito — disse Susan. — Eu acredito que, se você tem certeza de *quem* cometeu um crime, sempre se consegue provas.

— Queria saber como. — Mr. Entwhistle soava pensativo.

— Eu me pergunto mesmo...

— Eles têm *alguma ideia,* no caso de tia Cora, de quem teria sido?

— Isso eu não sei dizer. Não, até onde sei. Mas eles dificilmente confiariam essa informação a mim... e ainda estamos nos primeiros dias. Lembre-se que o homicídio aconteceu anteontem.

— Com certeza será uma pessoa que faz o tipo — comentou Susan. — O tipo bruto, quem sabe alguém com uma deficiência mental. Um soldado de licença, um ficha suja. Para a pessoa usar um machado...

Com um olhar um tanto perplexo, Mr. Entwhistle ergueu as sobrancelhas e balbuciou:

Lizzie Borden, com seu machado,
Cinquenta golpes no pai deu.
Quando viu o resultado
Cinquenta e um na mãe desceu.

— Ah! — Susan corou de raiva. — Cora não morava com nenhum parente... A não ser que se conte a acompanhante. E Lizzie Borden, no caso, foi absolvida. Ninguém tem certeza de que ela matou o pai e a madrasta.

— Esta rima é absolutamente difamatória — concordou Mr. Entwhistle.

— Quer dizer que *foi* a acompanhante? Cora deixou alguma coisa para a mulher?

— Um broche de ametista sem grande valor e alguns quadros de vilas de pescador que só têm valor sentimental.

— A pessoa precisa de motivação para um assassinato... a não ser que tenha uma deficiência mental.

Mr. Entwhistle deu uma leve risada.

— Até onde se vê, a única pessoa que teria motivação é *você,* minha cara Susan.

— Como é? — De repente Greg tomou a frente. Ele parecia um dorminhoco despertando. Uma luz vil brilhou nos seus olhos. De repente ele deixou de ser uma figura insignificante. — O que a Sue tem a ver? O que o senhor quer dizer? Por que está falando essas coisas?

Susan falou com rispidez:

— Cale-se, Greg. Mr. Entwhistle não quis dizer nada...

— Foi só uma piadinha — disse Mr. Entwhistle, em tom de desculpas. — E não foi de bom gosto, lamento. Cora deixou o que tinha de patrimônio para você, Susan. Mas, no caso de uma jovem que acaba de herdar centenas de milhares de libras, não há como dizer que um patrimônio extra que soma, no máximo, trezentas libras, seria motivação para homicídio.

— Ela deixou o dinheiro para mim? — Susan soou surpresa. — Que inesperado. Ela nem me conhecia... O senhor sabe por que ela faria isso?

— Acho que ela ouviu rumores de que houve alguma complicação... hum... com seu casamento. — Greg, voltando a apontar o lápis, fechou a cara. — Houve certos problemas com o casamento dela... e acho que ela sentiu compaixão.

Susan perguntou com alta dose de interesse:

— Ela casou-se com um artista, não foi? O que ninguém da família gostava? Era um bom artista?

Mr. Entwhistle fez um não decidido com a cabeça.

— Tem quadros dele no chalé?

— Sim.

— Então eu mesma vou julgar — disse Susan.

Mr. Entwhistle sorriu com a inclinação decidida do queixo de Susan.

— Assim seja. Não há dúvida de que sou um reacionário e absolutamente antiquado em questões artísticas, mas não creio que você venha a disputar meu veredicto.

— Imagino que eu deva ir lá de qualquer modo, não é? E conferir o que se passa, não? Tem alguém na casa neste momento?

— Combinei com Miss Gilchrist de ficar lá até aviso em contrário.

Greg disse:

— Ela deve ter muita coragem... de ficar em um chalé onde cometeram um assassinato.

— Tenho que dizer que Miss Gilchrist é uma mulher muito ajuizada. Além disso — complementou o advogado, áspero —, não creio que ela tenha outro lugar para ir até estar em outra situação.

— Então a morte de tia Cora a deixou de mãos abanando? Ela... seriam ela e tia Cora... íntimas...?

Mr. Entwhistle lhe dirigiu um olhar muito excêntrico, questionando o que se passava na mente de Susan.

— Moderadamente, imagino eu — disse ele. — Ela nunca tratou Miss Gilchrist como criada.

— Deve ter tratado-a bem pior, eu diria — falou Susan.

— Essas "senhorinhas", coitadas, são as mais exploradas hoje em dia. Vou tentar encontrar um cargo decente para ela em algum lugar. Não vai ser difícil. Quem se dispõe a fazer algumas lides da casa e cozinhar vale seu peso em ouro... Ela cozinha, não cozinha?

— Ah, sim. Entendi que ela se opõe ao que chamou de, hum, "serviço pesado". Infelizmente não sei dizer o que seria o "serviço pesado".

Susan achou graça.

Mr. Entwhistle, conferindo o relógio, disse:

— Sua tia deixou Timothy de executor.

— Timothy — repetiu Susan, com desdém. — Tio Timothy é praticamente um ser mitológico. Ninguém o vê.

— É verdade. — Mr. Entwhistle olhou o relógio de novo.

— Vou pegar o trem para visitá-lo hoje à tarde. Vou informá-lo da sua decisão de ir ao chalé.

— Só vai levar um ou dois dias, imagino eu. Não quero passar muito tempo longe de Londres. Tenho vários planos em andamento. Eu vou começar um negócio.

Mr. Entwhistle olhou a sala de estar atulhada ao seu redor, dentro daquele apartamento minúsculo. Era evidente que Greg e Susan não tinham um tostão furado. O pai dela, sabia ele, havia dissipado boa parte do dinheiro. Havia deixado a filha na pior.

— Quais são seus planos para o futuro, se me permite a pergunta?

— Estou de olho em um espaço na Cardigan Street. Creio que, se necessário for, o senhor pode me adiantar um dinheiro? Talvez eu tenha que pagar caução.

— Pode ser combinado — disse Mr. Entwhistle. — Eu telefonei um dia depois do funeral, várias vezes... mas não fui atendido. Achei que vocês apreciariam um adiantamento. Fiquei pensando se não estariam fora da cidade.

— Ah, não — disse Susan, depressa. — Passamos aqui, o dia inteiro. Nós dois. Não saímos para nada.

Greg falou delicadamente:

— Olha, Susan, eu acho que nosso telefone podia estar estragado naquele dia. Lembra que eu não consegui falar com a Hard e Co. de tarde? Eu ia informar à companhia, mas voltou a funcionar na manhã seguinte.

— Telefones — comentou Mr. Entwhistle — às vezes são indignos de confiança.

Susan falou de repente:

— Como é que tia Cora sabia do nosso casamento? Foi no Registro Civil e só contamos para as pessoas depois!

— Creio que Richard deve ter lhe contado. Ela refez o testamento há umas três semanas (anteriormente ele favorecia a Sociedade Teosófica). Foi perto da época em que ele foi visitá-la.

Susan pareceu assustada.

— Tio Richard foi visitar tia Cora? Eu nem tinha ideia.

— Eu também não tinha — disse Mr. Entwhistle.

— Então foi aí que...

— Que o quê?

— Nada — respondeu Susan.

Capítulo 6

— Muito bom que o senhor tenha vindo — disse Maude com uma voz grossa ao receber Mr. Entwhistle na plataforma da estação de Bayham Compton. — Garanto que tanto eu quanto Timothy ficamos deveras gratos. A realidade é que a morte de Richard foi a pior coisa que poderia ter acontecido a Timothy.

Mr. Entwhistle ainda não havia pensado na morte do amigo daquele ângulo em específico. Mas ele viu que era o único ângulo do qual Mrs. Timothy Abernethie provavelmente veria o falecimento.

Enquanto se dirigiam à saída da estação, Maude avançou no tema.

— Para começar, foi um *choque*. Timothy era apegadíssimo a Richard. E então, infelizmente, aquilo botou na cabeça de Timothy a ideia de morte. Ser debilitado como ele é o deixou nervoso. Ele percebeu que era um dos únicos irmãos que ainda estavam vivos... e começou a dizer que seria o próximo, que não ia tardar... Uma conversa muito mórbida, como eu lhe disse.

Eles saíram da estação e Maude tomou a frente até um carro caindo aos pedaços, uma verdadeira relíquia.

— Peço desculpas pelo nosso calhambeque — disse ela.

— Faz anos que queremos um carro novo, mas não temos como comprar. Já trocamos o motor deste aqui duas vezes...

Estes carros antigos aguentam muito. Só espero que pegue... Às vezes temos que dar uma manivela.

Ela apertou a ignição várias vezes, mas o único resultado foi um ronco insignificante. Mr. Entwhistle, que nunca havia dado manivela em carros na vida, ficou apreensivo. Mas a própria Maude desceu, encaixou a manivela de ignição e, com poucas giradas de vigor, o motor ganhou vida. Ainda bem que Maude era uma mulher de compleição robusta, refletiu Mr. Entwhistle.

— Aí está — disse ela. — Esse carango velho tem me dado trabalho. Foi o que aconteceu quando eu estava voltando do funeral. Tive que andar algumas milhas até a oficina mais próxima e eles não ajudaram muito... era uma oficina pequena, de interior. Tive que me hospedar na estalagem enquanto eles fuçavam. Claro que Timothy ficou *mais* incomodado ainda. Eu tive que telefonar e avisar que só voltaria no dia seguinte. Ele ficou irrequieto. A melhor opção é sempre esconder dele o máximo possível... mas tem coisas que não há como. O assassinato de Cora, por exemplo. Eu tive que mandar chamar o Dr. Barton para ele tomar um sedativo. Um homicídio é coisa demais para um homem no estado de saúde de Timothy. Cora sempre foi uma imbecil, acho.

Mr. Entwhistle digeriu o comentário em silêncio. A inferência não lhe ficou muito clara.

— Acho que não via Cora desde o nosso casamento — disse Maude. — Na época, eu não quis dizer ao Timothy... "sua irmã mais nova é lelé da cuca". Não desse jeito. Mas foi o que eu *pensei.* E ela lá, dizendo as coisas mais absurdas! A pessoa não sabia se ficava ofendida ou se ria. Imagino que o que houve é que ela morava em uma espécie de mundo imaginário, só dela... cheio de melodramas e fantasias sobre os outros. Bom, pobre alma. Agora ela pagou caro. Ela não tinha nenhum pupilo, tinha?

— Pupilo? Como assim?

— Eu apenas fiquei me perguntando. Quem sabe um artista jovem e bajulador, um músico... algo dessa laia. Alguém que ela houvesse deixado entrar naquele dia, e que a matou para ficar com uns trocados. Quem sabe um adolescente... Eles são tão afetados nessa idade, principalmente se fizerem o tipo artista neurótico. No caso, eu achei muito esquisito arrombarem a casa e a assassinarem no meio da tarde. Se você vai arrombar uma casa, você arromba à noite.

— Mas aí haveria duas mulheres na casa.

— Ah, sim, a acompanhante. Mas, sinceramente, eu não acredito que alguém fosse esperar até ela sair, e aí arrombar e agredir Cora. Para quê? A pessoa não tinha como supor que ela tivesse dinheiro vivo ou outras coisas. E deve ter havido outros momentos em que as mulheres não estavam e a casa ficou vazia. Teria sido muito mais seguro. Me parece muita burrice cometer um assassinato, a não ser quando é absolutamente necessário.

— E o assassinato de Cora, na sua opinião, foi desnecessário?

— Tudo me parece sem sentido.

Assassinatos deviam fazer sentido? Mr. Entwhistle se perguntou isso. Em termos acadêmicos, a resposta era sim. Mas havia registro de muitos crimes sem sentido. Dependia, refletiu Mr. Entwhistle, da mentalidade do assassino.

O que ele entendia, de fato, de assassinos e seus processos mentais? Muito pouco. Seu escritório nunca trabalhara com advocacia penal. Ele em si não era estudante de criminologia. Assassinos, até onde ele podia julgar, aparentemente havia de todos os tipos e cores. Alguns eram de uma vaidade arrogante, alguns tinham sede de poder. Alguns, como Seddon, eram malignos, avarentos. Outros, como Smith e Rowse, tinham fascínio absurdo pelas mulheres. Outros ainda, como Armstrong, haviam sido figuras agradáveis de se conhecer. Edith Thompson vivia em um mundo violento na sua irrealidade, enquanto a Enfermeira Waddington havia despachado seus idosos com uma folia metódica.

A voz de Maude invadiu suas reflexões.

— Ao menos se eu conseguisse arrancar os jornais de Timothy! Mas ele insiste em ler... e aí, é óbvio, fica transtornado. O senhor entende, não é, Mr. Entwhistle, que *não há condições* de Timothy comparecer à inspeção do cadáver? Se necessário for, Dr. Barton pode preparar um atestado ou o que for.

— A senhora pode ficar descansada quanto a isso.

— Graças aos céus!

Eles entraram nos portões da Granja Stansfield e subiram uma via de acesso desmazelada. O terreno tinha sido atraente outrora, mas hoje tinha uma aparência sombria, de abandono. Maude suspirou enquanto dizia:

— Tivemos que deixar sem manutenção durante a guerra. Os dois jardineiros foram convocados. E agora só temos um senhor de idade... que não é muito bom. Os ordenados subiram tanto. Eu tenho que dizer que é uma bênção que agora vamos conseguir aplicar algum dinheiro na casa. Nós dois gostamos muito daqui. Tinha muito medo de ter que vender... Não que eu tenha sugerido algo assim a Timothy. Ele teria ficado muito chateado... chateadíssimo.

Eles pararam diante do pórtico de uma mansão georgiana antiquíssima e que precisava seriamente de tinta.

— Não temos criados — disse Maude, amargurada, enquanto mostrava o caminho até a entrada. — Temos só umas senhoras que vêm às vezes. Tivemos uma empregada morando aqui até um mês atrás... um tanto corcunda, terrível das adenoides e não muito inteligente, em muitos aspectos. Mas *estava* aqui, o que nos dava certo conforto... e era muito boa para preparar refeições simples. O senhor não vai acreditar, mas ela pediu demissão e foi trabalhar com uma imbecil que tem seis pequineses em uma casa maior do que esta e que dá mais trabalho, porque "gostava muito de cachorrinhos", disse ela. Ora, cachorros! Vomitando e fazendo sujeira o tempo todo, não tenho dúvida! Essas meninas são umas *malucas!* Então, ficamos assim. E se eu tenho que sair à tarde, Timothy fica totalmente sozinho em casa. Caso aconteça alguma coisa, quem ajuda? Pelo menos eu deixo o telefone perto da poltrona dele. Assim, se ele se sentir tonto, pode ligar para o Dr. Barton imediatamente.

Maude tomou a frente até a sala de estar, onde o chá estava servido junto à lareira. Depois de acomodar Mr. Entwhistle, ela desapareceu, supostamente para os fundos da casa. Voltou em questão de minutos com um bule e uma chaleira de prata, e passou a servir Mr. Entwhistle. O chá estava ótimo e foi acompanhado por bolos caseiros e pãezinhos frescos. Mr. Entwhistle balbuciou:

— E Timothy?

Maude explicou de imediato que ela havia levado a bandeja de Timothy ao quarto antes de partir para a estação.

— E agora — disse Maude — ele já vai ter tirado a soneca e será o melhor momento para vocês se verem. Mas peço para que não o deixe muito agitado.

Mr. Entwhistle assegurou que tomaria todas as precauções necessárias.

Analisando-a à luz da lareira, ele foi acometido pela compaixão. Aquela mulher corpulenta, prosaica, tão saudável e tão vigorosa, tão dada ao bom senso e ainda assim, estranhamente, vulnerável em um ponto que a deixava próxima do lamentável. O amor que ela tinha pelo marido era o amor materno, concluiu Mr. Entwhistle. Maude Abernethie não havia gerado filhos e era uma mulher feita para a maternidade. O marido debilitado havia tornado-se seu filho, a ser protegido, resguardado, vigiado. E, quem sabe, por ter o caráter mais forte entre os dois, ela havia lhe imposto inconscientemente um estado de invalidez maior do que deveria ser.

"Pobre Mrs. Tim", pensou Mr. Entwhistle.

II

— Que bom que veio, Entwhistle.

Timothy endireitou-se na cadeira para estender a mão. Era um homem corpulento, de semelhança marcante com seu irmão Richard. Mas o que era força em Richard, em Timothy era fraqueza. A boca era irresoluta, o queixo levemente recuado, os olhos não tão profundos. Linhas de impaciência e de irritabilidade se pronunciavam na testa.

Seu status de inválido era enfatizado pela manta sobre os joelhos e uma verdadeira farmacopeia de pequenos frascos e caixas em uma mesa à sua direita.

— Eu não posso me exceder — disse ele, em tom de advertência. — O médico proibiu. Ele insiste em dizer para eu não me preocupar! Ah, as preocupações! Se houvesse um assassinato na família *dele,* aposto que *ele* saberia o que é preocupação! É muita coisa para um homem só... Primeiro, a morte de Richard. Depois, ouvir tudo a respeito do funeral, do testamento... este testamento! E, além disso tudo, a pobre Corinha, morta a machadadas. A machadadas! Ugh! Este país, hoje, está cheio de bandidos, de larápios... são os restolhos da guerra! Eles saem por aí, matando mulheres indefesas. Ninguém tem ganas de acabar com essa gente. De ter mão de ferro! Esse país vai virar o quê? É isso que eu queria saber. O que está virando esse país?

Mr. Entwhistle tinha familiaridade com esta jogada. Era uma questão que surgia quase invariavelmente, mais cedo ou mais tarde, de todos seus clientes nos últimos vinte anos. Ele tinha uma resposta pronta. As palavras sem compromisso que ele proferia podiam ser classificadas como de ruído branco.

— Tudo começou com o maldito Governo Trabalhista — disse Timothy. — Botou esse país inteiro na fogueira. E o Governo que temos agora não é melhor. Socialistas café com leite de língua fajuta! Veja só o *nosso* estado! Não se consegue um jardineiro decente, não se consegue criados... A pobre Maude teve que trabalhar até virar esse vulto, toda atrapalhada na cozinha. A propósito, minha cara, acho que hoje à noite um pudim de creme de ovos iria muito bem com o linguado... quem sabe começamos com um *consomé*? Tenho que preservar meu vigor... foi o Dr. Barton que disse. Bom, deixe-me ver, onde eu estava? Ah, sim, *Cora*. Eu devo lhe dizer que é um choque ouvir que a sua irmã, a sua própria irmã, foi *assassinada*! Ora, fiquei com palpitações por vinte minutos. Você terá que tratar de tudo para mim, Entwhistle. *Eu* não posso ir à inspeção do cadáver ou me incomodar com nada vinculado ao patrimônio de Cora. Quero ficar alheio a tudo. Aliás, o que aconteceu com a parte de Cora no dinheiro de Richard? Vai vir para mim, suponho?

Balbuciando alguma coisa sobre retirar o chá, Maude deixou o quarto.

Timothy recostou-se na cadeira e disse:

— É bom mesmo se livrar das mulheres. Agora podemos tratar de negócios sem interrupções simplórias.

— A quantia que ficou em nome de Cora — falou Mr. Entwhistle — irá igualmente para o senhor, sobrinhas e sobrinho.

— Mas veja bem... — As bochechas de Timothy ganharam um tom arroxeado de indignação. — Eu sou o parente mais próximo, não sou? O único irmão que restou.

Mr. Entwhistle explicou com cuidado as estipulações exatas no testamento de Richard Abernethie, lembrando delicadamente a Timothy que uma cópia lhe havia sido enviada.

— Você não vai querer que eu entenda desses jargões jurídicos, não é? — disse Timothy, nada grato. — Ah, advogados! Aliás, nem pude acreditar quando Maude chegou em casa e me deu o resumo. Achei que ela havia entendido errado. Mulheres nunca batem bem da cabeça. É a melhor mulher desse mundo, a Maude... mas mulheres não entendem de finanças. Creio que Maude sequer tenha se dado conta de que, se Richard não houvesse morrido agora, teríamos que sair dessa casa. É verdade!

— Tenho certeza de que se houvessem pedido a Richard... Timothy deu uma gargalhada curta e áspera.

— Não faz meu tipo. Nosso pai nos deixou uma parcela perfeitamente razoável do dinheiro que tinha... Quer dizer, se não quiséssemos entrar no negócio da família. Eu não quis. Minha alma está acima dos emplastros, Entwhistle! Richard teve certa dificuldade com a minha postura. Ora, com os impostos, a depreciação da renda, uma coisa e outra... não tem sido fácil se manter. Tive que resgatar boa parte das aplicações. É a melhor coisa a se fazer hoje em dia. Uma vez, sim, sugeri a Richard que estava ficando difícil manejar a casa. Ele foi da opinião de que ficaríamos muito melhor em um lugar menor, em todos os aspectos. Seria mais fácil para Maude, ele disse, pouparia mão de obra. Poupar mão de obra, veja o que se diz! Ah, não, eu não teria pedido ajuda a Richard. Mas posso lhe dizer, Entwhistle, que essas preocupações foram muito desfavoráveis a minha saúde. Um homem no meu estado não devia ter que se preocupar. Então Richard morreu e, embora seja óbvio que eu tenha ficado dilacerado, por ser meu irmão e tudo mais... não pude deixar de sentir alívio quanto às perspectivas futuras. Sim, agora é só içar as velas e partir... é um alívio. Vamos pintar a casa, vamos botar uns homens bons a trabalhar nesse jardim. Com um bom preço se consegue. Reabastecer toda a roseira. E... do que eu estava falando?

— Detalhando seus planos para o futuro.

— Sim, sim... mas não vou incomodá-lo com essas coisas. O que me magoou... e me magoou extremamente... foram as cláusulas no testamento de Richard.

— É mesmo? — Mr. Entwhistle olhou para ele, inquisitivo. — Não foram... o que o senhor esperava?

· DEPOIS DO FUNERAL · **81**

— Mas digo mesmo que não foram! Naturalmente, depois do falecimento de Mortimer, supus que Richard deixaria tudo *para mim.*

— Ah... e ele chegou... ele sugeriu algo assim a você?

— Ele nunca disse... não com todas as palavras. Era uma figura um tanto reticente, o Richard. Mas ele se convidou a vir aqui... pouco depois do falecimento de Mortimer. Queria tratar dos negócios de família em geral. Discutimos o pequeno George, mais todas as meninas e maridos. Ele queria saber o que eu pensava. Não que eu tivesse como dizer muito. Sou inválido e não fico saindo por aí, e Maude e eu vivemos isolados do mundo. Da minha parte, veja, as duas tiveram casamentos podres. Pois eu lhe pergunto, Entwhistle: eu naturalmente pensei que ele estivesse me consultando para chefiar a família depois que ele se fosse, e naturalmente eu achei que o controle do dinheiro ficaria comigo. Richard podia confiar em mim para fazer o que é certo pela geração mais jovem. E para cuidar da pobre Cora. Ah, dane-se, Entwhistle: eu sou um Abernethie. O último Abernethie. O controle devia ter ficado totalmente nas minhas mãos.

Em sua animação, Timothy havia chutado sua manta para longe e aprumado-se na cadeira. Não havia qualquer sinal de fraqueza nem de fragilidade no homem. Mr. Entwhistle o considerou um homem perfeitamente saudável, embora um tanto irritado. No mais, o velho advogado percebeu que Timothy Abernethie provavelmente sempre tivera inveja oculta do irmão Richard. Eles eram afins o bastante para Timothy se ressentir da força de caráter e da firmeza que o irmão tinha nos negócios. Quando Richard faleceu, Timothy ficara eufórico com a ideia de sucedê-lo, mesmo tardiamente, no controle da sina dos demais.

Richard Abernethie não havia lhe dado aquele poder. Teria pensado em dar e depois decidiu que não, talvez?

Uma comoção repentina de gatos no jardim fez Timothy se levantar da cadeira. Correndo à janela, ele a abriu de um movimento só e berrou:

— Parem já com isso!

Pegou um livro grande e lançou contra os arruaceiros.

— Gatos abomináveis — resmungou ele, voltando a sua visita. — Destroem os canteiros e eu não suporto essa miação.

Ele voltou a sentar-se e perguntou:

— Bebe algo, Entwhistle?

— Por enquanto não. Maude acabou de me dar um chá excelente.

Timothy resmungou.

— Mulher muito competente, a Maude. Mas faz coisas demais. Tem até que se sujar nas tripas do nosso calhambeque... ela é, a seu modo, uma ótima mecânica, sabia?

— Ouvi que ela teve um problema mecânico quando voltava do funeral?

— Sim. O carro pifou. Ela teve noção de me telefonar e avisar, caso eu ficasse nervoso, mas aquele asno que é a nossa diarista anotou o recado de um jeito que não fazia sentido. Eu tinha saído para tomar um ar... porque o médico me recomendou o exercício que eu puder, sempre que tiver vontade... Voltei da minha caminhada e encontrei as garatujas em um bilhete: "Madame pede desculpa carro deu problema vai passar a noite". Naturalmente pensei que ela ainda estivesse em Enderby. Fiz a ligação e descobri que Maude havia partido naquela manhã. Ela podia estar com o carro escangalhado *em qualquer lugar*! Ah, que confusão! A imbecil da diarista só me deixou um macarrão com queijo empelotado de jantar. Tive que ir à cozinha e aquecer *eu mesmo*. *Fora* ter que fazer o meu chá. Sem falar em atiçar a caldeira. Podia ter sido um ataque cardíaco... mas essas mulheres se importam? Essa, não! Se fosse decorosa, ela teria voltado na mesma noite e cuidado de mim como bem devia. Não se encontra mais gente leal entre os inferiores...

Ele continuou se lamentando.

— Não sei o quanto Maude lhe contou do funeral e dos parentes — disse Mr. Entwhistle. — Cora rendeu um embaraço. Disse com todas as letras que Richard foi assassinado, não disse? Talvez Maude tenha lhe contado.

Timothy soltou uma risada frouxa.

— Ah, sim, eu ouvi dizer. Todos a encararam com desaprovação e fingiram que estavam em choque. Bem o tipo de coisa que Cora diria! Você sabe que ela sempre conseguia o que quisesse quando era menina, Entwhistle? Lembro que ela disse uma coisa no nosso casamento que incomodou Maude. Maude nunca gostou muito de Cora. Então, Maude me telefonou naquela noite depois do funeral, para saber se eu estava bem, se Mrs. Jones conseguira entrar para me dar minha refeição noturna, então ela me disse que tudo havia corrido bem e eu perguntei: "E quanto ao testamento?". Ela tentou me engambelar, mas é óbvio que eu consegui arrancar a verdade. Eu não pude acreditar e disse que ela devia ter se enganado, mas ela insistiu. Aquilo me magoou, Entwhistle... aquilo me deixou *ofendido,* se é que você me entende. Se for me perguntar, eu vou dizer que foi despeito da parte do Richard. Eu sei que não se deve falar mal dos falecidos, mas, pelo benedito...

Timothy prosseguiu nesta temática por um bom tempo.

Então Maude voltou ao quarto e falou com voz firme:

— Eu acho, querido, que Mr. Entwhistle já passou um bom tempo com você. Agora você *precisa* descansar. Se já está tudo combinado...

— Sim, já combinamos. Deixo tudo a seu cargo, Entwhistle. Me avise quando apanharem o sujeito... se é que vão apanhar. Hoje em dia eu não boto confiança nenhuma na polícia. Os chefes de polícia não são quem deviam ser. Você vai cuidar do... hum... sepultamento... não vai? Infelizmente não conseguiremos comparecer. Mas pode encomendar uma coroa, das caras... e temos que botar uma boa lápide, no seu devido tempo... ela vai ser enterrada ali por perto, creio eu? Não tem por que a trazer ao norte e não tenho ideia de onde Lansquenet foi enterrado. Imagino que em algum lugar na

França. Não sei o que se grava na lápide quando é assassinato... Não se pode dizer "agora repousa" nem nada assim. Tem que se escolher o dizer certo. Algo apropriado. *Requiescat in Pace?* Não, isso é só para católicos.

— Viste, Senhor, a injustiça que me fizeram. Julga a minha causa — balbuciou Mr. Entwhistle.

O olhar assustado que Timothy lhe lançou fez Mr. Entwhistle sorrir de leve.

— Vem de Lamentações — disse ele. — Parece apropriado, mas um tanto melodramático. Contudo, vai levar um tempo antes de surgir a questão da lápide. A... hum... a terra tem que se acomodar, se é que me entende. O senhor não se preocupe. Vamos tratar de tudo e o manteremos informado.

Mr. Entwhistle partiu a Londres no primeiro trem da manhã seguinte.

Quando chegou em casa, depois de alguma indecisão, ele telefonou a um amigo.

Capítulo 7

— Não tenho palavras para dizer o quanto estimo seu convite. Mr. Entwhistle apertou calorosamente a mão de seu anfitrião. Hercule Poirot, sempre hospitaleiro, apontou uma poltrona próxima à lareira.

Mr. Entwhistle suspirou ao sentar-se.

Em um lado da sala, havia uma mesa posta para dois.

— Retornei hoje do interior — disse ele.

— E o senhor trouxe um assunto a respeito do qual gostaria de me consultar?

— Sim. Infelizmente é uma história longa e incoerente.

— Então é uma conversa que teremos depois do jantar. Georges?

O eficiente Georges materializou-se com um *pâté de foie gras* acompanhado por torradas quentes em um guardanapo.

— Comeremos nosso *pâté* à lareira — disse Poirot. — Depois passaremos à mesa.

Já havia passado uma hora e meia quando Mr. Entwhistle se espreguiçou na cadeira e soltou um suspiro de contentado.

— Você sabe viver bem, Poirot. Os franceses sempre sabem.

— Sou belga. Mas o restante do seu comentário se aplica. Na minha idade, o prazer máximo, praticamente o *único* prazer que me resta, é o prazer da mesa. Misericordiosamente, tenho excelente estômago.

— Ah — balbuciou Mr. Entwhistle.

Eles haviam ceado linguado *véronique,* seguido por escalope de vitela à milanesa, depois passando a uma pera flambada com sorvete.

Beberam um Pouilly Fuissé, seguido de um Corton e de um ótimo vinho do Porto, que agora repousava ao lado do cotovelo de Mr. Entwhistle. Poirot, que não era apreciador de Porto, bebericava um *crème de cacao.*

— Não sei — balbuciou Mr. Entwhistle, retrospectivo — onde você consegue um escalope como esse! Derreteu na minha boca!

— Tenho um amigo que é açougueiro do continente. Eu o auxilio com pequenos problemas domésticos. Ele me é grato... e também muito solidário em questões do estômago.

— Um problema doméstico. — Mr. Entwhistle suspirou.

— Preferia que não houvesse me lembrado... Que momento perfeito...

— Prolongue-o, meu amigo. Vamos tomar uma xícara de café e um ótimo conhaque. Depois, quando a digestão estiver encaminhada, *só então* o senhor deve me contar no que precisa de minha orientação.

O relógio bateu as 21h30 antes de Mr. Entwhistle remexer-se na poltrona. O momento psicológico havia chegado. Ele não se sentia mais relutante em trazer à luz o que o deixava perplexo. Estava, na verdade, ansioso para apresentar.

— Não sei — disse ele — se estou passando por imbecil em um nível colossal. De qualquer modo, não vejo o que se poderia fazer. Mas gostaria de lhe expor os fatos e saber o que pensa.

Ele fez uma pausa por alguns instantes e depois, a seu estilo meticuloso, contou a história. O cérebro jurídico bem treinado possibilitava a Mr. Entwhistle encadear os fatos com clareza, sem deixar nada de fora e sem acrescentar o que fosse alheio. Foi um relato claro e sucinto e, como tal, devidamente apreciado pelo homenzinho idoso de cabeça oval que o escutava.

Quando Mr. Entwhistle encerrou, houve uma pausa. Ele estava a postos para responder dúvidas, mas, por alguns instantes, não houve nenhuma. Hercule Poirot estava repassando os fatos. Enfim, disse:

— Me parece muito claro. O senhor tem em mente a desconfiança de que seu amigo, Richard Abernethie, pode ter sido assassinado? Esta desconfiança, ou suposição, baseia-se em um fato apenas: *as palavras que Cora Lansquenet proferiu no funeral de Richard Abernethie.* Se tirarmos estas palavras... não sobra nada. O fato de a própria ter sido assassinada no dia posterior pode ser pura coincidência. É verdade que Richard Abernethie morreu de forma abrupta, mas ele foi atendido por um médico de reputação que o conhecia bem. Aquele médico não teve desconfianças e lhe deu atestado de óbito. Richard foi enterrado ou cremado?

— Cremado. Conforme solicitação do próprio.

— Sim, é o que manda a lei. Isto significa que há um segundo médico que assinou o atestado... mas nisso não haveria complicação alguma. Então voltamos à questão essencial: *o que Cora Lansquenet disse.* O senhor estava lá e a escutou. Ela disse: "Mas ele foi assassinado, não foi?".

— Sim.

— E a questão de fato é: o senhor acredita que ela disse a verdade.

O advogado hesitou por um instante, depois respondeu:

— Sim, acredito.

— Por quê?

— Por quê? — Entwhistle repetiu as palavras, um tanto intrigado.

— Mas, sim, *por quê?* Seria porque, no fundo, o senhor já tinha alguma inquietação quanto ao modo do falecimento de Richard?

O advogado fez que não.

— Não, não, em nada.

— Então seria por conta *dela*... da própria Cora. O senhor a conhecia bem?

— Eu não a via desde... ah... há mais de vinte anos.

— O senhor a reconheceria se encontrasse na rua?

Mr. Entwhistle parou para refletir.

— Eu poderia passar por ela na rua e não reconhecer. Era uma magricela quando a vi pela última vez, menina, e, na meia-idade, estava uma mulher robusta e surrada. Mas creio que, no momento em que conversássemos face a face, eu a identificaria. Ela usava o cabelo do mesmo modo: uma franja cortada rente à testa. E tinha uma coisa de espiar por baixo da franja, como um animal acanhado, além de uma maneira muito característica de falar, brusca, e a mania de botar a cabeça para o lado antes de dizer algo ultrajante. Ela tinha *personalidade,* se me entende, e a personalidade é sempre individualíssima.

— Era, de fato, a mesma Cora que o senhor conhecera há anos. E ainda dizia ultrajes! Estas coisas, os absurdos que ela dizia antes... costumavam ser... justificáveis?

— Sempre havia algo de desajeitado em Cora. Quando era melhor que ninguém dissesse a verdade, era ela que dizia.

— E esta característica não mudou. Richard Abernethie foi assassinado... então Cora comentou imediatamente que ele foi.

Mr. Entwhistle se remexeu.

— O senhor acha que ele *foi* assassinado?

— Ah, não, não, meu amigo, não podemos ter essa pressa. Concordamos em uma coisa: Cora *pensou* que ele havia sido assassinado. Ela tinha certeza de que fora. Para ela, era mais uma certeza do que uma conjectura. E, assim, chegamos a: *ela devia ter motivos para crer.* Concordamos, pelo que o senhor conhecia dela, que não era mera travessura. Agora me diga: quando ela disse o que disse, houve, de imediato, um coro de contestações. Não é verdade?

— Exato.

— E então ela ficou confusa, desconcertada, e retirou sua colocação. Disse, pelo que o senhor lembra, algo do tipo: "Mas eu achei... pelo que ele me contou...".

O advogado fez que sim.

— Gostaria de lembrar com mais clareza. Mas tenho certeza de que ela usou as palavras "ele me disse" ou "ele disse...".

— E o assunto, então, ganhou panos quentes e os demais passaram a falar de outros temas. O senhor lembra, em retrospecto, de alguma expressão em especial no rosto de quem seja? Algo que continue na sua memória por ser... digamos... *incomum?*

— Não.

— E, exatamente no dia seguinte, *Cora foi assassinada.* E o senhor se pergunta: "Seria causa e efeito?"

O advogado se remexeu.

— Imagino que lhe pareça muito fantasioso...

— De modo algum — disse Poirot. — Dado que a suposição original está correta, ela é lógica. Cometeu-se um assassinato perfeito, o assassinato de Richard Abernethie, tudo correu tranquilamente... e de repente descobre-se que há uma pessoa que conhece a verdade! É evidente que esta pessoa tem que ser silenciada *o mais rápido possível.*

— Então você acha... que foi um assassinato?

Poirot falou com rosto sério:

— Eu acho, *mon cher,* exatamente o que o senhor pensou... que é um caso que merece investigação. Já tomou alguma medida? Já tratou do assunto com a polícia?

— Não. — Mr. Entwhistle balançou a cabeça. — Não me pareceu que teria bom propósito. Minha posição é de representante da família. Se Richard Abernethie foi assassinado, me parece que só há um método pelo qual se tenha cometido.

— Veneno?

— Exatamente. *E o corpo foi cremado.* Agora não dispomos de mais provas. Mas decidi que eu, pessoalmente, *preciso* me satisfazer quanto à questão. É por isso, Poirot, que vim ao *senhor.*

— Quem estava na casa no momento da morte?

— Um mordomo velho que está com ele há anos, um cozinheiro e uma criada. O que me parece, talvez, é que teria sido um deles...

— Ah! Não tente me botar vendas. Nossa Cora... ela sabe que Richard Abernethie foi morto, mas submete-se a fechar o bico. Ela diz: "Acho que estão todos certos". Portanto, *deve* haver envolvimento de uma pessoa da família, alguém que a vítima em si não gostaria de ter acusado abertamente. No mais, já que Cora tinha apreço pelo irmão, ela não ia aceitar a impunidade deste assassino silencioso. O senhor concorda até aqui, não?

— Foi o meu raciocínio... sim — confessou Mr. Entwhistle. — Mas como alguém da família poderia...

Poirot interrompeu-o.

— Quando se trata de veneno, há todo tipo de possibilidades. Supostamente seria um tipo de narcótico, se ele faleceu dormindo e se não houve visitas suspeitas. Possivelmente já estavam lhe administrando algum narcótico.

— De qualquer modo — disse Mr. Entwhistle —, o *como* pouco importa. Nunca conseguiremos provar o que quer que seja.

— No caso de Richard Abernethie, não. Mas o assassinato de Cora Lansquenet é diferente. Assim que soubermos "como", é possível que consigamos provas. — Ele complementou com um olhar afiado: — Talvez o senhor já tenha feito algo neste sentido.

— Muito pouco. Meu propósito era, sobretudo, creio eu, a *eliminação.* Sinto desgosto em pensar que alguém da família Abernethie seja assassino. Eu ainda não acredito. Esperava que, com perguntas aparentemente triviais, eu pudesse exonerar certos familiares da suspeita. Talvez, quem sabe, *todos?* Neste caso, Cora estaria errada na sua suposição e sua morte poderia ser atribuída a um gatuno fortuito que arrombou a casa. Afinal de contas, a questão é muito simples. O que os integrantes da família Abernethie estavam fazendo na tarde em que Cora Lansquenet foi assassinada?

— *Eh bien* — disse Poirot —, o que faziam?

— George Crossfield estava nas corridas em Hurst Park. Rosamund Shane estava fazendo compras em Londres. O marido dela... pois temos que incluir os maridos...

— Claro.

— O marido estava fechando um acordo para investir em uma peça de teatro; Susan e Gregory Banks passaram o dia em casa; Timothy Abernethie, que é inválido, estava na própria casa em Yorkshire, e a esposa dele estava voltando de carro de Enderby.

Ele encerrou o elenco.

Hercule Poirot olhou para o amigo e assentiu em tom de compreensão.

— Sim, é o que eles *dizem*. E seria tudo verdade?

— Não tenho como saber, Poirot. Algumas declarações estão aptas à prova ou desprova. Mas seria difícil provar ou desprovar sem se denunciar. Aliás, agir assim seria equivalente a uma acusação. Vou lhe dar apenas minhas conclusões. George *pode* ter estado nas corridas em Hurst Park, mas não creio que estivesse. Ele foi bastante precipitado em se gabar de que havia apostado em vencedores. É da minha experiência que muitos infratores prejudicam o próprio álibi por falar demais. Eu lhe perguntei o nome dos vencedores e ele deu os nomes de dois cavalos sem qualquer incerteza aparente. Descobri que houve muitas apostas nos dois no dia em questão e que um havia propriamente ganhado. O outro, embora favorito, inexplicavelmente havia fracassado em conseguir colocação.

— Interessante. Este George teria necessidade urgente de dinheiro na época da morte do tio?

— Fiquei com impressão de que tinha necessidade urgente, sim. Não tenho provas para o que digo, mas suspeito fortemente que ele estava especulando com dinheiro dos clientes e que corria risco de um processo. É apenas minha impressão, mas tenho experiência em assuntos como este. Advogados inadimplentes, lamento dizer, não são algo de todo incomum. Posso lhe dizer que eu não confiaria meu dinheiro a George e suspeito que Richard Abernethie, um excelente avaliador de caráter, tenha ficado insatisfeito com o sobrinho e não depositou confiança.

O jurista prosseguiu:

— A mãe dele era uma moça bonita, mas muito tola, que se casou com um homem que eu diria ser de caráter duvidoso. — Ele deu um suspiro. — As mulheres Abernethie têm o dedo podre.

Ele fez uma pausa antes de prosseguir:

— Quanto a Rosamund, é uma bela pateta. Eu não a enxergo golpeando a cabeça de Cora com um machado! O marido, Michael Shane, é uma espécie de azarão: é um homem de ambições e também homem vaidoso, presunçoso, devo dizer. Mas a verdade é que sei muito pouco a respeito dele. Não tenho motivo para levantar suspeitas de que ele tenha cometido um crime brutal ou de que tenha planejado cuidadosamente um envenenamento, mas até eu saber se estava fazendo o que ele diz que estava, não posso descartá-lo.

— Mas, quanto à esposa, o senhor não tem dúvidas?

— Não... não... ele tem certa frieza que impressiona... Mas, não, não consigo imaginá-la com um machado. É uma criatura de aparência muito frágil.

— E linda! — acrescentou Poirot, com sorriso um tanto cínico. — E a outra sobrinha?

— Susan? É muito diferente de Rosamund. Devo dizer que é uma moça de capacidade notável. Ela e o marido estavam em casa naquele dia. Eu disse (falsamente) que havia tentado falar com eles por telefone na tarde em questão. Greg respondeu com pressa que o telefone passara o dia com defeito. Ele havia tentado falar com outra pessoa e não conseguira.

— Então, mais uma vez, nada conclusivo... Não se pode eliminar as pessoas como se queria... Como é o marido?

— Acho difícil de decifrar. Ele tem uma personalidade um tanto desagradável, mas não sei dizer exatamente por que passa esta impressão. Quanto a Susan...

— Sim?

— Susan me lembra o tio. Ela tem o vigor, a vontade, a potência mental de Richard Abernethie. Pode ser impressão minha, mas acho que lhe falta a generosidade e o carinho do meu velho amigo.

— Mulheres nunca são generosas — comentou Poirot. — Mas às vezes podem ser afetuosas. Ela ama o marido?

— Devota, eu diria. Mas é sério, Poirot, eu não diria que... eu *não tenho* como acreditar, nem por um instante, que Susan...

— O senhor prefere George? — disse Poirot. — É natural! Da minha parte, não sou tão sentimental quanto às moças bonitas. Agora me conte da sua visita à geração idosa.

Mr. Entwhistle descreveu sua visita a Timothy e Maude com amplos detalhes. Poirot resumiu o resultado.

— Então, Mrs. Abernethie é uma boa mecânica. Ela sabe tudo das entranhas de um carro. E Mr. Abernethie não é o inválido que gosta de se pintar. Ele sai para caminhadas e, segundo o senhor, está apto a agir com vigor. Ele também é um tanto egomaníaco e ressentia-se do sucesso e do caráter superior do irmão.

— Ele falou de Cora com muito afeto.

— E ridicularizou o comentário que ela fez depois do funeral. E quanto à sexta beneficiária?

— Helen? Mrs. Leo? Não suspeito dela nem por um instante. De qualquer maneira, será fácil provar a inocência. Ela estava em Enderby. Com três criadas em casa.

— *Eh bien,* meu amigo — disse Poirot. — Sejamos pragmáticos. O que deseja que eu faça?

— Eu quero saber a verdade, Poirot.

— Sim. Sim, em seu lugar eu me sentiria do mesmo modo.

94   · AGATHA CHRISTIE ·

— E o senhor é o homem que a descobrirá. Sei que não aceita mais casos, mas peço que aceite este. É uma questão de negócios. Ficarei responsável pelos seus honorários. Vamos lá: dinheiro sempre vem a calhar.

Poirot deu um sorriso.

— Não se tudo se perder em impostos! Mas admito que seu problema me interessa! Porque não é fácil... É tão nebuloso... Há uma coisa, meu amigo, que seria melhor se ficasse a seu encargo. Depois eu vou me ocupar de tudo mais. Mas creio que seria melhor o senhor mesmo procurar o médico que atendeu Mr. Richard Abernethie. Conhece-o?

— De passagem.

— Como ele é?

— Um clínico geral de meia-idade. Bastante competente. Tinha ótima amizade com Richard. Bom sujeito de cabo a rabo.

— Então procure-o. Ele será mais aberto com o senhor do que comigo. Questione-o quanto à doença de Mr. Abernethie. Descubra que remédios Mr. Abernethie tomava na época da morte e antes. Descubra se Richard Abernethie chegou a dizer algo a seu médico quanto a se imaginar sendo envenenado. A propósito, esta tal Miss Gilchrist tem certeza de que ele usou o termo *envenenado* ao conversar com a irmã?

Mr. Entwhistle refletiu.

— Foi a palavra que ela usou... Mas ela é o tipo de testemunha que costuma mudar as palavras que usa, porque está convencida que se atém ao sentido. Se Richard houvesse dito que temia que alguém quisesse assassiná-lo, Miss Gilchrist faria a suposição de veneno porque vinculava seus temores aos de uma tia dela que achava que estavam mexendo na sua comida. Posso puxar o assunto com ela mais uma vez.

— Sim. Ou eu mesmo o faço. — Ele fez uma pausa e depois falou com outro tom de voz. — Ocorre-lhe, meu amigo, que nossa Miss Gilchrist também pode estar correndo risco?

Mr. Entwhistle pareceu surpreso.

— Não havia pensado nisso.

— Mas sim. Cora expressou suas suspeitas no dia do funeral. A pergunta na mente do assassino será a seguinte: será que ela as expressou a alguém mais quando ouviu falar da morte de Richard? E a pessoa com quem há maior probabilidade de que ela tenha conversado seria Miss Gilchrist. Eu creio, *mon cher,* que ela não deveria ficar sozinha no chalé.

— Creio que Susan vai passar por lá.

— Ah, então Mrs. Banks está a caminho?

— Ela quer conferir os pertences de Cora.

— Entendo... entendo... Bom, meu amigo, faça o que lhe pedi. Também poderia preparar Mrs. Abernethie... Mrs. Leo Abernethie, para a possibilidade de eu aparecer na casa. Veremos. De agora em diante, eu me ocuparei de tudo.

E Poirot começou a enrolar os bigodes com bastante vigor.

Capítulo 8

Mr. Entwhistle fitou Dr. Larraby e ficou pensativo. Ele tinha uma vida inteira de experiência em resumir as pessoas. Houvera frequentes ocasiões em que fora necessário tratar de uma situação difícil ou um assunto delicado. Mr. Entwhistle já era adepto à arte de fazer a abordagem adequada. Qual seria a melhor maneira de abordar Dr. Larraby em relação a um assunto certamente muito difícil e com o qual o médico poderia, de certo, se ofender por dizer respeito a sua competência profissional?

"A franqueza", pensou Mr. Entwhistle. Ou a franqueza com adaptações. Dizer que haviam levantado suspeitas devido a uma sugestão fortuita, disparada por uma mulher tola, seria contraindicado. Dr. Larraby conhecia Cora.

Mr. Entwhistle soltou um pigarro e atacou o problema com bravura.

— Gostaria de consultá-lo a respeito de um assunto muito delicado — disse ele. — O senhor pode ficar ofendido, mas, sinceramente, espero que não. O doutor é sensato e com certeza concluirá que uma... hum... sugestão absurda se resolve melhor encontrando uma resposta sensata e não condenando-a à primeira vista. Diz respeito a meu cliente, o finado Mr. Abernethie. Farei a pergunta sem rodeios. O senhor tem certeza, *certeza absoluta,* de que ele faleceu do que se considera uma morte natural?

O rosto de meia-idade, bem-humorado e corado, do Dr. Larraby voltou-se com espanto para seu interrogador.

— Que raios... É claro que sim. Eu dei o atestado, não dei? Se eu não estivesse satisfeito...

Mr. Entwhistle interrompeu-o com astúcia:

— Naturalmente, naturalmente. Eu lhe garanto que não suponho nada do contrário. Mas ficaria contente em ter sua confirmação positiva... diante do... hum... dos boatos que circulam.

— Boatos? Quais boatos?

— Não se sabe como essas coisas começam — disse Mr. Entwhistle, mendaz. — Mas minha opinião é que deviam ser detidas. De forma impositiva, se possível.

— Abernethie estava doente. Ele sofria de uma doença que levaria à fatalidade, eu diria, no mínimo, em dois anos. Poderia acontecer mais cedo. A morte do filho debilitou sua vontade de viver e sua resistência. Eu admito que não esperava que a morte dele acontecesse tão logo, nem que fosse tão abrupta, mas existem precedentes. Precedentes de sobra, aliás. Qualquer pessoa da medicina que prediz exatamente quanto um paciente vai morrer ou exatamente quanto tempo vai viver está fadado a passar por tolo. O fator humano é sempre incalculável. É frequente que os mais fracos demonstrem resistência inesperada e que os fortes sucumbam.

— Compreendo tudo. Não estou duvidando do seu diagnóstico. Mr. Abernethie estava, digamos assim (com certo melodrama, infelizmente) às portas da morte. Tudo que pergunto é: seria possível que um homem, sabendo ou suspeitando de estar condenado, possa, de vontade própria, encurtar este período de vida? Ou que alguém possa fazer isso por ele?

Dr. Larraby franziu a testa.

— Suicídio, o senhor quer dizer? Abernethie não fazia o tipo suicida.

— Entendo. O senhor pode me garantir, então, em termos médicos, que esta sugestão é implausível.

O médico se remexeu, inquieto.

— Eu não usaria a palavra implausível. Depois da morte do filho, a vida deixou de chamar a atenção de Abernethie como antes. Eu não creio que suicídio seja algo provável... mas não posso dizer que é *implausível*.

— O senhor fala da angulação psicológica. Quando eu falo em termos médicos, quero dizer: as circunstâncias da morte não tornam esta sugestão implausível?

— Não, ah, não. Não, isso não posso dizer. Ele morreu dormindo, como é comum a tantos. Não havia motivo para suspeitar de suicídio, nem evidência de seu estado mental. Se fossem exigir autópsia toda vez que um homem com uma doença séria morre dormindo...

O rosto do médico ficava cada vez mais vermelho. Mr. Entwhistle apressou-se a contrapor.

— É claro. É claro. Mas se *houvesse* provas... provas das quais o senhor não estivesse ciente? Se, por exemplo, ele houvesse dito alguma coisa para outra pessoa...

— Que sugerisse que ele cogitava o suicídio? Ele disse? Devo dizer que eu ficaria surpreso.

— Mas se *houvesse* acontecido... e ofereço esta argumentação de forma puramente hipotética. O senhor teria como eliminar a possibilidade?

Dr. Larraby respondeu sem pressa:

— Não... não... Eu não teria como. Mas repito: eu ficaria bastante surpreso.

Mr. Entwhistle se apressou a dar seguimento enquanto estava em vantagem.

— Se, então, supormos que a morte dele *não tenha sido* natural... e falo no plano *puramente* hipotético... o que a teria causado? Que tipo de droga, quero dizer?

— Diversas. Eu apontaria algum narcótico. Não havia sinal de cianose, a postura dele era bastante pacífica.

— Ele tinha algum preparado ou comprimidos para dormir? Algo nesse sentido?

— Sim. Eu havia prescrito Slumberyl. É um sonífero muito seguro, confiável. Ele não tomava todas as noites. E tinha só um frasco de comprimidos. Três ou até quatro vezes a dose prescrita não provocariam morte. Aliás, lembro de ver o frasco em seu lavatório depois da morte, praticamente cheio.

— O que mais o senhor lhe prescreveu?

— Diversas coisas... um remédio que continha uma pequena quantidade de morfina para quando sentisse dores. Cápsulas de vitamina. Um preparo para indigestão.

Mr. Entwhistle o interrompeu.

— Cápsulas de vitamina? Acho que já me prescreveram em um tratamento. Cápsulas redondinhas, de gelatina?

— Sim. Que contêm adexolina.

— Haveria como se introduzir algo mais, digamos, nestas cápsulas?

— Algo letal, o senhor diz? — O médico estava de aparência cada vez mais surpresa. — Mas não haveria por que uma pessoa... venha cá, Entwhistle: aonde você quer chegar? Meu Deus, homem, está sugerindo um *homicídio*?

— Não sei exatamente o que estou sugerindo... só queria saber o que seria *possível*.

— Mas que provas o senhor tem para sugerir uma coisa dessas?

— Não tenho prova alguma — disse Mr. Entwhistle com a voz cansada. — Mr. Abernethie faleceu... e a pessoa com quem ele falou também morreu. São apenas boatos... boatos vagos e insatisfatórios, e gostaria de dar um fechamento, se possível. Se o senhor me disser que não haveria como alguém ter envenenado Abernethie, de maneira alguma, ficarei extasiado! Eu lhe garanto que tiraria um peso da minha mente.

Dr. Larraby levantou-se e ficou andando para um lado e para o outro.

— Eu não posso dizer o que o senhor quer que eu diga — falou ele, enfim. — Gostaria. É claro que pode ter acontecido. — Qualquer pessoa poderia ter extraído o óleo da cápsula e substituído por... digamos... nicotina pura, ou meia dúzia de outras coisas. Ou algo pode ter sido colocado na sua comida, na sua bebida? Não é mais provável?

— É possível. Mas, veja bem, havia apenas os criados na casa quando ele morreu. E não creio que tenha sido algum deles. Aliás, tenho plena certeza de que não foi. Portanto, estou procurando uma possibilidade de ação retardada. Não há droga, creio eu, que se possa administrar e a pessoa morra semanas depois?

— É uma ideia que se adequa. Mas sinto dizer que não se sustenta — falou o médico, áspero. — Sei que o senhor é uma pessoa sensata, Entwhistle, mas *quem* deu esta sugestão? Me parece forçada ao nível da loucura.

— Abernethie nunca lhe disse nada? Nunca sugeriu que algum dos parentes não o queria mais atrapalhando a sucessão?

O médico lhe dirigiu um olhar curioso.

— Não, ele nunca me disse nada. Tem certeza, Entwhistle, que não há alguém... bom, exagerando na fantasia? Existem pessoas histéricas que podem passar a impressão de que são sensatas e normais, sabe.

— Espero que tenha sido o caso. Pode até ser.

— Deixe-me entender. Uma pessoa afirma que Abernethie lhe disse... suponho que tenha sido uma mulher?

— Sim, sim, foi uma mulher.

— ...disse a esta mulher que alguém estava tentando matá-lo?

Encurralado, Mr. Entwhistle contou com relutância a história do comentário de Cora no funeral. O rosto de Dr. Larraby se iluminou.

— Meu camarada. Eu não daria atenção alguma! A explicação é muito simples. A mulher chega em certo momento da vida... em que ela quer sensações, em que fica desequilibrada, inconfiável. Seria capaz de falar qualquer coisa. Acontece, sabia?

Mr. Entwhistle ofendeu-se com a suposição apressada do médico. Ele mesmo já tivera que lidar com muitas mulheres em busca de sensacionalismo e histéricas.

— O senhor pode ter razão — disse ele, levantando-se. — Infelizmente, não podemos abordá-la a respeito do assunto, pois a própria foi assassinada.

— Mas o que... *assassinada*? — Dr. Larraby fitou-o como se desconfiasse do estado mental do próprio Mr. Entwhistle.

— O senhor deve ter visto nos jornais. Mrs. Lansquenet, de Lytchett St. Mary, em Berkshire.

— É claro que vi! Mas eu não tinha ideia de que era parente de Richard Abernethie! — Dr. Larraby pareceu bastante abalado.

Sentindo que havia vingado-se da jactância profissional do médico e consciente de que sua desconfiança não havia sido mitigada com a visita, Mr. Entwhistle pediu licença para retirar-se.

II

De volta a Enderby, Mr. Entwhistle decidiu conversar com Lanscombe.

Ele começou perguntando ao velho mordomo quais eram seus planos.

— Mrs. Leo pediu para eu ficar aqui até a casa ser vendida, senhor, e será do meu pleno contento atendê-la. Todos temos grande afeição por Mrs. Leo. — Ele deu um suspiro. — Sinto muitíssimo, senhor, se me permite o comentário, que a casa tenha que ser vendida. Eu a conheço há muitos anos e vi todas as daminhas e os senhorezinhos crescerem aqui. Sempre achei que Mr. Mortimer viria para cá depois do pai e quem sabe aqui criasse família. Estava combinado, senhor, que eu iria para a casa de guarda na ala norte quando encerrasse meus serviços. É um excelente lugar, a casa de guarda... e eu estava ansioso para deixá-la nova em folha. Mas imagino que os planos se desfizeram.

— Sinto dizer que sim, Lanscombe. Todas as propriedades terão de ser vendidas. Mas com o seu herdado...

— Ah, não estou reclamando, senhor. Tenho toda consciência da generosidade de Mr. Abernethie. Estou muito bem guarnecido. Mas não é fácil encontrar um lugarzinho para se comprar hoje em dia e, embora minha sobrinha casada tenha me convidado para compor o lar com eles, bom, não será a mesma coisa que morar na propriedade.

— Eu sei — disse Mr. Entwhistle. — O mundo é novo e difícil para nós, os mais velhos. Queria ter visto mais do meu velho amigo antes de ele ir embora. Como ele lhe aparentava nos últimos meses?

— Bom, não era mais ele mesmo, senhor. Não desde a morte de Mr. Mortimer.

— Não, foi aquilo que o derrubou. Depois ficou doente... homens doentes, por vezes, têm caprichos estranhos. Imagino que Mr. Abernethie sofresse desse tipo de coisa nos últimos dias. Em algum momento ele falava de inimigos, de alguém querendo lhe fazer mal... quem sabe? Ele chegou a pensar que estavam adulterando sua comida?

O velho Lanscombe pareceu surpreso... surpreso e ofendido.

— Não consigo me lembrar de nada neste sentido, senhor.

Entwhistle lhe dirigiu um olhar incisivo.

— O senhor é um lacaio fiel, Lanscombe, eu sei que é. Mas estes caprichos, da parte de Mr. Lanscombe, seriam... hum... desimportantes. Um sintoma natural em certas... hum... doenças.

— É mesmo, senhor? Posso dizer apenas que Mr. Abernethie nunca disse nada do tipo a mim, nem que eu tenha ouvido.

Mr. Entwhistle passou delicadamente a outro assunto.

— Ele chamou parte da família para ficar aqui antes de falecer, não foi? O sobrinho e as duas sobrinhas com os maridos?

— Sim, senhor, é verdade.

— Ele ficou contente com as visitas? Ou desapontado?

Os olhos de Lanscombe ficaram distantes, suas costas se enrijeceram.

— Eu não teria como dizer, senhor.

— Creio que teria, sabe — falou Mr. Entwhistle em tom delicado. — Não lhe cabe dizer nada nesse sentido... é isso que o senhor quer dizer. Mas há momentos em que a pessoa tem que ser severa quanto à concepção do que é apropriado. Eu era um dos amigos mais antigos de seu amo. Tinha muito apreço por ele. Assim como o senhor. É por isso que lhe peço sua opinião como *homem,* não como mordomo.

Lanscombe ficou um instante em silêncio, depois falou com voz descorada:

— Haveria algo... algo de errado, senhor?

Mr. Entwhistle respondeu com a verdade.

— Eu não sei — disse ele. — Espero que não. Gostaria de me certificar. O senhor sentiu que havia algo errado?

— Apenas depois do funeral, senhor. E não saberia dizer exatamente o quê. Mas Mrs. Leo e Mrs. Timothy também não pareciam elas mesmas naquela noite, depois que os outros se foram.

— O senhor está ciente do conteúdo do testamento?

— Sim, senhor. Mrs. Leo achou que eu gostaria de saber. Se me permite o comentário, me pareceu um testamento muito justo.

— Sim, foi um testamento justo. Direitos iguais. Mas não é, creio eu, o testamento que Mr. Abernethie tinha intenção de deixar originalmente, depois que o filho faleceu. Agora poderia responder à pergunta que acabei de lhe fazer?

— Em termos de opinião pessoal...

— Sim, sim, está entendido que é.

— O amo, senhor, ficou muito descorçoado depois que Mr. George esteve aqui... Ele esperava, creio eu, que Mr. George fosse lhe lembrar Mr. Mortimer. Mr. George, se me permite dizer, não cumpria os requisitos. O marido de Miss Laura sempre foi tratado como insatisfatório e sinto dizer que Mr. George puxou ao pai. — Lanscombe fez uma pausa antes de seguir. — Então vieram as moças com os maridos. Com Miss Susan, ele simpatizou de imediato. Uma jovem muito espirituosa e bonita. Mas é da minha opinião que ele não suportava seu marido. Hoje em dia as moças escolhem muito mal, senhor.

— E o outro casal?

— Deles eu não teria muito o que falar. Uma dupla bastante jovem, muito simpáticos e belos. Creio que o mestre tenha gostado de recebê-los... mas não creio... — O idoso hesitou.

— Sim, Lanscombe?

— Bom, o amo nunca foi muito impressionado com os palcos. Um dia ele me disse: "Eu não entendo por que alguém teria fascínio pelo palco. É uma vida tão tola. Parece que priva as pessoas da pouca noção que têm. Não sei o que faz com seu sentido moral. De certo, você perde o senso de proporção". É claro que ele não se referia diretamente...

— Não, não, entendo muito bem. Agora, depois destas visitas, o próprio Mr. Abernethie viajou. Primeiro visitou seu irmão. Depois a irmã, Mrs. Lansquenet.

— Disso eu não sabia, senhor. No caso, ele me mencionou que iria a Mr. Timothy e depois a St. Mary Qualquer Coisa?

— Sim, isto. O senhor lembra de algo que ele tenha dito na volta, em relação a estas visitas?

Lanscombe parou para refletir.

— Não sei mesmo... nada direto. Ele estava contente em ter voltado. Viajar e ficar em casas estranhas o cansava muito... disso eu lembro de ele comentar.

— E nada mais? Nada a respeito de algum deles?

Lanscombe franziu a testa.

— O amo costumava... bom, *balbuciar,* se o senhor me entende. Falava comigo, mas mais consigo mesmo. Mal percebia que eu estava por perto... porque me conhecia bem.

— Conhecia e confiava, sim.

— Mas minhas recordações são bastante vagas em relação ao que ele disse... Algo a respeito de não pensar no que ele havia feito com o dinheiro... isto em relação a Mr. Timothy, pelo que entendi. E então ele disse algo do tipo: "As mulheres podem ser tolas em 99 ocasiões, mas na centésima podem ser muito astutas". Ah, sim, ele falou: "Você só pode dizer o que pensa a alguém da sua geração. Eles não acham que você está fantasiando, como fazem os mais jovens". E depois ele comentou, embora eu não saiba em conexão com o quê: "Não é muito gentil preparar armadilhas para os outros, mas não vejo o que mais eu possa fazer". Mas eu acho possível, senhor, que ele estivesse pensando no assistente de jardinagem... teria a ver com certa expropriação de pêssegos.

Mr. Entwhistle, porém, não achou que era o assistente de jardinagem que estava na mente de Richard Abernethie. Após mais algumas perguntas, ele dispensou Lanscombe e refletiu a respeito do que havia descoberto. Nada, na verdade. Nada, no caso, que ele não houvesse deduzido antes. Mas havia aspectos sugestivos. Não era na sua cunhada, Maude, mas na sua irmã Cora que ele vinha pensando quando fez o comentário sobre mulheres que eram tolas e, ainda assim, astutas. E era a ela que ele havia confiado suas "fantasias". Além disso, ele havia falado em preparar uma armadilha. Para quem?

III

Mr. Entwhistle havia ponderado muito a respeito do quanto devia contar a Helen. Ao final, decidiu que deveria considerá-la de plena confiança.

Primeiro ele agradeceu a ela por organizar os pertences de Richard e por fazer vários preparativos na casa. A mansão havia sido anunciada para venda e havia um ou dois compradores em potencial, que viriam conhecê-la em breve.

— Particulares?

— Infelizmente não. A Y.W.C.A. está considerando. Também há um clube de jovens e os Curadores da Fundação Jefferson estão procurando um local adequado para abrigar sua coleção.

— É muito triste que a casa não venha a ser habitada. Mas evidentemente, hoje em dia não é uma ideia viável.

— Eu ia lhe perguntar se é possível à senhora ficar aqui até que a casa seja vendida. Ou seria muito inconveniente?

— Não... na verdade, me caberia muito bem. Eu só quero ir ao Chipre em maio, e eu prefiro ficar aqui a ficar em Londres, como havia planejado. O senhor sabe que eu amo esta casa; Leo a amava e sempre ficávamos contentes por aqui quando vínhamos juntos.

— Há outro motivo pelo qual eu seria grato se pudesse ficar. Tenho um amigo, um homem chamado Hercule Poirot...

Helen disse, ríspida:

— Hercule Poirot? Então o senhor acha...

— Sabe de quem falo?

— É claro. Tenho amigos que... mas achei que ele era falecido há muito tempo.

— Ele está bastante vivo. Não é jovem, claro.

— Não, não haveria como.

Ela falava mecanicamente. O rosto ficou branco e tenso. Fez esforço para dizer:

— O senhor acha... que Cora tinha razão? Que Richard foi... *assassinado*?

Mr. Entwhistle desabafou. Era um prazer desabafar o assunto com Helen, que tinha a mente esclarecida e tranquila. Quando o jurista terminou, ela disse:

— É uma coisa para se tratar como fantasia... mas não é. Maude e eu, naquela noite após o funeral... Aquilo ficou nas mentes de nós duas, com certeza. Ficamos nos dizendo como Cora era estúpida... Ainda assim, ficamos inquietas. E depois... Cora foi assassinada... e eu disse a mim mesma que era pura coincidência. É claro que pode ser... mas, ah! Não há como ter certeza. É tudo muito difícil.

— Sim, é difícil. Mas Poirot é um homem de grande originalidade e tem algo que se aproxima do gênio. Ele entende perfeitamente do que precisamos: a garantia de que se trata de uma confusão.

— E caso não seja?

— O que lhe faz pensar isso? — perguntou Mr. Entwhistle, brusco.

— Eu não sei. Eu ando inquieta... não apenas em relação ao que Cora disse naquele dia. É outra coisa. Algo que, na época, achei que estava errado.

— Errado? Em que sentido?

— É exatamente isso. Não sei.

— Está me dizendo que tem a ver com uma das pessoas presentes?

— Sim... sim... algo nesse sentido. Mas não sei quem ou o quê... Ah, sei que parece absurdo...

— De modo algum. É interessante... muito interessante. Você não é nada tola, Helen. Se tiver notado algo, este algo é de significância.

— Sim, mas não consigo lembrar o que *era*. Quanto mais eu penso...

— Não pense. Não é assim que se faz algo voltar à lembrança. Deixe estar. Mais cedo ou mais tarde vai brotar na sua mente. E, quando acontecer, me avise. Imediatamente.

— Avisarei.

Capítulo 9

Miss Gilchrist afirmou o chapéu de feltro na cabeça e ajeitou uma mecha dos cabelos grisalhos para dentro. A inspeção do cadáver estava marcada para meio-dia e ainda não eram nem 11h20. Ela gostava do casaco e saia cinza que vestia e havia comprado uma blusa preta. Ela gostaria que toda a roupa fosse preta, mas estava além das suas condições. Olhou em volta do pequeno quarto arrumado e as paredes estavam lotadas de representações do Porto de Brixham, da Forja de Cockington, da enseada de Anstey, da enseada de Kynance, do Porto de Polflexan, da Baía de Babbacombe etc., todos com uma assinatura vistosa: Cora Lansquenet. Seus olhos pousaram com afeição particular no do Porto de Polflexan. Sobre a cômoda, uma fotografia esmaecida emoldurada com cuidado representava a casa de chá Salgueirinho. Miss Gilchrist olhou para ela com amor e soltou um suspiro.

Ela se distraiu de seu devaneio com o som da campainha no andar de baixo.

— Nossa — balbuciou Miss Gilchrist —, quem será...

Ela saiu do quarto e desceu as escadas quase desmoronando. A campainha soou de novo e ela ouviu uma batida forte.

Por algum motivo, Miss Gilchrist ficou nervosa. Seus passos desaceleraram por alguns instantes, então ela foi sem muita vontade até a porta, intimando-se a não ser boba.

Uma jovem vestida elegantemente de preto e carregando uma pequena maleta estava parada no degrau. Ela percebeu a feição de alerta no rosto de Miss Gilchrist e falou depressa:

— Miss Gilchrist? Eu sou a sobrinha de Mrs. Lansquenet. Susan Banks.

— Ah, nossa, sim, claro. Eu não sabia. Pode entrar, Mrs. Banks. Cuidado com o cabideiro da entrada... ele é um pouco projetado. Aqui, sim. Eu não sabia que a senhora viria para a inspeção do cadáver. Eu teria preparado alguma coisa... um café ou o que fosse.

Susan Banks falou com pressa:

— Não quero nada. Sinto muito se a assustei.

— Bom, pois *assustou,* em certo sentido. Que bobo da minha parte. Eu não costumo ficar nervosa. Aliás, eu disse ao advogado que *não estava* nervosa, que não ficaria nervosa de permanecer aqui sozinha e, de fato, *não estou* nervosa. É que... talvez seja a inspeção... e de pensar nas coisas... mas é que andei agitada a manhã inteira. Há questão de meia hora a campainha soou e eu mal consegui criar coragem para abrir a porta... Foi uma grande burrice, pois é deveras improvável que o assassino *volte...* e, afinal, por que voltaria? Na verdade, era só uma freira buscando donativos para um orfanato... e eu fiquei tão aliviada que lhe dei dois xelins, embora eu *não* seja católica romana e não tenha simpatia alguma pela Igreja Católica, nem por monges nem freiras, embora eu considere que as Irmãzinhas dos Pobres façam um trabalho ótimo. Mas, por favor, sente-se, Mrs.... Mrs....

— Banks.

— Sim, claro, Banks. A senhora veio de trem?

— Não, vim de carro. A viela era tão estreita que eu segui com o carro até uma estradinha e achei uma pedreira ou uma mina onde estacionei.

— Esta viela é estreita mesmo, mas dificilmente se vê trânsito por aqui. É uma estrada muito vazia.

Miss Gilchrist sentiu um leve calafrio ao dizer as últimas palavras.

Susan Banks estava olhando em volta da sala.

— Pobre tia Cora — comentou ela. — Deixou tudo que tinha para mim, sabe?

— Sim, eu sei. Mr. Entwhistle me contou. Imagino que a senhora ficará muito contente com a mobília. Sei que é recém-casada e hoje em dia mobiliar é muito caro. Mrs. Lansquenet tinha ótimas peças.

Susan não concordava. Cora não tinha bom gosto para antiguidades. Os móveis variavam entre peças "modernistas" e peças "artísticas".

— Não vou ficar com nada da mobília — disse ela. — Eu tenho a minha, entende? Vou colocar para leilão. A não ser que... a senhora gostaria de alguma peça? Seria um prazer...

Ela deteve-se, um tanto envergonhada. Mas Miss Gilchrist não estava nada embaraçada. Ela sorriu.

— Mas, ora, é *muito* gentil da sua parte, Mrs. Banks. Muito, muito gentil. Agradeço mesmo. Mas, na verdade, como sabe, tenho meus próprios móveis. Eu os deixei em um depósito caso... caso um dia... precisasse. Tem quadros que meu pai deixou também. Eu já tive uma casinha de chá, sabe... Mas aí veio a guerra... foi uma infelicidade. Porém, eu não vendi tudo, porque eu esperava voltar a ter minha casinha um dia, então deixei o que era melhor em um depósito, com as fotos do meu pai e relíquias da nossa casa antiga. Mas eu *gostaria* muito, se a senhora *não* se importasse, de ficar com aquela mesinha de chá da querida Mrs. Lansquenet. É tão bonitinha e sempre tomávamos nosso chá ali.

Susan, tendo um pequeno arrepio ao ver a mesinha verde pintada com grandes clemátis roxas, disse com toda velocidade que ficaria agradecida se Miss Gilchrist ficasse com o móvel.

— *Muito* obrigada, Mrs. Banks. Eu me sinto tão gananciosa. Fiquei com todos os quadros bonitos que eram de Mrs.

Lansquenet, mais um broche de ametista lindo... agora eu sinto que *estes,* eu deveria devolver à senhora.

— Não, não, de modo algum.

— Gostaria de conferir os pertences dela? Depois da inspeção, quem sabe?

— Pensei em ficar alguns dias por aqui, repassar tudo e fazer uma faxina.

— Dormir aqui, a senhora diz?

— Sim. Haveria algum problema?

— Não, não, Mrs. Banks, é claro que não. Eu vou trocar a roupa da minha cama e posso me acomodar aqui no sofá muito bem.

— Mas tem o quarto de tia Cora, não tem? Eu posso dormir ali.

— A senhora... não se importaria?

— Por ser o lugar onde ela foi assassinada? Não, não, não me importaria. Sou muito forte, Miss Gilchrist. Já foi... bom... Já está arrumado, não está?

Miss Gilchrist entendeu o sentido da pergunta.

— Ah, *sim,* Mrs. Banks. As cobertas foram para a lavanderia e Mrs. Panter e eu passamos pano no quarto inteiro. E temos cobertas sobrando. Mas a senhora mesma pode subir para ver.

Ela tomou a frente nas escadas e Susan foi atrás.

O quarto em que Cora Lansquenet havia morrido estava limpo com frescor, curiosamente destituído de qualquer atmosfera sinistra. Tal como a sala de estar, continha um misto de móveis utilitários modernos e outros com pinturas elaboradas. Era uma representação da personalidade alegre e pouco refinada de Cora. Acima da cornija, uma pintura a óleo mostrava uma jovem viçosa prestes a entrar na banheira.

Susan teve um pequeno calafrio ao observar o quadro e Miss Gilchrist disse:

· DEPOIS DO FUNERAL ·

— Este foi pintado pelo marido de Mrs. Lansquenet. Temos vários desses quadros na sala de jantar do primeiro piso.

— Que horror.

— Bom, da *minha* parte não tenho grande apreço por esse estilo de pintura... Mas Mrs. Lansquenet tinha muito orgulho do marido artista e achava que o trabalho dele não recebia a devida estima.

— Onde estão os quadros de tia Cora?

— No meu quarto. Gostaria de ver?

Miss Gilchrist apresentou seus tesouros com orgulho.

Susan comentou que tia Cora parecia afeiçoada a balneários.

— Ah, é verdade. Veja bem, ela morou muitos anos com Mr. Lansquenet em uma vila de pescadores na Bretanha. Barcos de pesca são muito propícios a pintar, não acha?

— Com certeza — balbuciou Susan. Ela pensou que poderia fazer uma série de cartões-postais com os quadros de Cora Lansquenet, que eram fiéis a cada detalhe das paisagens e tinham muitas cores. Geravam inclusive a desconfiança de que haviam sido pintados a partir de cartões-postais de fato.

Porém, quando arriscou esta opinião com Miss Gilchrist, a senhorinha ficou indignada. Mrs. Lansquenet *sempre* pintava de observação! Aliás, houve inclusive uma vez em que ela teve uma insolação por causa da relutância em abandonar uma paisagem quando a luz estava no ponto certo.

— Mrs. Lansquenet era uma artista genuína — disse Miss Gilchrist, em tom recriminatório.

Ela conferiu o relógio de pulso e Susan falou com pressa:

— Sim, temos que partir para a inspeção. É longe daqui? Tenho que ir de carro?

Ficava a cinco minutos de caminhada, lhe garantiu Miss Gilchrist. Então elas partiram a pé. Mr. Entwhistle, que havia vindo de trem, as encontrou e as acompanhou até o Centro Comunitário.

A impressão era de que havia muitos estranhos no local. A inspeção não teve nada de fabuloso. Houve provas de identificação da falecida, provas médicas da natureza dos ferimentos que a haviam matado e não havia sinais de luta. A falecida provavelmente estava sob efeito de narcóticos quando sofreu o ataque e teria sido surpreendida. É improvável que a morte houvesse ocorrido após as 16h30. A aproximação mais exata ficava entre catorze e 16h30. Miss Gilchrist depôs que encontrou o corpo. Um guarda e o Inspetor Morton deram provas. O médico-legista resumiu o inquérito. O júri não fez rodeios quanto ao veredicto. *Homicídio cometido por pessoa ou pessoas não identificadas.*

E assim se encerrou. Elas voltaram ao lado de fora. Meia dúzia de câmeras clicou. Mr. Entwhistle conduziu Susan e Miss Gilchrist ao King's Arms, onde ele havia tomado a precaução de marcar um almoço, a ser servido no salão privativo atrás do balcão.

— Sinto dizer que o almoço não é dos melhores — comentou ele, apologético.

Mas o almoço não foi de todo ruim. Miss Gilchrist fungou um pouco e balbuciou que tudo havia sido "tão terrível", mas, depois que Mr. Entwhistle insistiu que ela tomasse uma taça de xerez, animou-se e atacou o cozido irlandês com todo apetite. Ele disse a Susan:

— Eu não tinha ideia de que você viria, Susan. Podíamos ter vindo juntos.

— Sei que eu disse que não viria. Mas me pareceu um horror a família inteira não comparecer. Telefonei para o George, mas ele disse que estava ocupado e não tinha condições de vir, Rosamund tinha uma audição e tio Timothy, é claro, está muito velho. Tinha que ser eu.

— Seu marido não veio junto?

— Greg teve que se acertar com a farmácia e aquela gente cansativa.

Vendo o olhar de assustada nos olhos de Miss Gilchrist, Susan disse:

— Meu marido trabalha em uma farmácia.

· DEPOIS DO FUNERAL ·   **115**

Um marido no comércio não fechava com a impressão de Miss Gilchrist quanto à elegância de Susan, mas ela falou com destemor:

— Ah, sim, tal como Keats.

— Greg não é poeta — disse Susan.

Ela complementou:

— Temos grandes planos para o futuro. Um estabelecimento multiuso: cosméticos, salão de beleza e um laboratório de manipulação.

— Ficará muito bom — comentou Miss Gilchrist, em tom de aprovação. — Algo no estilo de Elizabeth Arden, que me disseram que é uma condessa de verdade... ou seria Helena Rubinstein? De qualquer modo — completou ela em tom agradável —, uma farmácia não é em nada como uma loja comum. Não é uma *alfaiataria,* nem uma *quitanda.*

— A senhorita tinha uma casa de chá, não é mesmo?

— Sim, tinha. — O rosto de Miss Gilchrist iluminou-se. Nunca lhe teria ocorrido que a Salgueirinho seria um "comércio" no sentido de que estavam falando. Ter uma casa de chá, na cabeça dela, era a essência do requinte. Ela começou a contar a Susan da Salgueirinho.

Mr. Entwhistle, que já havia ouvido a ladainha, deixou sua mente passear por outros assuntos. Quando Susan lhe dirigiu a palavra duas vezes e o advogado não respondeu, ele apressou-se em pedir desculpas.

— Perdão, minha cara, eu estava pensando... no seu tio Timothy, a propósito. Estou um tanto preocupado.

— Com o tio Timothy? Eu não ficaria. Não creio que tenha algo de errado com ele. Ele só é hipocondríaco.

— Sim... sim, talvez você tenha razão. Confesso que não era a saúde dele que me preocupava. É a de Mrs. Timothy. Parece que ela caiu na escada e torceu o tornozelo. Está acamada e seu tio está transtornado.

— Porque vai ter que cuidar dela, e não o contrário? Vai lhe fazer muito bem — disse Susan.

— Sim... ouso dizer que sim. Mas será que ele *vai* cuidar da sua tia? Esta que é a pergunta. Sem criadagem na casa? — A vida é um inferno para os mais velhos — comentou Susan. — Eles moram numa espécie de mansão georgiana, não é? Mr. Entwhistle fez que sim.

Os três saíram com bastante cautela do King's Arms, mas a imprensa já havia dispersado.

Alguns jornalistas estavam parados à espera de Susan na porta do chalé. Guiada por Mr. Entwhistle, ela disse as palavras que eram necessárias e prudentes. Então ela e Miss Gilchrist entraram no chalé e Mr. Entwhistle voltou ao King's Arms, onde havia alugado um quarto. O funeral aconteceria no dia seguinte.

— Meu carro ainda está na pedreira — disse Susan. — Eu tinha esquecido. Depois eu levo até o vilarejo.

Miss Gilchrist falou, ansiosa:

— Não demore muito. A senhora não vai sair à noite, vai?

Susan olhou para ela e riu.

— A senhorita não acha que há um assassino à solta, acha?

— Não... não, creio que não. — Miss Gilchrist pareceu envergonhada.

"Mas é exatamente o que ela acha", pensou Susan. "É inacreditável!"

Miss Gilchrist desapareceu cozinha adentro.

— Acho que a senhora vai querer tomar seu chá mais cedo. Pode ser em questão de meia hora, Mrs. Banks?

Susan achou que chá às 15h30 seria um exagero, mas foi caridosa em pensar que "uma boa xícara de chá" era a ideia que Miss Gilchrist tinha quanto a restaurar os nervos. Além disso, ela tinha seus motivos para querer agradar Miss Gilchrist, então falou:

— Quando quiser, Miss Gilchrist.

O estalar contente de utensílios de cozinha teve início e Susan foi à sala de estar. Ela estava lá havia poucos minutos quando a campainha tocou e foi sucedida por batidas firmes à porta.

Susan veio ao saguão e Miss Gilchrist apareceu na porta da cozinha usando um avental e limpando as mãos cheias de farinha.

— Ah, nossa, mas quem você diria que é?

— Mais jornalistas, creio eu — respondeu Susan.

— Ah, puxa vida, que incômodo para você.

— Ah, enfim, deixe estar. Vou atendê-los.

— Eu ia preparar *scones* para o chá.

Susan foi na direção da porta da frente e Miss Gilchrist ficou na volta, sem saber o que fazer. Susan chegou a questionar se não haveria um homem com um machado a aguardando do lado de fora.

O visitante, contudo, revelou-se um cavalheiro idoso que levantou o chapéu assim que Susan abriu a porta e disse, sorrindo para ela como um tio querido:

— Mrs. Banks, creio?

— Sim.

— Meu nome é Guthrie. Alexander Guthrie. Eu era amigo, um amigo de longa data, de Mrs. Lansquenet. A senhorita, creio eu, seria a sobrinha, a antiga Miss Susan Abernethie?

— Exatamente.

— Então, agora que sabemos quem o outro é, eu poderia entrar?

— É claro.

Mr. Guthrie limpou os pés cuidadosamente no capacho, entrou, despiu-se do sobretudo, deixou-o junto ao chapéu sobre a pequena cômoda de carvalho e acompanhou Susan até a sala de visitas.

— A ocasião é melancólica — disse Mr. Guthrie, a quem a melancolia não parecia surgir naturalmente, sendo a sua inclinação pessoal irradiar alegria. — Sim, uma ocasião de muita melancolia. Eu estava na região e pensei que o mínimo que podia fazer era comparecer à inspeção do corpo.

118

E ao funeral, é claro. Coitada da Cora... da pobre, tola Cora. Eu a conhecia, minha cara Mrs. Banks, desde os primeiros dias de casada. Uma moça espirituosa... Que levava a arte muito a sério, e que levava Pierre Lansquenet a sério. Como artista, eu digo. No somatório, ele não foi um péssimo marido. Ele teve seus momentos, sim, ele arrastou a asa por aí... mas Cora, felizmente, entendia tudo como parte do temperamento de artista. Ele era um artista e, portanto, era imoral! Aliás, não sei se ela não ia além: ele era imoral e, portanto, devia ser artista! Não tinha qualquer noção das questões artísticas, a pobre Cora... mas, em outros aspectos, veja bem, Cora tinha muita noção. Sim, tinha uma noção surpreendente.

— É o que todos dizem — falou Susan. — Eu não a conhecia bem.

— Não, não, ela se afastou da família porque eles não conseguiam apreciar seu querido Pierre. Ela nunca foi bonita... mas tinha um *je ne sais quoi.* Era ótima companhia! Nunca se sabia o que ela ia dizer e nunca se sabia se sua ingenuidade era genuína ou proposital. Ela nos fazia rir, muito. A criança eterna... é isso que pensávamos dela. E, de fato, da última vez que a vi (eu a via de tempos em tempos desde a morte de Pierre) me pareceu que ela estava de comportamento muito infantil.

Susan ofereceu um cigarro a Mr. Guthrie, mas o idoso fez que não.

— Não, obrigado, minha cara. Não fumo. Deve estar se perguntando por que vim. Para dizer a verdade, foi porque tive um surto de consciência. Prometi a Cora que viria para uma visita há semanas. Era comum eu visitá-la uma vez por ano e nos últimos tempos ela tinha adotado o hobby de comprar quadros em bazares e queria que eu conferisse alguns. A minha profissão, aliás, é de crítico de arte. É evidente que a maioria das aquisições de Cora eram quadros toscos, horrendos, mas, no somatório, não é má especulação.

· DEPOIS DO FUNERAL ·

Os quadros saem por quase nada nestes bazares e as molduras por si só valem mais do que você paga pela pintura. Naturalmente, toda venda importante é tem negociadores profissionais presentes, e é improvável que se consiga obras-primas. Mas, justamente outro dia, arremataram um pequeno Cuyp por umas poucas libras em um bazar de fazenda. A história é muito interessante. Ele havia sido dado a uma velha enfermeira, da parte da família de quem ela fora cuidadora fiel por muitos anos. Eles não tinham ideia do valor. A enfermeira idosa o deu a um sobrinho fazendeiro que gostava do cavalo na pintura, mas achava que era apenas uma velharia! Sim, pois é, essas coisas acontecem, e Cora estava convencida de que tinha olho para arte. Não tinha, é claro. Queria que eu viesse para conferir um Rembrandt que ela havia comprado no ano passado. Um Rembrandt! Não era nem uma cópia de respeito! Mas ela conseguiu uma gravura muito bela de Bartolozzi. Manchada de mofo, infelizmente. Eu a vendi em nome dela, por trinta libras, e claro que ela entendeu isso como um estímulo. Ela se correspondeu comigo, com muito entusiasmo, para falar de um primitivista italiano que havia comprado em um bazar e eu prometi que viria dar uma olhada.

— É aquele ali, imagino eu — disse Susan, fazendo sinal para a parede atrás do idoso.

Mr. Guthrie levantou-se, colocou os óculos e passou a analisar o quadro.

— Coitada da Cora — comentou ele, enfim.

— Tem muitos mais — informou Susan.

Mr. Guthrie passou a uma inspeção vagarosa dos tesouros artísticos adquiridos pela otimista Mrs. Lansquenet. Vez ou outra, ele dizia "tsc, tsc". Vez ou outra, suspirava.

Por fim, ele tirou os óculos.

— A sujeira — divagou ele — é algo maravilhoso, Mrs. Banks! Dá uma pátina de romantismo aos exemplares mais terríveis da arte do pintor. Sinto dizer que Bartolozzi foi sorte de principiante. Pobre Cora. Ainda assim, lhe proporcionou um interesse na vida. Sou muito grato por não ter tido que desiludi-la.

— Tem alguns quadros na sala de jantar — disse Susan —, mas creio que sejam todos obras do marido.

Mr. Guthrie teve um pequeno estremecer e ergueu a mão em protesto.

— Não me obrigue a ver aquilo de novo. As aulas com modelos vivos são as culpadas! Sempre tentei poupar Cora das minhas opiniões. Era uma esposa devota... muito devota. Bom, minha cara Mrs. Banks, não vou tomar mais do seu tempo.

— Ah, mas fique e tome chá. Creio que está quase pronto.

— Muito gentil da sua parte. — Mr. Guthrie sentou-se de novo, prontamente.

— Vou conferir.

Na cozinha, Miss Gilchrist estava tirando uma última fornada de *scones* do forno. A bandeja de chá estava a postos e a chaleira sacudia a tampa delicadamente.

— Chegou um tal de Mr. Guthrie, e pedi para ele ficar para o chá.

— Mr. Guthrie? Ah, sim, era um grande amigo da querida Mrs. Lansquenet. É o famoso crítico de arte. Que alegria; preparei uma boa fornada de *scones,* uma geleia caseira de morango e acabei de fazer estes bolinhos. Vou preparar o chá... Já aqueci a água. Ah, por favor, Mrs. Banks, não carregue essa bandeja pesada. Pode deixar que eu dou conta de *tudo.*

Susan, porém, pegou a bandeja e Miss Gilchrist veio atrás com a chaleira e o bule. Ela cumprimentou Mr. Guthrie e eles sentaram-se.

— *Scones* quentinhos, que *delícia* — elogiou Mr. Guthrie.

— E que geleia maravilhosa! Ora, com as coisas que vendem hoje em dia...

Miss Gilchrist ficou corada e encantada. Os bolinhos estavam excelentes, assim como os *scones,* e todos lhe fizeram justiça. O fantasma da Salgueirinho pairava sobre o encontro. Ali, como era evidente, Miss Gilchrist estava à vontade.

— Ora, obrigado, vou aceitar, sim — disse Mr. Guthrie enquanto aceitava o último bolinho depois de certa insistência da parte de Miss Gilchrist. — Eu me sinto muito culpado, todavia... aqui, aproveitando meu chá, enquanto a pobre Cora foi vítima de um assassinato brutal.

Miss Gilchrist demonstrou uma reação inesperadamente vitoriana.

— Ah, mas Mrs. Lansquenet teria gostado que o senhor tomasse um bom chá. O senhor precisa conservar a força.

— Sim, sim, é possível que a senhorita tenha razão. O caso é que, como sabe, é impossível se convencer de que alguém que você conhecia... que conhecia, em pessoa... *pode* ter sido assassinada!

— Concordo — disse Susan. — Me parece uma coisa... fantasiosa.

— E certamente não foi um vagabundo qualquer que arrombou a casa e a atacou. Eu *consigo* imaginar, como sabem, motivos para Cora ter sido assassinada...

Susan falou depressa:

— Consegue? Quais motivos?

— Bom, ela não era discreta — disse Mr. Guthrie. — Cora nunca foi. E ela gostava... como vou dizer... de mostrar como era perspicaz? Como uma criança que ficou sabendo do segredo de outros. Se Cora descobrisse um segredo, ela queria contar. Mesmo se prometesse que não contaria, ainda assim ela contava. Ela não conseguia se segurar.

Susan não disse nada. Miss Gilchrist tampouco. Ela parecia preocupada. Mr. Guthrie prosseguiu:

— Sim, uma pequena dose de arsênico numa xícara de chá... com *isto* eu não me surpreenderia. Ou uma caixa de bombons pelo correio. Mas um assalto e uma violência dessas, tão sórdida... me parece muito incongruente. Posso estar errado, mas eu diria que ela tinha muito pouco a se roubar que valesse o tempo de um ladrão. Ela não guardava muito dinheiro em casa, guardava?

122 · AGATHA CHRISTIE ·

Miss Gilchrist respondeu:

— Pouquíssimo.

Mr. Guthrie deu um suspiro e pôs-se de pé.

— Ah! Bom, temos muita bandidagem desde a guerra. Os tempos mudaram.

Agradecendo a elas pelo chá, ele despediu-se educadamente das duas mulheres. Miss Gilchrist o levou à porta e ajudou-o com o sobretudo. Da janela da sala de visitas, Susan assistiu-o trotando até o portão.

Miss Gilchrist voltou à sala com um pequeno pacote na mão.

— O carteiro deve ter passado enquanto eu estava na inspeção. Ele tentou empurrar pela caixa de correspondência e deixou cair no vão atrás da porta. Mas eu me pergunto o que seria... ora, é claro, deve ser bolo de casamento.

Miss Gilchrist, bastante alegre, rasgou o papel. Dentro havia uma pequena caixa branca amarrada com fita prateada.

— É mesmo! — Ela tirou o laço e dentro havia uma fatia modesta de bolo com massa enriquecida de manteiga e ovo, recheado com pasta de amêndoas e coberto de glacê.

— Que lindo! Mas quem... — Ela consultou o cartão anexado. — *John e Mary.* Mas *quem* seria? Que bobos de não colocarem sobrenome.

Susan, despertando-se da contemplação, falou distraidamente:

— Fica muito difícil quando as pessoas só usam o primeiro nome. Outro dia recebi um cartão-postal assinado apenas por Joan. Fiz a conta e conheço oito Joans. Agora, com tantos telefonemas, não reconhecemos mais a letra dos outros.

Miss Gilchrist estava repassando os Johns e Marys que conhecia.

— Pode ser a filha de Dorothy... *ela* chamava-se Mary, mas não ouvi falar de noivado, muito menos de casamento. Tem o pequeno John Banfield... imagino que já esteja crescido e com idade para casar... Ou a moça dos Enfield. Ah, enfim, creio que uma hora vá me ocorrer...

Ela pegou a bandeja do chá e foi para a cozinha.

Susan levantou-se e disse:

— Bom... acho melhor eu achar um lugar para deixar o carro.

Capítulo 10

Susan tirou o carro da pedreira onde havia estacionado e veio dirigindo até o vilarejo. Encontrou uma bomba de gasolina. Garagem, não. Recomendaram que ela levasse o carro ao King's Arms. Eles tinham vaga e ela estacionou perto de um grande Daimler que estava preparando-se para sair. O carro tinha um chofer e, dentro, se via um senhor estrangeiro, idoso, bastante agasalhado e bigodudo.

O atendente com quem Susan conversava sobre o carro a fitava de um jeito tão arrebatado que dava a impressão de que não assimilava nem metade do que ela dizia.

Por fim, ele falou com uma voz pasma:

— A senhora é sobrinha dela, né?

— O quê?

— A senhora é a sobrinha da vítima — repetiu o garoto com gosto.

— Ah... sim... sim, sou.

— Arre! Eu tava pensando de onde que eu conhecia.

"Macabro", pensou Susan, enquanto fazia o caminho de volta ao chalé.

Miss Gilchrist a recebeu.

— Ah, que bom que voltou e está segura — disse com um tom de alívio que a deixou ainda mais incomodada.

A senhorinha complementou, nervosa:

— A senhora *come* espaguete, não come? Pensei que para hoje...

— Ah, sim, o que for. Não quero comer muito.

— Pois eu me gabo do meu maravilhoso espaguete gratinado.

A ostentação não foi vazia. "Miss Gilchrist", ponderou Susan, "era uma cozinheira excelente de fato." Susan ofereceu-se para ajudar a lavar a louça, mas Miss Gilchrist, embora claramente agradecida pela proposta, assegurou a Susan que era pouca coisa.

Ela apareceu um pouco depois com o café. Este não estava tão maravilhoso; estava decididamente fraco. Miss Gilchrist ofereceu a Susan um pedaço do bolo de casamento, que Susan recusou.

— É um bolo muito bom mesmo — insistiu Miss Gilchrist enquanto ela mesma provava. Havia se satisfeito com a conclusão de que devia ter sido enviado por alguém que ela tratou como a "filha da querida Ellen, que eu sei que estava noiva, mas não consigo lembrar o nome dela".

Susan deixou Miss Gilchrist tagarelar até o silêncio, antes de entrar no seu próprio tema para diálogo. Aquele momento, após o jantar, sentadas diante da fogueira, era propício. Ela disse, enfim:

— Meu tio Richard veio aqui antes de morrer, não veio?

— Sim, veio.

— Quando foi isso?

— Deixe-me ver... deve ter sido uma, duas... quase três semanas antes da morte ser anunciada.

— Ele parecia... doente?

— Bom, não, eu não diria que ele estava doente. Ele tinha uma pose de vigor, de disposição. Mrs. Lansquenet ficou muito surpresa ao vê-lo. Ela disse: "Ora, Richard, depois de tantos anos!". E ele disse: "Vim ver com meus próprios olhos como você está". E Mrs. Lansquenet respondeu: "*Eu* estou bem". Acho, sabe, que ela ficou um pouquinho ofendida por ele aparecer dessa forma tão casual... Depois de um intervalo longo, se me entende. Enfim, Mr. Abernethie disse: "Não há por que guardar rancores do passado. Você, eu e Timothy somos os únicos remanescentes... e ninguém consegue conversar com Timothy, a não ser sobre seu estado de saúde". E ele disse: "Parece que Pierre a fez feliz, então acho que eu estava errado. Pronto. Assim ficamos a contento?". Ele falou com muita delicadeza. Um homem muito garboso. Embora com idade avançada, é claro.

— Quanto tempo ele ficou aqui?

— Ele ficou para o almoço. Bife enrolado, foi isso que eu preparei. Foi o dia em que o açougueiro passou, por sorte.

A memória de Miss Gilchrist parecia integralmente culinária.

— A senhora achou que eles estavam se acertando?

— Ah, sim, sim.

Susan fez uma pausa e depois disse:

— Tia Cora ficou surpresa quando... ele morreu?

— Ah, sim. Foi muito abrupto, não foi?

— Sim, foi abrupto... quer dizer... ela *ficou* surpresa, muito surpresa. Ele não havia dado nenhum indicativo do quanto estava doente.

— Ah... entendo o que diz. — Miss Gilchrist parou por um instante. — Não, não, creio que a senhora pode estar certa. Ela disse que ele havia envelhecido... acho que ela falou que ele estava senil...

— Mas a *senhora* não o achou senil?

— Bom, não *à vista*. Mas não conversamos muito. Eu, naturalmente, deixei os dois a sós.

Susan olhou para Miss Gilchrist com olhar especulativo. Seria Miss Gilchrist do tipo que ouve por trás da porta? Susan sentia-se segura em dizer que ela era honesta, que não iria nem cometer furtos, que não iria burlar nas lides da casa, nem abriria cartas. Mas a curiosidade pode se vestir com uma capa de retidão moral. Talvez, Miss Gilchrist tivesse visto de repente necessidade de regar as plantas perto de uma janela aberta, quem sabe de espanar o vestíbulo... Nada que não ficaria dentro da permissividade. E aí, é claro, ela não poderia ter deixado de ouvir alguma coisa...

— A senhora não ouviu nada da conversa entre os dois? — perguntou Susan.

Muito brusca. Miss Gilchrist corou, irritada.

— De modo algum, Mrs. Banks. Nunca foi do meu feitio ficar ouvindo atrás da porta!

O que significa que ela fica ouvindo, pensou Susan, senão ela teria dito apenas "não".

Em voz alta, ela falou:

— Sinto muito, Miss Gilchrist. Não quis falar neste sentido. Mas, às vezes, nestes chalés pequenos e de paredes finas, a pessoa não tem como deixar de ouvir quase tudo que se passa. E agora que ambos morreram, é importante para a família saber o que foi dito no encontro entre os dois.

O chalé era tudo, menos de paredes finas, pois datava de uma era de construções mais robustas. Miss Gilchrist, porém, mordeu a isca e aceitou a sugestão apresentada.

— Sim, Mrs. Banks, é evidente que o que a senhora diz é verdade: *estamos* em uma casa pequena e entendo que a senhora queira saber o que se passou entre os dois. Mas o fato é que, infelizmente, não posso ajudar muito. Creio que eles conversaram a respeito do estado de saúde de Mr. Abernethie e de certas... bom, certas *vontades* que ele tinha. Não parecia, mas ele devia estar doente e, como costuma acontecer, atribuiu sua saúde prejudicada a *forças externas*. Um sintoma comum, creio eu. Minha tia...

Miss Gilchrist fez uma descrição da tia.

Susan, assim como Mr. Entwhistle, conseguiu contornar o assunto da tia.

— Sim — disse ela. — Foi justamente o que pensamos. Os criados eram muito apegados a meu tio e estão incomodados com esse raciocínio que ele fez... — Ela fez uma pausa.

— Ah, é claro! Criados são *muito* sensíveis em todos os assuntos como este. Lembro que a minha tia...

128   · AGATHA CHRISTIE ·

Susan a interrompeu mais uma vez.

— Mas *era* dos criados que ele suspeitava? De envene-ná-lo, no caso?

— Não sei... eu... na verdade...

Susan percebeu que a senhorinha estava confusa.

— Não foram os criados. Havia uma pessoa em específico?

— Eu não sei, Mrs. Banks. De fato, não sei...

Mas o olhar dela evitou o de Susan, que pensou consigo que Miss Gilchrist sabia mais do que se dispunha a admitir. Era possível que Miss Gilchrist soubesse de muita coisa... Decidindo-se por não insistir no assunto por enquanto, Susan perguntou:

— Quais são seus planos para o futuro, Miss Gilchrist?

— Ora, na verdade, eu ia conversar com a senhora a respeito, Mrs. Banks. Eu falei a Mr. Entwhistle que me dispunha a ficar aqui até tudo se resolver.

— Eu sei. Fico muito grata.

— E eu queria perguntar-lhe quanto tempo levará, pois, é evidente, preciso começar a procura por outro posto.

Susan parou para pensar.

— Aqui não há muito o que se fazer. Em um, dois dias, eu posso organizar tudo e avisar o leiloeiro.

— Decidiram vender tudo, então?

— Sim. Creio que não haverá dificuldade alguma em alugar o chalé, não é?

— *Ah, não...* as pessoas farão fila, com certeza. São poucos os chalés para aluguel. As pessoas quase sempre têm que comprar.

— Então é tudo muito simples. — Susan hesitou por um instante antes de dizer. — Eu queria lhe falar... que espero que a senhora aceite três meses de salário.

— É muito generoso da sua parte, Mrs. Banks, é muito. Eu agradeço. E os senhores e as senhoras se disporiam a... quer dizer, eu poderia lhes pedir... caso surja a necessidade... uma...

uma recomendação? Dizer que eu fiquei com alguém do seu parentesco e que eu me... provei satisfatória?

— Ah, é claro.

— Não sei se eu devia pedir. — As mãos de Miss Gilchrist começaram a tremer e ela tentou firmar a voz. — Mas seria possível não... não comentar as circunstâncias... nem o *nome*?

Susan ficou encarando-a.

— Não entendi.

— É porque a senhora não refletiu, Mrs. Banks. Foi um *homicídio*. Um homicídio que saiu nos jornais e que todos leram. Não entende? As pessoas podem achar: "Duas mulheres que moravam juntas, uma é assassinada... *deve ter sido a acompanhante*". Não percebe, Mrs. Banks? Tenho certeza de que se *eu* estivesse à procura de alguém, eu... bom, eu pensaria duas vezes antes de me comprometer... se a senhora entende a que me refiro. Pois *nunca se sabe*! É uma coisa que me preocupa muitíssimo, Mrs. Banks. Estou sem dormir de pensar que talvez nunca consiga outro emprego... não desse tipo. E o que mais eu sei fazer?

A pergunta saiu com um *páthos* inconsciente. Susan sentiu-se afetada. Ela percebeu o desespero daquela mulher simplória e de fala mansa, cuja existência dependia dos medos e caprichos dos patrões. E havia muita verdade no que Miss Gilchrist havia dito. Uma mulher que houvesse tido participação, por mais que de modo inocente, em um homicídio, não seria contratada para compartilhar da intimidade doméstica.

Susan disse:

— Mas se encontrarem o homem que cometeu...

— Ah, *assim*, é claro, estará tudo bem. Mas será que encontrarão? Eu, da minha parte, não creio que a polícia tenha a *mínima ideia*. E se ele *não for* apanhado... como eu fico? Não sou exatamente a suspeita mais provável, mas sou a pessoa que *poderia* ter cometido o crime.

Susan assentiu, pensativa. Era fato que Miss Gilchrist não se beneficiava da morte de Cora Lansquenet... mas quem saberia que não? Além disso, havia tantas histórias, histórias horríveis, da animosidade que surgia entre mulheres que vivem juntas. Seriam motivações patológicas esquisitas para um ato de violência tão brusco. Alguém que não as conhecesse poderia imaginar que Cora Lansquenet e Miss Gilchrist haviam vivido nestes termos...

Susan falou com sua firmeza usual.

— Não se preocupe, Miss Gilchrist — disse ela, falando com pressa e alegre. — Tenho certeza de que lhe consigo um cargo entre minhas amigas. Não haverá a mínima dificuldade.

— Sinto dizer — disse Miss Gilchrist, recobrando parte da sua conduta contumaz — que eu não poderia me encarregar do serviço *pesado* de fato. Só cozinha e algumas tarefas da casa...

O telefone tocou e Miss Gilchrist deu um salto.

— Nossa, mas *quem* será?

— Imagino que seja meu marido — disse Susan, levantando-se. — Ele disse que ia me telefonar à noite.

Ela foi até o telefone.

— Sim? Sim, é Mrs. Banks quem fala...— Houve uma pausa e sua voz mudou: ficou mais suave, mais calorosa. — Olá, querido... sim, sou eu... Ah, tudo bem... Homicídio por pessoa desconhecida... o de sempre... Apenas Mr. Entwhistle... O quê?... Eu não sei dizer, mas acho que sim... Sim, bem como pensávamos... Conforme planejamos, exatamente... Eu vou vender tudo. Não tem nada que *nós* possamos querer... Só mais um, dois dias... Sim, um terror... Não se amole. Eu sei o que eu faço... Greg, você não... Você teve cuidado de... Não, não é nada. Nada mesmo. Boa noite, querido.

Ela desligou. A proximidade de Miss Gilchrist a incomodou um pouco. A senhorinha provavelmente conseguia ouvir a conversa da cozinha, para onde havia se retirado diplomaticamente. Havia coisas que ela queria perguntar a Greg, mas preferiu deixar estar.

· DEPOIS DO FUNERAL ·   **131**

Ela permaneceu ao lado do telefone, franzindo a testa, distraída. De repente lhe ocorreu uma ideia.

— É claro — balbuciou ela. — Será perfeito.

Tirando o telefone do gancho, ela solicitou uma chamada de longa distância.

Em questão de um quarto de hora, a voz cansada da telefonista lhe retornou:

— Infelizmente não houve resposta.

— Por favor, siga tentando.

Susan falou em tom autocrático. Ela ouviu o zumbido distante de uma campainha de telefone. Então, de repente, a campainha foi interrompida por uma voz masculina, rabugenta e um tanto indignada, que disse:

— Sim, sim, o que foi?

— Tio Timothy?

— O que foi? Não consigo ouvir.

— Tio Timothy? É Susan Banks.

— Susan quem?

— Banks. Antiga Abernethie. Sua sobrinha Susan.

— Ah, a Susan, é? O que houve? Por que foi me ligar a essa hora da noite?

— Ainda é cedo.

— Não é. Eu estava na cama.

— O senhor deve ir muito cedo para a cama. Como está tia Maude?

— Ligou só para perguntar isso? Sua tia está com muita dor e não consegue fazer nada. Nada. Está uma inútil. Estamos numa bela bagunça, vou lhe dizer. Aquele médico imbecil diz que nem consegue uma enfermeira. Queria carregar a Maude para o hospital. Eu fui terminantemente *contra*. Ele está tentando conseguir alguém para nós. *Eu* não posso fazer nada... nem ouso. Tem uma imbecil do vilarejo que ficou na casa hoje... mas está de cochichos que quer voltar para o marido. Não sei *o que* nós vamos fazer.

— Foi por isso que eu liguei. Gostariam de ficar com Miss Gilchrist?

— Quem é? Nunca ouvi falar.

— A acompanhante de tia Cora. Ela é muito gentil e muito competente.

— Sabe cozinhar?

— Sim, ela cozinha muito bem e podia cuidar da tia Maude.

— Está ótimo, mas quando ela poderia vir? Eu estou aqui, por minha conta, só com essas idiotas do vilarejo que vão e vêm nas piores horas, e isso não me ajuda. Meu coração ainda vai me pregar uma peça.

— Vou preparar tudo para ela ir até vocês assim que possível. Depois de amanhã, quem sabe?

— Bom, muito obrigado — disse a voz, de má vontade. — Você é uma ótima garota, Susan... hum... obrigado.

Susan desligou e foi à cozinha.

— A senhora se disporia a ir a Yorkshire e cuidar da minha tia? Ela caiu, quebrou o tornozelo e meu tio é um inútil. Ele é um tanto rabugento, mas a tia Maude é uma das melhores que há. Eles têm apoio no vilarejo, mas a senhora poderia cozinhar e cuidar dela.

Miss Gilchrist deixou o bule de café cair, nervosa.

— Ah, obrigada, obrigada! É muita gentileza. Acho que eu devo dizer que, da minha parte, sou muito boa na enfermagem, e tenho certeza de que posso lidar com seu tio e lhe fazer ótimas refeições. É muito gentil da sua parte, Mrs. Banks, e eu agradeço *mesmo*.

Capítulo 11

Susan estava deitada na cama aguardando o sono chegar. O dia havia sido longo e ela estava cansada. Tinha certeza de que dormiria em seguida. Nunca tinha dificuldade para dormir. Ainda assim, lá estava, deitada, as horas passando, os olhos abertos, a mente a todo vapor.

Ela havia dito que não se importava em dormir neste quarto, nesta cama. A cama em que Cora Abernethie...

Não, não, ela tinha que tirar aquilo da cabeça. Ela sempre havia se vangloriado dos nervos de aço. Por que pensar naquela tarde, há menos de uma semana atrás? Pense à frente: pense no futuro. O futuro dela e de Greg. Aquele prédio na Cardigan Street, bem como eles queriam. A loja no térreo e um apartamentinho charmoso no andar de cima. O quarto nos fundos seria o laboratório de Greg. Para fins do imposto de renda, seria a armação perfeita. Greg voltaria a ficar tranquilo, ficaria bem. Não teria mais daquelas crises mentais. Daqueles momentos em que ele olhava para ela e era como se não soubesse quem ela era. Houve uma ou duas vezes em que ela ficou muito assustada... E Mr. Cole, aquele velho... ele chegou a sugerir... a ameaçar: "Se acontecer de novo...". E podia acontecer de novo — *aconteceria* de novo. Se o tio Richard não tivesse morrido exatamente agora...

Tio Richard... mas por que pensar dessa forma? Ele não tinha pelo que viver. Velho, cansado, doente. O filho falecido.

Foi uma misericórdia, na verdade. Morrer no sono, tranquilamente. Tranquilo... enquanto dormia... Ah, se ela conseguisse dormir... Que coisa imbecil, ficar deitada e acordada, horas e horas... ouvindo a mobília estalar, o farfalhar das árvores e das moitas entrando pela janela. O chirriar afetado de uma coruja melancólica, supunha ela. Como era sinistro o interior. Muito diferente da cidade grande, barulhenta, indiferente. Lá, a pessoa se sentia mais segura... cercada de gente... nunca sozinha. Enquanto aqui...

Casas em que se cometeu um assassinato às vezes ficavam assombradas. Talvez este chalé viesse a ser conhecido como o chalé assombrado. Assombrado pelo espírito de Cora Lansquenet... tia Cora. Era estranho, aliás, que desde quando ela havia chegado, ela sentia como se tia Cora estivesse por perto... a seu alcance. Coisas dos nervos e da imaginação. Cora Lansquenet havia morrido e amanhã seria enterrada. Não havia ninguém no chalé à exceção da própria Susan e de Miss Gilchrist. Então por que ela sentia que havia alguém no quarto, alguém próximo, ao seu lado...

Ela estava deitada na cama quando o machado desceu... Deitada ali, dormindo, confiante... Sem saber de nada até a lâmina vir... E agora ela não deixava Susan dormir...

A mobília estalou de novo... teria sido um passo? Susan acendeu a luz. Nada. Os nervos, eram só os nervos. Relaxe... feche os olhos...

Foi um gemido, com certeza... um gemido ou um suspiro... Alguém com dor... alguém morrendo...

— Não posso ficar imaginando coisas, não posso, não posso — sussurrou Susan só para si.

A morte era o fim. Não havia existência depois da morte. Não havia como a pessoa voltar, em circunstância alguma. Será que ela estava revivendo uma cena do passado? Uma mulher morrendo e gemendo...

De novo... agora mais forte... alguém gemendo, com uma dor aguda...

Só que... era real. Mais uma vez, Susan ligou a luz, aprumou-se na cama e parou a escutar. Os gemidos eram de verdade e vinham do outro lado da parede. Vinham do quarto ao lado.

Susan saltou da cama, vestiu um roupão e deixou o quarto. Ela foi à porta de Miss Gilchrist, bateu e depois entrou. A luz estava acesa. Miss Gilchrist estava sentada na cama. Estava com um aspecto medonho. Seu rosto estava contorcido de dor.

— Miss Gilchrist, o que houve? Está passando mal?

— Estou. Não sei o que... eu... — Ela tentou sair da cama, foi acometida por vômitos e então desabou nos travesseiros. Ela balbuciou:

— Por favor... chame o médico. Eu devo ter comido alguma coisa...

— Eu vou lhe dar bicarbonato. Podemos chamar um médico pela manhã se a senhora não melhorar.

Miss Gilchrist fez que não com a cabeça.

— Não, chame o médico já. Eu... eu estou péssima.

— Sabe o número? Ou procuro na lista?

Miss Gilchrist lhe deu o número. Ela foi interrompida por outro acesso de vômitos.

A ligação de Susan foi atendida por uma voz masculina e sonolenta.

— Quem? Gilchrist? Em Mead's Lane. Sim, eu sei. Eu já apareço.

Ele foi fiel à palavra. Dez minutos depois, Susan ouviu o carro do médico estacionar e ela foi abrir a porta.

Susan explicou o caso enquanto o levava para cima.

— Creio que ela comeu algo que não desceu bem. Mas ela parece muito mal.

O médico estava com ares de quem estava com o humor em rédea curta e que tinha experiência de ter sido convocado sem necessidade em mais de uma ocasião. Assim que examinou a mulher gemendo, porém, sua postura se alterou. Ele deu ordens concisas a Susan e imediatamente desceu para telefonar. Depois, encontrou Susan na sala de visitas.

— Mandei chamar uma ambulância. Temos que levá-la ao hospital.

— Então ela está muito mal?

— Está. Eu lhe dei uma injeção de morfina para aliviar a dor. Mas parece... — Ele se interrompeu. — O que ela comeu?

— Comemos macarrão gratinado de jantar e um pudim de leite. Depois tomamos café.

— A senhora comeu a mesma coisa?

— Comi.

— E está bem? Nenhuma dor nem desconforto?

— Nada.

— Ela comeu algo mais? Peixe em conserva? Linguiça?

— Não. Nós almoçamos no King's Arms... depois da inspeção do cadáver.

— Sim, sim, claro. A senhora é sobrinha de Mrs. Lansquenet?

— Sou.

— Que situação horrível. Espero que peguem o responsável.

— Sim, com certeza.

A ambulância chegou. Miss Gilchrist foi levada e o médico foi junto. Ele disse a Susan que lhe telefonaria pela manhã. Assim que ele saiu, ela subiu para a cama.

Desta vez, ela caiu no sono assim que a cabeça tocou o travesseiro.

II

Houve bom comparecimento ao funeral. A maior parte do vilarejo estava lá. Susan e Mr. Entwhistle eram os únicos com relação direta com a falecida, mas havia várias coroas enviadas por familiares. Mr. Entwhistle perguntou onde estava

Miss Gilchrist, e Susan explicou as circunstâncias em uma cochichada. Mr. Entwhistle ergueu as sobrancelhas.

— Uma ocorrência muito estranha, não?

— Ah, ela já estava melhor hoje de manhã. Telefonaram do hospital. As pessoas têm indisposições de vez em quando. Algumas fazem mais estardalhaço do que outras.

Mr. Entwhistle não disse mais nada. Ele ia voltar a Londres imediatamente depois do funeral.

Susan voltou ao chalé. Encontrou ovos e preparou uma omelete. Então subiu ao quarto de Cora e começou a organizar os pertences da falecida.

Foi interrompida pela chegada do médico.

O doutor estava com cara de preocupado. Ele respondeu a Susan dizendo que Miss Gilchrist estava muito melhor.

— Ela estará bem e de pé em questão de dias — explicou ele. — Mas foi uma sorte que me chamaram prontamente. Se não... podia ter sido uma fatalidade.

Susan ficou encarando-o.

— Ela ficou tão mal assim?

— Mrs. Banks, pode me dizer de novo exatamente o que Miss Gilchrist comeu e bebeu ontem? Tudo.

Susan parou para pensar e fez um relato meticuloso. O médico balançou a cabeça com expressão de insatisfeito.

— Não haveria algo que ela comeu e a senhora não?

— Creio que não... Bolo, *scones*, geleia, chá... e depois o jantar. Não, eu não me lembro de nada.

O médico coçou o nariz. Ele ficou andando pela sala.

— Tem certeza de que foi algo que ela comeu? É certo que foi intoxicação alimentar?

O médico lhe dirigiu um olhar afiado. Foi como se chegasse a uma conclusão.

— Foi arsênico — disse ele.

— Arsênico? — Susan começou a dizer. — Está me dizendo que alguém lhe deu arsênico?

— É o que parece.

— Será que ela mesma tomou? De propósito, quero dizer?

— Suicídio? Ela diz que não e creio que sabe mais do que nós. Além disso, se ela quisesse cometer suicídio, provavelmente não escolheria arsênico. Tem soporíferos na casa. Ela podia ter tomado uma overdose.

— O arsênico poderia ter entrado por acidente em alguma comida?

— É o que estou pensando. Me parece altamente improvável, mas sabe-se de casos. Mas se a senhora e ela comeram as mesmas coisas...

Susan fez que sim. Ela disse:

— Me parece impossível... — Então ela teve um sobressalto. — Ora, é claro! O bolo de casamento!

— Como é? Um bolo de casamento?

Susan explicou. O médico ficou escutando com atenção.

— Estranho. E está me dizendo que ela não tinha certeza em relação a quem mandou? Sobrou algum pedaço? Ou a caixa em que veio ainda está aqui?

— Eu não sei. Vou conferir.

Eles procuraram juntos e enfim encontraram a caixa de papelão branco, que ainda continha algumas migalhas do bolo, sobre o balcão da cozinha. O médico guardou-a com todo cuidado.

— Deixe que eu assumo daqui. Alguma ideia de onde estaria o papel de embrulho em que veio?

Nisto não foram tão exitosos e Susan disse que provavelmente havia entrado na caldeira.

— A senhora não vai partir por agora, vai, Mrs. Banks?

O tom do médico foi afável, mas deixou Susan pouco à vontade.

— Não, eu tenho que repassar as coisas da minha tia. Devo ficar alguns dias.

— Ótimo. A senhora compreende que a polícia provavelmente vai querer fazer perguntas. A senhora não saberia de alguém que... bom, que tivesse algo contra Miss Gilchrist?

Susan fez que não.

— Eu não sei muito dela. Ela estava com minha tia há anos... é tudo que eu sei.

— Muito bem. Sempre pareceu uma mulher agradável, modesta. Bastante simples. Não do tipo, como se diria, a ter inimigos nem nada tão melodramático. Um bolo de casamento pelo correio. Parece coisa de uma mulher invejosa... Mas quem teria inveja de Miss Gilchrist? Parece que não encaixa.

— Não.

— Bom, eu tenho que seguir rumo. Não sei o que está acontecendo na pequena e tranquila Lytchett St. Mary. Primeiro, um homicídio brutal. Agora, tentativa de envenenamento pelo correio. Estranho, um logo após o outro.

Ele seguiu a trilha até o carro. O chalé ficou abafado e Susan deixou a porta aberta enquanto subia a escada, devagar, para retomar sua função.

Cora Lansquenet não era uma mulher organizada nem metódica. Suas gavetas tinham uma seleção diversa. Havia acessórios de toalete, cartas, lenços velhos e pincéis em uma mesma gaveta. Havia cartas antigas e contas enfiadas em uma gaveta que já estava estourando de roupas íntimas. Em outra gaveta, debaixo dos casaquinhos de lã, havia uma caixa de papelão com dois apliques de franja. Havia outra gaveta cheia de fotos velhas e cadernos de desenho. Susan parou em um conjunto fotografado claramente em algum ponto da França, anos atrás, e que mostrava uma Cora mais nova, mais magra, agarrada ao braço de um homem alto e esbelto com a barba rala, vestindo o que parecia ser um casaco de veludo. Susan concluiu que era o finado Pierre Lansquenet.

As fotografias chamaram atenção de Susan, mas ela as deixou de lado, arrumou todos os papéis que havia encontrado na pilha e começou a repassá-los metodicamente. Quando havia completado por volta de um quarto da função, ela chegou a uma carta. Leu duas vezes e ainda estava encarando a folha quando uma voz falando pelas suas costas fez ela dar um grito de susto.

— O que foi que você conseguiu aí, Susan? Opa, o que houve?

Susan ficou vermelha de tão incomodada. Seu grito de susto havia sido involuntário e ela ficou com vergonha e nervosa para explicar.

— George? Que susto!

O primo deu um sorriso indolente.

— Pareceu mesmo.

— Como você chegou aqui?

— Bom, a porta lá de baixo estava aberta, então eu entrei. Não vi ninguém no andar de baixo, então eu subi. Se quer saber como eu cheguei nesta parte do mundo, eu peguei a estrada de manhã para vir ao funeral.

— Eu não o vi por lá?

— O carrão velho me deixou na mão. Acho que a bomba de gasolina entupiu. Fiquei um tempo mexendo e pareceu que finalmente liberou. Eu já estava bem atrasado para o funeral, mas achei que devia vir mesmo assim. Sabia que você estava aqui.

Ele fez uma pausa, depois seguiu:

— Eu telefonei, aliás... e Greg me disse que você havia vindo tomar as posses, por assim dizer. Pensei em dar uma mão.

Susan disse:

— Não estão precisando de você na firma? Ou você pode tirar uns dias quando bem entende?

— Funerais sempre são desculpas válidas para faltas. E este funeral é dos genuínos, não tem dúvida. Além disso, assassinatos sempre deixam todo mundo fascinado. Enfim, acho que eu não vou aparecer muito na firma nos próximos tempos. Não agora que sou um homem de recursos. Vou ter coisa melhor para fazer.

Ele fez uma pausa e sorriu.

— Igual ao Greg — disse ele.

Susan olhou para George, pensativa. Ela não via o primo com frequência e quando eles se encontravam ela sempre o considerava uma pessoa difícil de decifrar. Ela perguntou:

— Por que veio aqui, George? De verdade.

— Olha, acho que foi para fazer um pouquinho de detetive. Tenho pensado bastante no último funeral a que nós fomos. Tia Cora criou um dilema naquele dia, não foi? Eu não paro de me perguntar se foi pura irresponsabilidade e *joie de vivre*, coisa típica da tia, que fez ela falar o que ela falou, ou se ela tinha alguma coisa em que se basear. O que tem naquela carta que você lia com tanta atenção quando eu cheguei?

Susan respondeu sem pressa:

— É uma carta que tio Richard escreveu a Cora depois que ele veio visitá-la.

Como eram escuros os olhos de George. Ela achava que eram castanhos, mas eram quase pretos, e havia algo de curioso, de impenetrável em olhos castanho-escuros. Eles escondiam as ideias que ficavam por trás.

George falou arrastado:

— Alguma coisa de interessante?

— Não, não exatamente...

— Posso ver?

Ela hesitou por um instante, depois colocou a carta na mão dele, que já estava esticada.

George leu, repassando o que estava escrito com um tom lento e monótono.

— *Bom revê-la depois de tantos anos... você está muito bem... a volta para casa foi ótima e não cheguei tão cansado...*

Sua voz mudou de repente, ficando mais aguda:

— *Por favor, não conte a ninguém a respeito do que eu lhe disse. Pode ser um engano. De seu amado irmão, Richard.*

Ele ergueu o olhar a Susan.

— O que significa?

— Pode significar qualquer coisa... Pode ser a respeito da saúde dele. Ou podem ser fofocas sobre um amigo em comum.

— Ah, sim, podem ser várias coisas. Não tem uma conclusão... mas é sugestiva... O que ele disse a Cora? Alguém sabe o que ele disse para ela?

— Talvez Miss Gilchrist saiba — disse Susan, pensativa.

— Acho que ela escutou.

— Ah, sim, a acompanhante. Onde está, a propósito?

— No hospital. Teve envenenamento com arsênico.

George ficou encarando-a.

— Não pode estar falando sério.

— Sim. Alguém mandou um bolo de casamento envenenado para a senhorinha.

George sentou-se em uma das poltronas do quarto e soltou um assobio.

— Parece — disse ele — que o tio Richard não se enganou.

III

Na manhã seguinte, o Inspetor Morton apareceu no chalé.

Era um homem silencioso, de meia-idade, com um tom campestre e suave na voz. Tinha um jeito tranquilo e sem pressa, mas os olhos eram muito argutos.

— Entende do que se trata, não é, Mrs. Banks? — perguntou ele. — Dr. Proctor já lhe contou de Miss Gilchrist. As migalhas do bolo de casamento que ele trouxe daqui foram analisadas e revelaram vestígios de arsênico.

— Então alguém quis envenená-la de propósito?

— É o que parece. A própria Miss Gilchrist não parece apta a nos ajudar. Ela fica repetindo que é impossível... que ninguém faria uma coisa dessas. Mas alguém fez. A *senhora* não teria alguma luz sobre o assunto?

Susan fez que não.

— Só fico pasma — disse ela. — O senhor não consegue descobrir nada pelo carimbo postal? Ou pela letra?

— A senhora esqueceu... o papel de embrulho supostamente foi queimado. E fica a dúvida se realmente passou pelo correio. O jovem Andrews, motorista do furgão postal, não consegue lembrar se foi ele que entregou. Ele tem uma rota grande, não tem certeza... Ficou uma... ficaram dúvidas.

— Mas... mas qual é a outra opção?

— A outra opção, Mrs. Banks, é que tenha sido utilizado um papel pardo que já tivesse o nome e endereço de Miss Gilchrist e um selo cancelado, e que o pacote foi colocado pela caixa de cartas ou depositado dentro da porta, à mão, para dar a impressão de que havia chegado pelo correio.

Ele complementou, impassível:

— É uma ideia muito esperta, sabe, escolher um bolo de casamento. Senhorinhas de meia-idade, solitárias, ficam sentimentais quando veem um bolo de casamento, contentes que foram lembradas. Uma caixa de doces ou algo assim *pode* despertar a desconfiança de quem recente.

Susan falou devagar:

— Miss Gilchrist especulou muito a respeito de quem poderia ter enviado, mas não ficou de todo desconfiada... Como o senhor disse, ela ficou contente e, sim, lisonjeada.

Ela complementou:

— Havia veneno suficiente para... para matar?

— É difícil saber até chegarmos na análise quantitativa. Depende muito de Miss Gilchrist ter comido ou não todo o pedaço. Ela acredita que sim. A senhora lembra?

— Não... não tenho certeza. Ela me ofereceu e eu recusei, depois ela comeu um pouco e disse que era um bolo muito bom, mas não lembro se ela terminou ou não.

— Se não se importar, eu gostaria de subir aos quartos, Mrs. Banks.

— É claro.

Ela o acompanhou até o quarto de Miss Gilchrist. Falou com pesar:

— Sinto dizer que está um nojo. Mas não tive tempo de fazer nada a respeito, com o funeral de minha tia e tudo mais. E aí, depois que o Dr. Proctor veio, eu achei que devia deixar como está.

— Foi muito inteligente da sua parte, Mrs. Banks. Nem todos seriam tão perspicazes.

Ele seguiu à cama e, passando a mão sob o travesseiro, ergueu-o com cuidado. Um sorriso se espalhou devagar pelo seu rosto.

— Aí está você — disse ele.

Um pedaço de bolo de casamento estava sobre o lençol, com aspecto um tanto calamitoso.

— Que extraordinário — comentou Susan.

— Ah, não é não. Talvez sua geração não faça. As moças de hoje não depositam tanta importância no casamento. Mas é um costume antigo: deixe um pedaço de bolo de casamento sob o travesseiro e você vai sonhar com seu futuro esposo.

— Mas, ora, Miss Gilchrist...

— Ela não quis nos contar porque se sentiria boba de fazer uma coisa dessas nessa idade. Mas eu fiquei com essa ideia na cabeça. — O rosto do inspetor ficou sóbrio. — E se não fosse a bobice de uma velha solteirona, talvez Miss Gilchrist não estivesse viva.

— Mas quem é que iria querer a morte de Miss Gilchrist?

Os olhos dele encontraram os dela, e o olhar especulativo, curioso, deixou Susan desconfortável.

— A senhora não sabe? — perguntou ele.

— Não. É claro que não sei.

— Então, parece que teremos que descobrir — disse o Inspetor Morton.

Capítulo 12

Dois homens idosos estavam em uma sala cujo mobiliário era do mais moderno que há. Não se via curvas. Tudo era quadrado. Praticamente a única exceção era o próprio Hercule Poirot, que era cheio de curvas. Sua barriga tinha uma rotundez agradável, sua cabeça lembrava o formato de um ovo e seus bigodes curvavam-se para cima com um floreio extravagante.

Ele bebericava uma taça de *sirop* e olhava para Mr. Goby com ar pensativo.

Mr. Goby era baixinho, magro e encolhido. Ele sempre fora uma pessoa genérica, e hoje estava tão genérico que parecia que nem estava lá. Ele não olhava para Poirot porque Mr. Goby nunca olhava para ninguém.

Os comentários que ele fazia no momento pareciam dirigidos à ponta esquerda do arremate cromado da lareira.

Mr. Goby era famoso por conseguir informações. Pouquíssimas pessoas sabiam da sua existência e pouquíssimas contratavam seus serviços — mas estas pouquíssimas costumavam ser riquíssimas. Tinham que ser, pois Mr. Goby era caríssimo. Sua especialidade era conseguir informação e conseguir rápido. Com um estalar dos dedos hiperflexíveis de Mr. Goby, centenas de homens e mulheres laboriosos, velhos e jovens, aparentemente de todas as posições sociais e pacientes nas suas inquirições, eram despachados a questionar, sondar e trazer resultados.

Mr. Goby já havia praticamente aposentado-se do ramo. Mas ocasionalmente "obsequiava" certos fregueses das antigas. Hercule Poirot era um destes fregueses.

— Consegui o que pude pro senhor — contou Mr. Goby ao arremate da lareira com um suave sussurro de confidências.

— Mandei os meninos. Eles fazem tudo que podem. Bons rapazes. Todos são bons, mas não como nos velhos tempos. Hoje em dia não se fazem mais rapazes como aqueles. Eles não se dispõem a aprender, é isso que acontece. Eles acham que sabem tudo só com uns aninhos de serviço. E trabalham com as horas contadas. Me choca como contam os minutos do expediente.

Ele balançou a cabeça e passou a olhar uma tomada na parede.

— É o governo — disse ele à tomada. — E esse golpe aí, o da educação. Eles começam a botar ideias na cabeça. Voltam de lá dizendo o que pensam. Eles *não sabem* pensar, a maioria não sabe. Eles só sabem o que vem dos livros. No nosso ramo isso não ajuda. Eles têm que me trazer respostas, só isso, não precisam raciocinar.

Mr. Goby se lançou de volta à poltrona e piscou para o abajur.

— Mas não se pode apoquentar o governo, não! Não sei o que faríamos sem o governo. Eu vou dizer: hoje, você entra onde quiser se tiver uma caderneta, um lápis, estiver bem--vestido, falando como se fosse da BBC, e pergunta os detalhes mais íntimos do cotidiano do outro, todo histórico da vida e o que jantou em 23 de novembro. É só dizer que estão pesquisando a renda da classe média ou o que for (um degrau acima da realidade, para agradar). Pode perguntar qualquer coisa que existe nesse mundo e, nove vezes de dez, vão responder pianinho. Mesmo que a décima pessoa encrenque, ainda assim ela não vai duvidar por nada que você é quem você diz que é. E que o Governo realmente quer saber aquilo ali, por algum motivo que nem dá para entender! Eu vou dizer, Monsieur Poirot — disse Mr. Goby, ainda conversando com o abajur —, que é o melhor método que já usamos. Bem melhor que o de pedir para ler o medidor da luz, ou verificar falha na linha telefônica... Ou o de bater à porta vestido de freira, de escoteira ou de escoteiro pedindo donativo. Apesar de fazermos isso tudo, também. A xeretice do governo foi um presente de Deus aos investigadores! Que dure para todo o sempre!

Poirot não disse nada. Mr. Goby havia ficado um tanto tagarela com o avançar dos anos, mas chegaria ao ponto no devido tempo.

— Ah — disse Mr. Goby, que puxou uma cadernetinha surrada. Ele lambeu os dedos e folheou as páginas. — Aqui estamos. Mr. George Crossfield. Começamos por ele. Só os fatos. Não queira saber como eu consegui. O sujeito está na rua da amargura há algum tempo. Principalmente cavalos, apostas... Não trata bem as mulheres. Vai à França vez ou outra, também a Monte Carlo. Passa um bom tempo no cassino. Sabe das manhas e não desconta os cheques por lá, mas anda com muito mais dinheiro do que teria de reserva para viajar. Não entrei nisso a fundo porque não era o que o senhor queria. Mas ele não tem escrúpulos quanto a fugir da lei. E, sendo advogado, ele sabe como se faz. Há motivos para crer que ele anda usando dinheiro de outros que deram para ele investir. Se afundou nos últimos tempos. *Tanto* Bolsa de Valores *quanto* o turfe! Ruim de critério e ruim de sorte. Anda bem inapetente faz três meses. Preocupado, mal-humorado e irritado no serviço. *Porém*, a coisa mudou desde a morte do tio. Anda com um sorriso do tamanho do sol!

"Quanto à informação requisitada em específico. A declaração de que ele estava nas corridas de Hurst Park no dia apontado é quase que certo inverídica. Ele faz as apostas com um ou outro dos dois corretores na pista, quase não varia. Não viram o homem naquele dia. É possível que tenha saído de Paddington de trem para destino insabido. O taxista que pegou a viagem até Paddington ficou em dúvida para identificar com a fotografia. Eu não tenho como assegurar. Ele é muito comum: não tem nada de marcante no homem. Não tive sucesso com os carregadores em Paddington. É certo que não chegou na estação Cholsey, a mais próxima de Lytchett St. Mary. A estação é pequena, e é fácil notar os estranhos. Os ônibus vêm lotados, são frequentes e há várias rotas que passam a um, dois quilômetros de Lytchett St. Mary, assim como a linha de ônibus que entra direto no vilarejo. Ele não iria tomá-la... não se estivesse com más intenções. No geral, ele sabe das manhas. Não foi visto em Lytchett St. Mary, mas nem precisava. Tem outras maneiras de chegar, que não pelo vilarejo. Fez parte do grupo de teatro na Universidade de Oxford, a propósito. Se foi ao chalé naquele dia, não devia estar como o George Crossfield de sempre. Vou deixar na minha caderneta, pode ser? Tem uma coisinha com o mercado clandestino que eu queria investigar mais a fundo."

— Pode mantê-lo — disse Hercule Poirot.

Mr. Goby lambeu o dedo e virou mais uma página da caderneta.

— Mr. Michael Shane. É muito bem-quisto no ramo. Tem um conceito ainda maior de si do que os outros. Quer ser estrela, e rápido. Gosta de dinheiro e de coisas caras. Atrai as mulheres. Estão sempre caidinhas por ele. Ele gosta delas... mas os negócios, como se diz, vêm antes. Ele tem andado com a Sorrel Dainton, que tinha o papel principal na última peça em que ele atuou. Ele tinha um papelzinho menor, mas foi um sucesso. O marido de Mrs. Dainton não gosta dele. A esposa não sabe do caso dele com Mrs. Dainton. Não sabe nada de quase nada, aliás. Não é muito boa atriz, até onde vi, mas faz bem para a vista. Doida pelo marido. Tem boatos de que houve uma briga entre os dois não faz muito tempo, mas agora parece que tudo se acalmou. Desde a morte de Mr. Richard Abernethie.

Mr. Goby enfatizou a última frase apontando a cabeça para uma almofada no sofá.

— No dia em questão, Mr. Shane diz que ia encontrar um tal de Mr. Rosenheim e um tal de Mr. Oscar Lewis para ajeitar negócios de teatro. Ele não encontrou os dois. Mandou um telegrama para dizer que sentia muitíssimo por não poder comparecer. O que ele fez *mesmo* foi dar uma passada no pessoal da Emeraldo, que aluga carros. Ele alugou um por volta das doze horas e partiu. Devolveu por volta das dezoito. Segundo o odômetro, ele havia rodado mais ou menos o número de quilômetros que buscamos. Não tivemos confirmação de Lytchett St. Mary. Parece que não se viu nenhum carro estranho por lá naquele dia. Muitos lugares em que podia estacionar sem ser notado no raio de um quilômetro e tanto. Tem inclusive uma pedreira que está abandonada a uns duzentos, trezentos metros descendo a rua do chalé. Três cidades-mercado que dá para ir a pé, onde se estaciona em vielas, sem a polícia para incomodar. Então, mantemos Mr. Shane?

— Com certeza.

— Agora, Mrs. Shane. — Mr. Goby coçou o nariz e começou a falar a respeito de Mrs. Shane olhando para o punho esquerdo. — Ela disse que estava fazendo compras. Só compras... — Mr. Goby ergueu os olhos ao teto. — Mulheres que fazem compras... são as doidinhas, isso que são. E ela ouviu que ia ganhar dinheiro no dia anterior. É natural, não ia ter como controlar a mulher. Ela tem uma ou duas contas correntes, mas estão negativas e começaram a pressão para ela quitar as dívidas e ela não botou nada no balanço. Está na cara que ela foi ali e lá e aqui e onde mais tiver, provou tudo que é roupa, conferiu tudo que é joia, viu preço disso, daquilo e daquilo outro... e, pelo certo e pelo incerto, não comprou nada! É fácil conversar com ela, isso eu vou dizer. Uma das minhas mocinhas que entende das coisas na área do teatro fez o contato. Parou na mesa dela no restaurante e exclamou daquele jeito que elas fazem: "Querida, eu não te vejo desde *Até lá embaixo*. Você estava *divina*! Tem visto o Hubert?". Esse era o produtor e Mrs. Shane foi meio que um fracasso na peça. Mas isso só deixou a coisa melhor. Elas se botam imediatamente a conversar das teatrices e minha moça começou a acertar um nome atrás do outro: "Eu acho que vi você de relance no tal e tal e no tal e tal", dando o dia... A maioria das moças cai nessa e diz: "Ah, não, eu estava..." onde quer que for. Só que Mrs. Shane, não. Só um olhar vazio e diz: "Ah, é possível". O que se faz com uma moça dessas? — Mr. Goby balançou a cabeça intensamente, olhando para o radiador.

— Nada — respondeu Hercule Poirot com veemência.

— Não tenho eu motivo para saber? Nunca esquecerei o assassinato de Lorde Edgware. Quase fui derrotado... Sim, eu, Hercule Poirot, derrotado pela astúcia simplíssima de um cérebro vácuo. São os mais simplórios que podem ter a genialidade de cometer um crime descomplicado e deixar estar. Vamos torcer para que nosso assassino, se é que há um assassino neste caso, seja inteligente, superior e absolutamente confiante, incapaz de resistir a dourar ouro de lei. *Enfin*: prossiga.

Mr. Goby mais uma vez voltou-se a sua caderneta.

— Mr. e Mrs. Banks, que disseram que passaram o dia em casa. *Ela* não passou! Foi até a garagem, tirou o carro e partiu por volta das treze horas. Destino insabido. Voltou por volta das dezessete. Não sei dizer a quilometragem porque ela dirigiu várias vezes desde então e não havia quem conferisse.

· DEPOIS DO FUNERAL ·   **151**

"Quanto a Mr. Banks, desenterramos uma coisa curiosa. Para começar, digo que no dia em pauta não sabemos *o que* ele fez. Ele não foi trabalhar. Parece que já havia pedido alguns dias de folga em função do funeral. Desde então largou o emprego... sem qualquer consideração pela farmácia. Uma bela farmácia que é, já bem estabelecida. Eles não têm muito apreço por Mr. Banks, não. Parece que ele tinha uns acessos muito esquisitos.

"Bom, como eu ia dizendo, não sabemos o que ele estava fazendo no dia da morte de Mrs. L. Ele não saiu com a esposa. *Pode* ser que ele tenha passado o dia no apartamento. Não há porteiro e ninguém sabe quando os inquilinos entram e saem. Mas o histórico dele é interessante. Até uns quatro meses atrás, um pouquinho antes de conhecer a esposa... ele estava em um hospital psiquiátrico. Não é louco de atestado. Foi o que chamam de colapso mental. Parece que ele cometeu um erro quando estava aviando uma receita. (Na época ele trabalhava numa farmácia em Mayfair.) A cliente se recuperou e a farmácia se dobrou em desculpas, então não teve processo. Afinal de contas, estes deslizes acontecem e gente decorosa geralmente tem pena do pobre coitado que fez uma coisa dessas... desde que não fique prejuízo permanente, é claro. A farmácia não o dispensou, mas ele se demitiu. Disse que tinha abalado os nervos. Só que, depois, parece, ele entrou numa fossa e disse para o médico que estava obcecado com a culpa, que tinha sido tudo proposital, que a mulher tinha sido arrogante e grosseira com ele quando veio à farmácia, que tinha reclamado que não tinham atendido a última receita... e que ele se ofendeu e acrescentou uma dose quase letal de uma droga que eu não sei qual é. Ele disse: 'Ela merecia o castigo pela ousadia de falar comigo daquele jeito!'. E então chorou e disse que era muito malvado para seguir vivendo e coisa do tipo. Os médicos têm um nome comprido para essas coisas, complexo de culpa ou coisa do tipo, e não acreditam que tenha sido de propósito não, foi só descuido, mas que ele queria que fosse um negócio importante e sério."

— *Ça se peut* — disse Hercule Poirot.

— O quê? Enfim, ele foi para o sanatório, trataram dele e ele saiu curado. E aí ele conheceu Miss Abernethie, como ela se chamava na época. E ele conseguiu emprego em uma farmácia de respeito, mas bastante obscura. Disse lá que tinha passado um ano e meio fora da Inglaterra, e deu de última referência uma outra farmácia em Eastbourne. Não havia nada contra ele naquela farmácia, mas um farmacêutico colega disse que ele tinha um temperamento muito peculiar e que às vezes se comportava de modo esquisito. Tem a história de um cliente que falou uma vez, de brincadeira: "Queria que você me vendesse uma coisa para envenenar minha esposa, haha!". E Banks respondeu para ele, muito suave e tranquilo: "Eu posso ajudar... Para o senhor, custaria duzentas libras". O homem ficou constrangido, mas tratou como piada. *Pode* ter sido tudo piada, mas não me parece que Banks seja do tipo piadista.

— *Mon ami* — disse Hercule Poirot. — Eu fico estupefato com as informações que você consegue! Prontuários médicos, altamente confidenciais!

Os olhos de Mr. Goby deram um giro pelo aposento e ele, olhando com altas expectativas para a porta, voltou a balbuciar que tinha seus "jeitinhos"...

— Agora chegamos ao departamento rural. Mr. e Mrs. Timothy Abernethie. Têm uma casinha muito bonita, mas infelizmente precisam gastar um dinheiro nela. Parecem estar na pior. Tem a ver com os impostos e com investimento ruim. Mr. Abernethie tem saúde fraca, e se aproveita da situação. Reclama muito e manda todo mundo sair, buscar e carregar o que for para ele. Come refeições fartas e parece muito forte fisicamente, quando quer fazer um esforço. Não fica ninguém na casa depois que a diarista vai embora e ninguém pode entrar no quarto de Mr. Abernethie, a não ser que ele soe a sineta. Ele estava de temperamento péssimo na manhã do dia após o funeral. Xingou Mrs. Jones. Comeu muito pouco do café da manhã e disse que não queria almoço, porque a noite tinha sido ruim. Ele disse que a ceia que ela havia deixado não era digna de entrar na sua boca, e muito mais. Estava sozinho na casa e ninguém o viu das 9h30 daquela manhã até a manhã seguinte.

— E Mrs. Abernethie?

— Ela saiu de Enderby de carro no horário que o senhor comentou. Chegou a pé em uma pequena garagem de uma cidadezinha chamada Cathstone e explicou que o carro havia arriado uns quilômetros antes.

"Um mecânico a levou até o carro, fez a inspeção e disse que teriam que rebocar e que seria um serviço longo... não podiam prometer para o mesmo dia. A moça ficou muito chateada, mas foi a uma hospedaria, combinou de passar a noite e encomendou uns sanduíches, dizendo que gostaria de ver um pouco do interior, já que estava perto dos campos. Ela só voltou à hospedaria muito tarde naquela noite. Meu informante disse que nem se surpreendeu. Que lugarzinho sinistro!"

— E os horários?

— Ela recebeu os sanduíches às onze horas. Se ela houvesse caminhado pela rodovia principal, poderia ter pegado carona até Wallcaster e pegado um expresso especial da Costa Sul que para em Reading West. Não vou entrar nos detalhes dos ônibus etc. Ela *teria como* ter cometido se o... hum... ataque tivesse sido no final da tarde.

— Soube que o médico estendeu o limite de horário até por volta de 16h30.

— Pois veja — disse Mr. Goby —, eu não diria que é provável. Ela me parece ser uma moça gentil, que todo mundo gosta. É devota do marido, trata-o como criança.

— Sim, sim. O complexo maternal.

— Ela é forte, é robusta, corta madeira e é acostumada a carregar cestos com troncos até a casa. Também se vira muito bem com o carro.

— Eu ia chegar lá. O que exatamente *havia* de errado com o carro?

— Quer os detalhes exatos, Monsieur Poirot?

— Deus me livre. Não tenho nenhum conhecimento de mecânica.

— Era uma coisa difícil de se ver. De consertar, também. E *pode* ter sido feito de forma maliciosa, não ia dar muito trabalho. Para alguém que tivesse familiaridade com as entranhas de um carro.

— *C'est magnifique!* — exclamou Poirot, com entusiasmo amargurado. — Tudo tão conveniente, tão possível. *Bon dieu,* será que não eliminaremos *ninguém*? E Mrs. Leo Abernethie?

— É uma moça muito querida também. Mr. Abernethie, o falecido, tinha muita afeição por ela. Ela foi até lá passar uma quinzena antes de ele morrer.

— Depois que ele passou em Lytchett St. Mary para ver a irmã?

— Não, logo antes. A renda dela está bastante reduzida desde a guerra. Ela se desfez da casa na Inglaterra e pegou um apartamentinho em Londres. Ela tem uma *villa* no Chipre e passa parte do ano lá. Tem um sobrinho jovem que está ajudando a educar, e parece que há um ou dois artistas jovens que ela ajuda financeiramente, de tempos em tempos.

— Santa Helena da Vida Imaculada — disse Poirot, fechando os olhos. — E seria impossível que ela deixasse Enderby naquele dia sem que os criados soubessem? Imploro que me diga que sim!

Mr. Goby fez seus olhos repousarem pesarosos sobre os sapatos de couro engraxado de Poirot, o mais próximo que havia chegado de um contato direto, e balbuciou:

· DEPOIS DO FUNERAL ·

155

— Infelizmente não posso dizer isso, Monsieur Poirot. Mrs. Abernethie foi a Londres buscar mais roupas e pertences, já que havia combinado com Mr. Entwhistle de ficar e tratar das coisas.

— *Il ne manquait que ça!* — disse Poirot, muito sentido.

Capítulo 13

Quando o cartão do Inspetor Morton da Polícia do Condado de Berkshire foi levado a Hercule Poirot, as sobrancelhas do detetive se eriçaram.

— Peça para entrar, Georges, peça para entrar. E sirva... o que a polícia prefere?

— Sugiro cerveja, senhor.

— Que horror! Mas deveras britânico. Sirva cerveja, então.

Inspetor Morton foi direto ao ponto.

— Eu precisava vir a Londres — disse ele. — E consegui seu endereço, Monsieur Poirot. Fiquei intrigado ao ver o senhor na inspeção de quinta-feira.

— Então me percebeu?

— Sim. Fiquei surpreso... e, como eu disse, intrigado. O senhor não lembrará de mim, mas lembro muito bem do senhor. No caso Pangbourne.

— Ah, o senhor estava envolvido?

— Apenas como iniciante. Faz muito tempo, mas nunca esqueci do senhor.

— E me reconheceu de imediato no outro dia?

— Não foi difícil, senhor. — Inspetor Morton reprimiu um sorriso. — Sua aparência é... bastante incomum.

Seu olhar absorveu a perfeição indumentária de Poirot e finalmente pousou nos bigodes recurvos.

— O senhor se destaca em um ambiente rural — explicou ele.

— Possivelmente, possivelmente — disse Poirot, com tom complacente.

— Me interessa saber *por que* o senhor estaria ali. Este tipo de crime... assalto, latrocínio... não costuma lhe interessar.

— Foi um crime brutal comum?

— É o que eu estava me perguntando.

— O senhor se questiona desde o início, não é?

— Sim, Monsieur Poirot. Há características incomuns. Desde então temos seguido as vias rotineiras. Recolhemos um ou dois para interrogatório, mas todos têm conseguido álibis satisfatórios para aquele momento na tarde. Não é o que se chamaria de crime "ordinário", Monsieur Poirot. disso temos certeza. O chefe de polícia concorda. Foi cometido por alguém que queria dar a aparência de que foi ordinário. Pode ter sido a tal Gilchrist, mas não parece haver motivação. E não havia nenhum pano de fundo sentimental. Pode ser que Mrs. Lansquenet fosse um pouco lelé... ou "simplória", se assim prefere. Mas era uma casa de patroa e serviçal, e não havia nenhum tipo de amizade feminina exaltada. Há dezenas de Miss Gilchrists por aí e não costumam ser do tipo homicida.

Ele fez uma pausa.

— Então, parece que teremos de ir mais fundo. Vim perguntar se poderia nos ajudar de algum modo. *Alguma coisa* deve ter lhe levado até lá, Monsieur Poirot.

— Sim, sim, algo levou. Um excelente automóvel Daimler. Mas não só isso.

— O senhor tinha... informações?

— Provavelmente não no sentido que o senhor propõe. Nada que pudesse ser usado como prova.

— Mas algo que poderia ser... indicativo?

— Sim.

— Veja bem, Monsieur Poirot... tivemos alguns avanços.

— Ele contou, com detalhes meticulosos, da fatia envenenada do bolo de casamento.

Poirot fez uma inspiração funda e sibilante.

— Engenhoso... sim, engenhoso... Avisei a Mr. Entwhistle para cuidar de Miss Gilchrist. Uma agressão a ela sempre foi possibilidade. Mas devo confessar que *não* esperava veneno. Eu antevia uma repetição do tema do *machado*. Apenas pensei que seria desaconselhável ela caminhar sozinha por vias pouco frequentadas quando estivesse escuro.

— Mas *por que* o senhor previu que ela sofreria uma agressão? Eu creio, Monsieur Poirot, que *isto* o senhor precisa me contar.

Poirot assentiu lentamente com a cabeça.

— Sim, vou lhe contar. Mr. Entwhistle não lhe diz, porque é advogado e advogados não gostam de falar de suposições, nem de inferências a partir do caráter de uma falecida, ou de poucas palavras irresponsáveis. Mas ele não será avesso a *eu* lhe contar. Ele ficará inclusive aliviado. Ele não deseja parecer tolo nem fantasioso, mas quer que o senhor saiba o que pode... apenas *pode*... ser a verdade.

Poirot fez uma pausa enquanto Georges entrava com um grande copo de cerveja.

— Um refresco, inspetor. Não, não, eu insisto.

— Não me acompanha?

— Eu não bebo cerveja. Mas aceito uma taça de *sirop de cassis*... para o qual já notei que os ingleses não têm paladar.

O Inspetor Morton olhou para a cerveja com gratidão.

Poirot, bebericando suavemente do seu copo de fluido roxo-escuro, disse:

— Tudo começa, tudo isto começa com um funeral. Ou melhor, para ser exato: *depois* do funeral.

Com recursos bastante explícitos, usando muitos gestos, ele demonstrou a história tal como Mr. Entwhistle havia lhe contado, mas com todos os ornamentos que sua natureza exuberante sugeria. Quase se sentia que o próprio Hercule Poirot havia sido testemunha ocular da cena.

· DEPOIS DO FUNERAL ·   **159**

Inspetor Morton tinha um cérebro nítido e primoroso. Ele captou de uma vez só quais eram os pontos mais salientes para seus fins.

— Este Mr. Abernethie pode ter sido envenenado?

— É uma possiblidade.

— E o corpo foi cremado e não há provas?

— Exatamente.

Inspetor Morton matutou.

— Interessante. Não há nada para *nós*. Nada, no caso, que torne a morte de Richard Abernethie digna de investigação. Seria um desperdício de tempo.

— Sim.

— Mas temos as *pessoas,* as que estavam lá. As que ouviram Cora Lansquenet dizer o que disse. E uma delas pode ter pensado que ela podia repetir o que disse, com mais detalhes.

— Como faria, indubitavelmente. Existem, inspetor, como o senhor diz, *as pessoas.* E agora o senhor compreende por que eu estava nesta inspeção, por que me interessei pelo caso... Porque, como sempre, é pelas *pessoas* que me interesso.

— Então, a agressão a Miss Gilchrist...

— Sempre esteve sugerida. Richard Abernethie esteve no chalé. Ele havia conversado com Cora. Ele havia, quem sabe, citado um *nome.* A única pessoa que poderia conhecer ou ter ouvido algo era Miss Gilchrist. Depois que Cora foi silenciada, o assassino poderia ter continuado aflito. A outra mulher sabe de alguma coisa... qualquer coisa que seja? Claro que, se o assassino for sagaz, ele vai deixar tudo como está. Mas assassinos, inspetor, raramente são sagazes. Para nossa sorte. Eles cismam, eles têm incertezas, eles têm a ânsia de se certificar... de ter garantias. Eles ficam contentes com a própria esperteza. E assim, ao final, eles, como se diz, deixam o pescocinho à mostra.

Inspetor Morton deu um sorriso leve.

Poirot prosseguiu:

160 · AGATHA CHRISTIE ·

— Esta tentativa de silenciar Miss Gilchrist já foi um engano, pois agora há *dois* ímpetos para se abrir inquérito. Há também a questão da caligrafia no cartão de casamento. É uma pena que o papel de embrulho tenha sido incinerado.

— Sim. Se não, eu poderia ter certeza se havia vindo ou não pelo correio.

— O senhor diria que tem motivos para pensar na segunda opção?

— Apenas o que o carteiro comentou... que ele não tem certeza. Se a encomenda houvesse passado pelo serviço postal do vilarejo, é de se apostar dez para um que a agente postal teria notado. Mas hoje em dia o correio é entregue por um furgão que vem de Market Keynes e é evidente que o jovem faz uma rota grande e entrega muitas coisas. Ele acredita que eram apenas cartas e que não havia um pacote para entrega no chalé... mas não tem certeza. Aliás, ele anda de caso com uma moça e não consegue raciocinar muita coisa. Testei sua memória e ele não é nada confiável. Se *foi* ele que entregou, me parece estranho que o pacote só tenha sido notado depois que este... como chama mesmo... Mr. Guthrie...

— Ah, Mr. Guthrie.

O Inspetor Morton sorriu.

— Sim, Monsieur Poirot. Estamos analisando este senhor. Afinal de contas, seria fácil, não é mesmo, aparecer com uma história plausível de que era amigo de Mrs. Lansquenet. Mrs. Banks não teria como saber se era ou não. Ele poderia ter largado esse pacote na frente. É fácil fazer com que pareça que uma coisa passou pelo correio. Negro de fumo, um pouco borrado, dá um ótimo carimbo de cancelamento sobre um selo postal.

Ele fez uma pausa e depois complementou:

— Há outras possibilidades.

Poirot assentiu.

— O senhor acha que...?

— Mr. George Crossfield esteve de passagem por aquela região... mas só no dia seguinte. Devia ter ido ao funeral, mas teve um problema com o carro no caminho. Sabe algo dele, Monsieur Poirot?

— Um pouco. Mas não tanto quanto eu gostaria.

— É assim, então? Percebo que há uma turma boa interessada no testamento do finado Mr. Abernethie. Espero que isto não implique em ter que sair atrás de todos.

— Eu recolhi algumas informações. Estão à sua disposição. Naturalmente *eu* não tenho autoridade para fazer perguntas a estas pessoas. Aliás, não seria inteligente da minha parte agir desse modo.

— Eu mesmo vou devagar. Não se assusta o passarinho antes da hora. Mas, quando for para assustar, quero dar *aquele* susto.

— Técnica muito judiciosa. Para o senhor, então, meu amigo, as rotinas... com o maquinário que tem à disposição... são lentas, mas seguras. Da minha parte...

— Sim, Monsieur Poirot?

— Da minha parte, vou viajar ao norte. Como eu lhe disse, é pelas *pessoas* que eu me interesso. Sim... prepararei uma pequena *camuflagem*... e então tomarei rumo norte. Minha intenção é adquirir uma mansão de interior para refugiados internacionais. Eu represento a O.N.U.A.R.

— E o que seria a O.N.U.A.R.?

— A Organização das Nações Unidas de Auxílio aos Refugiados. Muito sonoro, não acha?

O Inspetor Morton sorriu.

Capítulo 14

Hercule Poirot disse a Janet e seu rosto carrancudo:

— Muito obrigado. A senhorita foi extremamente gentil.

Janet, com os lábios ainda retos na cara amarrada, deixou o aposento. Esses estrangeiros! As perguntas que nos fazem. Que impertinência! Tudo bem dizer que ele era um especialista interessado em doenças cardíacas incomuns, tal como a de que Mr. Abernethie devia sofrer. Aquilo sim, provavelmente era verdade; ele se foi de modo muito abrupto e o médico se surpreendera. Mas que negócio era este de um médico estrangeiro que aparecia para bisbilhotar?

Muito fácil para Mrs. Leo dizer: "Por favor responda às perguntas de Monsieur Pontalier. Ele tem bons motivos para perguntar".

Perguntas. Sempre as perguntas. Às vezes páginas e páginas de perguntas para preencher da melhor maneira possível. E por que o Governo ou quem fosse queria saber de suas particularidades? Perguntaram sua idade no censo: uma impertinência absoluta. É óbvio que ela não contou! Deu cinco anos a menos. Por que não? Se ela se sentia com 54, ela *diria* que tem 54!

De qualquer modo, Monsieur Pontalier não queria saber a idade de Janet. Ele tinha *alguma* compostura. Só fez perguntas sobre os remédios que o amo tomava, onde os guardava e se, quem sabe, ele haveria exagerado na prescrição se não estivesse se sentindo em um dia bom. Ou se estivesse desatento. Como se ela fosse lembrar de tanta besteira — o amo sabia muito bem o que fazia! E perguntou se ainda havia na casa algum dos remédios que ele tomava. Naturalmente, todos haviam sido jogados fora. Esses médicos estavam sempre pensando em algo novo. Veja só eles contando ao velho Rogers que ele tinha um disco ou algo do tipo na coluna. Era lombalgia, ora, esse que era o problema que ele tinha. O pai dela tinha sido jardineiro e *ele* sofria da lombalgia. Esses médicos!

O dito médico deu um suspiro e desceu as escadas à procura de Lanscombe. Ele não havia conseguido muito com Janet, mas também não esperava muito. Tudo que ele queria de fato era comparar a informação que pudesse ser extraída sem ela querer com a que havia lhe sido dada por Helen Abernethie e que fora obtida da mesma fonte. Mas com muito menos dificuldade, pois Janet estava disposta a admitir que Mrs. Leo estava em pleno direito de fazer essas perguntas e a própria Janet havia gostado de refletir demoradamente nas últimas semanas a respeito da vida do amo. Doença e morte lhe eram assuntos agradabilíssimos.

Sim, pensou Poirot, ele podia ter confiado na informação que Helen havia dado. Era o que ele havia feito, aliás. Mas, por natureza e por hábitos de longa data, ele não confiava em ninguém até que ele mesmo houvesse testado e aprovado.

De qualquer modo, as provas eram mínimas e insatisfatórias. Resumiam-se ao fato de que havia prescrito cápsulas de óleo vitaminado a Richard Abernethie. Que elas estavam em um frasco grande e que estava quase esgotado no momento da sua morte. A pessoa que quisesse poderia ter manipulado uma ou mais destas cápsulas com uma seringa hipodérmica e poderia ter reorganizado o frasco de modo que a dose fatal só seria ingerida semanas depois desta pessoa sair da casa. Ou alguém poderia ter entrado na casa na véspera da morte de Richard Abernethie e adulterado uma das cápsulas. Ou, o que era mais provável: que houvesse substituído outro remédio por uma pílula para dormir na frasqueira que ficava ao lado da cama. Ou, mais uma vez, poderia ter apenas simplesmente adulterado sua comida ou bebida.

Hercule Poirot havia feito experimentos próprios. A porta da frente ficava trancada, mas havia uma porta lateral que dava para o jardim e que só era trancada à noite. Por volta das 13h15, quando os jardineiros pararam para o almoço e quando toda a casa estava na sala de jantar, Poirot adentrou o terreno, chegou à porta lateral e subiu a escada até o quarto de Richard Abernethie sem encontrar ninguém. Para fazer uma variação, ele entrou por uma porta de baeta e conseguira entrar na despensa. Ele havia ouvido vozes da cozinha na ponta do corredor, mas ninguém o havia visto.

Sim, era possível. Mas teria sido feito? Não havia nada que indicasse que sim. Não que Poirot estivesse procurando provas. Ele apenas queria ficar satisfeito quanto às possibilidades. O assassinato de Richard Abernethie só poderia ser uma hipótese. Era para o assassinato de Cora Lansquenet que se precisava de provas. O que ele queria era estudar as pessoas que haviam reunido-se para o funeral naquele dia e formular suas próprias conclusões sobre o grupo. Ele já tinha um plano, mas antes queria trocar mais algumas palavras com o velho Lanscombe.

Lanscombe era cortês, mas reservado. Menos rancoroso do que Janet, ainda assim ele identificava este estrangeiro arrivista como a materialização do Sinal dos Tempos. E do Vejam A Que Ponto Chegamos!

Ele soltou a peça de couro com a qual polia delicadamente o bule georgiano e aprumou as costas.

— Sim, senhor? — disse ele com toda educação.

Poirot sentou-se cautelosamente em um banco da copa.

— Mrs. Abernethie me conta que o senhor gostaria de residir na casa de guarda próxima ao portão norte quando se aposentasse dos serviços da mansão?

— É verdade, senhor. Naturalmente, agora tudo mudou. Quando a propriedade for vendida...

Poirot o interrompeu com destreza:

— Talvez ainda seja possível. Há choupanas para os jardineiros. A casa de guarda não é necessária para convidados nem seus prepostos. Talvez ainda se possa chegar a algum tipo de acordo.

— Bom, eu agradeço pela sugestão, senhor. Mas não creio que... A maioria dos... hóspedes seria estrangeira, creio eu?

— Sim, serão estrangeiros. Entre os que fugiram da Europa para este país há diversos velhos e enfermos. Não haverá futuro para eles se voltarem a seus países, pois estas pessoas, veja bem, são as que perderam familiares. Elas não podem ganhar a vida aqui tal como faz um homem ou mulher saudável. Levantaram-se fundos e eles são administrados pela organização que represento para doar casas de campo para todos. Este local, creio eu, é eminentemente apropriado. A questão está praticamente resolvida.

Lanscombe deu um suspiro.

— O senhor há de entender que é triste para mim pensar que esta casa não será mais habitação privada. Mas sei como são as coisas hoje em dia. Ninguém da família teria como pagar para morar aqui... e não creio que as jovens damas e cavalheiros gostariam de vir. Anda muito difícil obter criadagem doméstica nesses últimos anos e, mesmo quando se consegue, ela é cara e insatisfatória. Eu entendo que estas belas mansões já cumpriram seu propósito. — Lanscombe deu outro suspiro. — Se tiver que ser... um instituto ou o que seja, fico contente em saber que é do tipo que o senhor menciona. Fomos poupados no nosso país, senhor, graças à Marinha e à Força Aérea e a nossos bravos jovens e à fortuna de sermos uma ilha. Se Hitler tivesse chegado aqui, nós todos teríamos comparecido para liquidá-lo sumariamente. Minha visão não é boa para atirar, mas eu poderia ter usado um rastilho, senhor. Era minha intenção, se necessário fosse.

Sempre recebemos os infelizes neste país, senhor, é o nosso orgulho. E assim continuaremos.

— Obrigado, Lanscombe — disse Poirot, com toda delicadeza. — A morte de seu amo deve lhe ter sido um grande golpe.

— Foi, senhor. Eu estava com o amo desde que ele era muito moço. Tive muita sorte na vida, senhor. Ninguém teria amo melhor.

— Tenho conversado com meu amigo e, hum, colega de profissão, Dr. Larraby. Estávamos nos questionando se seu amo poderia ter tido preocupações adicionais, como um interlóquio desagradável, quem sabe, na véspera do falecimento? O senhor não lembra se algum visitante veio à casa naquele dia?

— Creio que não, senhor. Não lembro de nenhum.

— Ninguém compareceu por volta daquele horário?

— O vigário veio na véspera para a hora do chá. No mais, apareceram freiras querendo donativos... e um jovem veio até a porta dos fundos para vender escovas e produtos de limpeza a Marjorie. Muito insistente, o garoto. Ninguém mais.

Uma expressão preocupada surgiu no rosto de Lanscombe. Poirot não fez mais pressão. Lanscombe já havia desabafado com Mr. Entwhistle e não seria tão acessível com Hercule Poirot.

Com Marjorie, por outro lado, Poirot havia tido sucesso instantâneo. Marjorie não seguia nenhuma das convenções da "boa criada". Marjorie era uma cozinheira de primeira linha e a porta de entrada para seu coração estava nos seus pratos. Poirot a havia visitado na cozinha, elogiado certos pratos demonstrando discernimento, e Marjorie, ao perceber que ali se via alguém que sabia exatamente do que falava, saudou-o imediatamente como alma gêmea. Ele não teve dificuldade em descobrir exatamente o que havia sido servido na noite anterior à morte de Richard Abernethie. Marjorie, aliás, estava disposta a ver a questão do seguinte modo: "Foi na noite em que eu fiz o suflê de chocolate que Mr. Abernethie morreu. Seis ovos que eu tinha guardado. O leiteiro, ele é meu amigo. Consegui um pouco de nata também. É melhor não me perguntar como. Mr. Abernethie gostou". O restante da refeição foi igualmente detalhado. O que havia saído da sala de jantar havia sido finalizado na cozinha. Por mais que Marjorie estivesse disposta a falar, Poirot não havia obtido nada de valor com a cozinheira.

Ele então foi buscar sua sobrecasaca e estolas. Foi assim, protegido dos ventos da região norte, que ele saiu ao terraço e encontrou Helen Abernethie, que estava aparando rosas tardias.

— Descobriu alguma coisa nova? — perguntou ela.

— Nada. Mas também pouco esperava.

— Eu sei. Desde que Mr. Entwhistle me disse que o senhor vinha, eu ando vasculhando, mas não há nada.

Ela fez uma pausa e disse com um tom de esperança:

— Talvez *seja* um caso em que estamos procurando pelo em ovo?

— Ser agredida com um machado?

— Eu não estava pensando em Cora.

— Mas é em Cora que eu penso. Por que seria necessário que alguém a matasse? Mr. Entwhistle me disse que, naquele dia, no instante abrupto em que ela cometeu a *gafe,* a senhora sentiu que havia algo errado. Foi isso?

— Ora... sim, mas eu não sei...

Poirot prosseguiu com sua sondagem.

— Como assim "algo errado"? Inesperado? Surpreendente? Ou... o que poderíamos dizer... incômodo? Sinistro?

— Ah, não, sinistro não. Só uma coisa que não estava... Ah, não sei. Eu não consigo lembrar e não era importante.

— Mas por que a senhora não lembra? Porque algo tirou aquilo da sua cabeça? Algo mais importante?

— Sim... sim... creio que o senhor está certo neste sentido. Foi a referência ao assassinato, creio eu. Aquilo abafou tudo mais.

— Teria sido, quem sabe, a reação de uma pessoa em particular à palavra "assassinado"?

— Talvez... Mas não lembro de olhar para ninguém em específico. Estávamos todos olhando para Cora.

— Pode ter sido algo que a senhora ouviu... algo que caiu, quem sabe... ou que quebrou...

Helen franziu a testa, fazendo esforço para recordar.

— Não... creio que não...

— Ah, enfim, um dia vai voltar. E pode ser que não tenha importância. Agora me diga, madame: daqueles todos, quem conhecia Cora melhor?

Helen parou para pensar.

— Lanscombe, creio eu. Ele lembra dela ainda criança. A servente, Janet, só chegou depois que ela já havia se casado e ido embora.

— E depois de Lanscombe?

Helen falou, pensativa:

— Creio que... *eu*. Maude mal a conhecia.

— Então, sendo a senhora a pessoa que melhor a conhecia, por que diria que Cora fez a pergunta que fez?

Helen sorriu.

— Porque era o perfil de Cora!

— O que eu quero dizer é: foi uma pura e simples *bêtise*? Ela simplesmente deixou sair o que tinha na mente, sem pensar? Ou terá sido maliciosa... divertindo-se ao incomodar todos?

Helen parou para refletir.

— Nunca se tem plena certeza de uma pessoa, não é? Eu nunca soube se Cora era apenas ingênua... ou se tinha vontade, de forma pueril, de causar efeito. É a isso que o senhor se refere, não é?

— Sim. Eu estava pensando: Imagine que Mrs. Cora diz a si mesma: "Como seria divertido se Richard tivesse sido assassinado e como eles iam ficar!". Seria típico dela, não?

Helen fez cara de dúvida.

— É possível. Ela tinha um senso de humor endiabrado quando criança. Mas que diferença faz?

— Sublinharia a questão de que é insensato fazer piadas sobre homicídio — disse Poirot, frio.

Helen estremeceu.

— Pobre Cora.

Poirot mudou de assunto.

— Mrs. Timothy Abernethie passou a noite aqui depois do funeral?

— Sim.

— Ela conversou com a senhora a respeito do que Cora havia dito?

— Sim, ela disse que era um absurdo e que era do feitio de Cora!

— Ela não levou a sério?

— Ah, não. Tenho certeza de que não.

"O segundo 'não'", pensou Poirot, "soou duvidoso." Mas não era sempre assim quando a pessoa repassava algo na mente?

— E a senhora, madame, levou a sério?

Helen Abernethie, com os olhos muito azuis e estranhamente jovens sob a mecha lateral dos cabelos nitidamente grisalhos, respondeu pensativa:

— Sim, Monsieur Poirot, creio que levei.

— Por conta da sensação de que havia algo errado?

— Talvez.

Ele aguardou. Porém, como ela não disse mais nada, ele prosseguiu:

— Houve um distanciamento, que durou muitos anos, entre Mrs. Lansquenet e a família?

— Sim. Nenhum de nós gostava do marido dela, ela se ofendeu e assim cresceu o distanciamento.

— E então, de repente, seu cunhado foi visitá-la. Por quê?

— Eu não sei... eu imagino que ele sabia, ou suspeitasse, que não tinha muito tempo de vida e queria se reconciliar. Mas, na verdade, não sei.

— Ele não lhe contou?

— A *mim*?

— Sim. A senhora estava aqui, com ele, logo antes de ele viajar para visitar Mrs. Lansquenet. Ele não chegou a comentar qual teria sido a intenção? Ele achou que um leve ar de reserva se interpôs no jeito de Mrs. Abernethie.

— Ele me disse que ia ver o irmão, Timothy. E foi. Não falou em Cora em nenhum momento. Podemos entrar? Deve estar quase na hora do almoço.

Ela caminhou ao lado dele, carregando as flores que havia colhido. Enquanto entravam pela porta lateral, Poirot disse:

— A senhora tem certeza, plena certeza, de que, durante sua visita, Mr. Abernethie não lhe disse nada a respeito de algum familiar que pode ser relevante?

Com um leve ressentimento na postura, Helen disse:

— O senhor fala como um policial.

— Eu *fui* policial. Há muito tempo. Não tenho status... não tenho direito de interrogá-la. Mas a senhora quer a verdade, ou assim fui levado a crer.

Eles entraram na sala de estar verde. Helen falou depois de um suspiro:

— Richard estava desapontado com a nova geração. Como é típico dos mais velhos. Ele os desmerecia em vários sentidos. Mas não havia nada, *nada,* se o senhor me entende, que pudesse sugerir motivação para um homicídio.

— Ah — disse Poirot. Ela alcançou uma bacia de porcelana e ali começou a organizar as rosas. Quando estavam à sua satisfação, procurou um lugar para colocá-la.

— A madame faz arranjos admiráveis — disse Hercule.

— Creio que faria com perfeição qualquer coisa que se dispusesse a fazer.

— Obrigada. Tenho afeição por flores. Creio que esta ficaria bem naquela mesa de malaquita verde.

Havia um buquê de flores de cera sob uma cúpula de vidro na mesa de malaquita. Quando ela se levantou, Poirot disse casualmente:

— Alguém disse a Mr. Abernethie que o marido de sua sobrinha Susan quase havia envenenado um cliente quando preparou uma receita? Ah, *pardon*!

Ele pulou para a frente.

O ornamento vitoriano havia caído dos dedos de Helen. O salto de Poirot não foi rápido o bastante. O ornamento caiu no chão e a cúpula de vidro se quebrou. Helen ficou com uma expressão de incômodo.

— Como eu sou descuidada. Não estraguei as flores, entretanto. Consigo mandar fazer uma cúpula nova. Vou deixar no armário grande debaixo da escada.

Foi só depois que Poirot a ajudou a levantar o ornamento até a prateleira no armário escuro e que a seguiu de volta à sala de estar que ele disse:

— Foi culpa minha. Eu não devia tê-la assustado.

— O que foi que o senhor me perguntou? Eu esqueci.

— Ah, não há necessidade de responder à pergunta. Aliás… eu esqueci qual era.

Helen veio até ele. Ela deixou a mão sobre o braço do detetive.

— Monsieur Poirot, existe alguém cuja vida aguentaria investigação tão íntima? As vidas das pessoas *têm* que ser arrastadas a isso quando elas não têm nada a ver com… com…

— Com a morte de Cora Lansquenet? Sim. Porque deve-se inspecionar *tudo*. Ah! É verdade que, como diz a velha máxima, *todos têm o que esconder*. Vale para todos nós. Talvez também seja válido para a madame. O que eu lhe digo é que não podemos ignorar nada. É por isso que seu amigo, Mr. Entwhistle, veio à minha procura. Porque eu não sou da polícia. Eu sou discreto e o que eu descubro não diz respeito a minha pessoa. Mas preciso *saber*. E já que neste assunto não se trata tanto de *provas*, mas de *pessoas*, então é de *pessoas* que vou me ocupar. Eu preciso, madame, encontrar alguém que estivesse aqui no dia do funeral. Seria uma grande conveniência... sim, seria estrategicamente satisfatório, se pudesse encontrá-los *aqui*.

— Infelizmente — falou Helen devagar —, seria muito difícil...

— Não tanto quanto a madame pensa. Eu já tramei um meio. A casa foi vendida, ou assim Mr. Entwhistle vai declarar. *Entendu*, às vezes estas coisas dão errado! Ele convidará os familiares diversos a se reunir aqui para que escolham o que quiserem da mobília antes que tudo vá a leilão. Pode-se escolher o fim de semana mais adequado para o propósito.

Ele fez uma pausa e depois disse:

— Fácil, não é?

Helen olhou para ele. Os olhos azuis estavam frios, quase gelados.

— Está armando uma arapuca para alguém, Monsieur Poirot?

— Ah, se fosse! Queria saber tanto assim. Não, ainda estou de mente aberta.

Mas complementou, pensativo:

— Pode haver certos testes...

— Testes? Que tipo de testes?

— Eu ainda não os formulei na mente. E, de qualquer modo, madame, seria melhor que a senhora não os soubesse.

— Para eu ser testada também?

— A senhora, madame, já conhece os bastidores. Agora temos uma coisa que é duvidosa. Os mais jovens, creio eu, virão prontamente. Mas pode ser dificultoso, não é, garantir aqui a presença de Mr. Timothy Abernethie. Ouvi dizer que ele nunca sai de casa.

Helen esboçou um sorriso repentino.

— Creio que possa estar com sorte neste sentido, Monsieur Poirot. Ontem tive notícias de Maude. Há pintores trabalhando na casa e Timothy está sofrendo muito com o cheiro da tinta. Diz que está fazendo muito mal a sua saúde. Creio que tanto ele quanto Maude ficariam muito gratos se pudessem vir para cá. Por uma, duas semanas, quem sabe. Maude ainda não consegue se mover muito bem... sabe que ela quebrou o tornozelo?

— Não tinha essa notícia. Que infelicidade.

— Por sorte eles têm a acompanhante de Cora, Miss Gilchrist. Parece que ela se mostrou um tesouro.

— Como é? — Poirot voltou-se bruscamente para Helen.

— *Eles* pediram a Miss Gilchrist para ficar com eles? Quem sugeriu?

— Creio que foi Susan quem arranjou. Susan Banks.

— Arrá — disse Poirot com a voz curiosa. — Então foi a pequena Susan que sugeriu. Ela gosta de fazer combinações.

— Susan me pareceu uma moça muito competente.

— Sim. É competente. A senhora ouviu dizer que Miss Gilchrist quase deparou-se com a morte devido a um bolo de aniversário envenenado?

— Não! — Helen pareceu surpresa. — Agora eu lembro que Maude disse no telefone que Miss Gilchrist havia acabado de sair do hospital, mas não tinha ideia de por que teria sido hospitalizada. Veneno? Mas, Monsieur Poirot... *por quê*?

— Precisa mesmo perguntar?

Helen disse com veemência repentina:

— Ah! Traga todos para cá! Descubra a verdade! Não pode haver mais assassinatos.

— Então a madame vai cooperar?

— Sim. Vou cooperar.

Capítulo 15

— Este linóleo ficou ótimo, Mrs. Jones. Que mão boa a senhora tem para os linóleos. O bule está na mesa da cozinha, então pode servir-se. Estarei aí assim que levar o lanche das onze horas de Mr. Abernethie.

Miss Gilchrist veio trotando escada acima, carregando uma bandeja organizada com bom gosto. Ela bateu na porta de Timothy, interpretou o grunhido vindo de dentro como um convite e deu um leve tropeço ao entrar.

— O café matinal e os biscoitos, Mr. Abernethie. Espero que esteja sentindo-se mais alegre hoje. Está um dia lindo.

Timothy resmungou e falou desconfiado:

— Tem nata no leite?

— Não, não, Mr. Abernethie. Eu tirei com todo cuidado. De qualquer modo, trouxe o coador para o caso de ela se formar de novo. Algumas pessoas gostam, sabe, dizem que é o *creme*... e é mesmo.

— Umas idiotas! — exclamou Timothy. — Que tipo de biscoitos são esses?

— São aqueles digestivos, muito bons.

— Porcaria supurante. Os biscoitos de gengibre com nozes são os únicos que valem a pena.

— Infelizmente o merceeiro não tinha esta semana. Mas estes são muito bons. O senhor pode provar e comprovar.

— Eu já conheço, muito obrigado. Deixe as cortinas em paz, sim?

— Achei que o senhor gostaria de um pouco de sol. Está um dia tão ensolarado.

— Eu quero que o quarto fique escuro. Minha cabeça está um horror. É essa tinta. Sempre fui sensível a tinta. Está me envenenando.

Miss Gilchrist fungou para testar e falou com entusiasmo:

— Não se sente tanto o cheiro daqui. Os pintores estão do outro lado.

— Você não é sensível como eu. Como podem tirar *todos* os livros que estou lendo do meu alcance?

— Sinto muito, Mr. Abernethie, não sabia que o senhor estava lendo tantos.

— Onde está minha mulher? Eu não a vejo há mais de uma hora.

— Mrs. Abernethie está descansando no sofá.

— Diga para vir e descansar aqui.

— Vou dizer, Mr. Abernethie. Mas pode ser que ela tenha caído no sono. Em quinze minutos, sim?

— Não, diga que eu quero agora. E pare de mexer nesse cobertor. Está arrumado do jeito que eu gosto.

— Sinto muito. Achei que estivesse escorregando para o outro lado da cama.

— Eu gosto dele quase caindo. Vá chamar Maude. Eu a quero aqui.

Miss Gilchrist partiu para o andar de baixo e foi na ponta dos pés até a sala de estar onde Maude Abernethie estava sentada com a perna para cima, lendo um livro.

— Sinto muito, Mrs. Abernethie — disse ela em tom de desculpas. — Mr. Abernethie perguntou pela senhora.

Maude lançou seu livro de lado com expressão de culpa.

— Ó, céus — lamentou ela. — Eu já vou subir.

Ela se esticou para pegar a bengala.

Timothy esbravejou assim que sua esposa adentrou o quarto.

— Finalmente!

— Sinto muito, querido, não sabia que queria falar comigo.

— Aquela mulher que você botou para dentro de casa vai me deixar louco. Fica só cacarejando e se alvoroçando como uma galinha burra. Típica velha solteirona, isso que ela é.

— Desculpe se ela o incomoda. Ela quer ser gentil, só isso.

— Não quero ninguém gentil. Não quero uma velha solteirona maldita sempre grasnando em cima de mim. Ela é tão fingida, tão...

— Um pouco, quem sabe.

— Me trata como se eu fosse uma criança perturbada! É enlouquecedor.

— Tenho certeza de que deve ser. Mas por favor, *por favor*, Timothy, faça um esforço para não ser grosseiro com ela. Eu ainda estou debilitada... e você mesmo disse que ela cozinha bem.

— A comida dela é passável — admitiu Mr. Abernethie a contragosto. — Sim, é uma cozinheira decente. Mas deixe ela na cozinha, é isso que eu peço. Não deixe que ela venha ciscar à minha volta.

— Não, querido, claro que não. Como está se sentindo?

— Nada bem. Acho que você devia chamar Barton para me ver. Esta tinta faz mal para o meu coração. Sinta meu pulso, veja como está irregular.

Maude sentiu o pulso do marido sem fazer comentários.

— Timothy, podemos ir para um hotel até encerrarem a pintura da casa?

— Seria um desperdício de dinheiro.

— E isso importa? Agora?

— Você é igual a todas as mulheres. Extravagante e incorrigível! Só porque ficamos com uma parte ridícula do patrimônio do meu pai, você já acha que podemos morar no Ritz.

— Não foi o que eu disse, querido.

— Posso lhe dizer que a diferença que o dinheiro de Richard fará não será considerável. Este governo sanguessuga vai se certificar de que não. Pode anotar o que eu digo: nosso quinhão inteiro vai se perder nos impostos.

Mrs. Abernethie sacudiu a cabeça, triste.

— Este café está gelado — disse o inválido, olhando com desgosto para a xícara da qual ainda não havia provado. — Por que eu nunca consigo uma xícara de café bem quente?

— Vou descer para aquecê-la.

Na cozinha, Miss Gilchrist tomava chá e conversava com toda afabilidade, embora com leve condescendência, com Mrs. Jones.

— Queria muito poupar Mrs. Abernethie de tudo que for possível — disse ela. — Isso de ficar subindo e descendo escadas é doloroso para a senhora.

— Ele a faz de gato-sapato, ah, se faz — observou Mrs. Jones, mexendo o açúcar na sua xícara.

— É muito triste ser tão incapaz.

— Não tão incapaz assim — disse Mrs. Jones com tons sinistros. — Ele não vai gostar de ficar só deitado, tocando sineta para trazer bandeja para cima e levar bandeja pra baixo? Mas ele está totalmente em condições de se levantar e se mexer. Já vi ele inclusive fora do vilarejo, vi sim, quando *ela* não está. Caminhando intrépido, como quem não tem nada. Tudo que ele precisa *mesmo,* como o tabaco dele, ou um selo, ele consegue ir buscar. É por isso que quando *ela* viajou para aquele funeral e na volta ficou retida, e *ele* me disse que eu tinha de vir e passar a noite de novo, eu me recusei. "Sinto muito, senhor", disse, "mas tenho que pensar no meu marido. Voltar pro serviço de manhã tudo bem, mas tenho que estar lá para cuidar dele quando ele volta do trabalho." Eu não ia ceder, não ia não. Achei que ia fazer um bem para ele andar por essa casa e se cuidar sozinho uma vez que fosse. De repente ele veria o quanto

178

· AGATHA CHRISTIE ·

que fazem para ele. Então eu fiquei firme, fiquei sim. Não fez nem meio muxoxo.

Mrs. Jones respirou fundo e tomou um gole longo e gratificante de chá açucarado.

— Ah — disse ela.

Embora muito desconfiada de Miss Gilchrist e considerando-a uma criatura cheia das frescuras, além de "velha solteirona metida", Mrs. Jones aprovava o modo generoso com o qual Miss Gilchrist utilizava as rações de chá e açúcar da patroa. Ela soltou a xícara e disse, de novo em tom afável:

— Vou passar um pano na cozinha e depois me vou. As batatas já estão prontas e descascadas ao lado da pia, meu bem.

Embora um tanto afrontada pelo "meu bem", Miss Gilchrist ficou grata pela boa vontade que havia despido uma enorme quantidade de batatas de suas proteções.

Antes que ela pudesse falar, o telefone tocou e ela foi correndo ao vestíbulo para atender. O telefone, no estilo dos de cinquenta anos atrás, ficava situado inconvenientemente em uma passagem embaixo da escada, por onde passava uma corrente gelada.

Maude Abernethie surgiu no alto da escada enquanto Miss Gilchrist ainda estava falando. A última olhou para cima e disse:

— É Mrs. Leo, não é? Mrs. Leo Abernethie quem chama.

— Diga que estou indo.

Maude desceu as escadas devagar e sentindo dor. Miss Gilchrist balbuciou:

— Sinto que tenha que descer, Mrs. Abernethie. Mr. Abernethie terminou o lanche? Eu subo rapidinho e busco a bandeja.

Ela subiu a escada a trote enquanto Mrs. Abernethie atendia o telefone:

— Helen? Aqui é Maude.

O inválido recebeu Miss Gilchrist com uma encarada sinistra. Enquanto ela recolhia a bandeja, ele perguntou, impaciente:

— Quem é no telefone?

— Mrs. Leo Abernethie.

· DEPOIS DO FUNERAL ·

179

— Ah, é? Imagino que vão ficar de fofoca por uma hora. As mulheres não têm noção do tempo quando ficam no telefone. Nunca pensam no dinheiro que estão gastando.

Miss Gilchrist disse em tom animado que seria Mrs. Leo quem teria de pagar e Timothy resmungou.

— Puxe essa cortina para o lado, sim? Não, essa não, a *outra*. Não quero a luz batendo nos meus olhos. Assim está melhor. Não é porque eu sou um inválido que tenho que passar o dia no escuro.

Ele prosseguiu:

— E a senhora pode olhar naquela estante ali um livro ver... O que houve *agora*? Por que saiu correndo?

— Estão batendo na porta, Mr. Abernethie.

— *Eu* não ouvi nada. Tem aquela mulher lá embaixo, não tem? Deixe que ela atenda.

— Sim, Mr. Abernethie. Que livro o senhor queria que eu encontrasse?

O inválido fechou os olhos.

— Agora não lembro. Você me fez esquecer o nome. Pode ir.

Miss Gilchrist recolheu a bandeja e partiu com pressa. Depois de deixar a bandeja na mesa da copa, ela correu para o vestíbulo, passando por Mrs. Abernethie que ainda estava ao telefone.

Ela voltou em um instante para perguntar com voz abafada:

— Sinto muito por interromper. É uma freira. Donativos. O Fundo Coração de Maria, acho que foi isso que ela disse. Ela tem um livro. Meia coroa ou cinco xelins é o que a maioria dá.

— Só um instante, Helen — disse Maude Abernethie ao telefone, antes de dirigir-se a Miss Gilchrist. — Eu não colaboro com católicos romanos. Temos nossas próprias beneficências na igreja.

Miss Gilchrist saiu correndo de novo.

Maude encerrou sua conversa depois de alguns minutos com a frase "Vou tratar do assunto com Timothy".

180

Ela devolveu o telefone ao gancho e veio ao vestíbulo. Miss Gilchrist estava parada em silêncio perto da porta da sala de estar. Ela estava franzindo a testa, com uma expressão confusa, e deu um pulo quando Maude Abernethie lhe dirigiu a palavra.

— Algum problema, Miss Gilchrist?

— Ah, não, não, Mrs. Abernethie. Desculpe, eu estava sonhando acordada. Que bobo da minha parte, com tanto para se fazer.

Miss Gilchrist retomou sua imitação de formiguinha atarefada e Maude Abernethie subiu a escada lentamente e sentindo dores para chegar no quarto do marido.

— Era Helen no telefone. Parece que a mansão foi vendida mesmo... para uma Instituição de Refugiados Estrangeiros...

Ela fez uma pausa enquanto Timothy se expressava imperativamente a respeito dos Estrangeiros Refugiados, com questões laterais em relação à casa na qual ele havia nascido e sido criado.

— Não sobrou critério nenhum neste país. Minha casa! Não suporto nem imaginar.

Maude seguiu em frente:

— Helen entende o que você... o que nós sentimos. Ela perguntou se não gostaríamos de aparecer para uma visita antes que se vá. Ela ficou muito angustiada quanto a sua saúde e o jeito como a pintura a está afetando. Ela achou que talvez você preferisse ir a Enderby a ir para um hotel. Os criados continuam lá, então você pode ser bem cuidado e ficar aconchegado.

Timothy, cuja boca já havia aberto com manifestações de ultraje a meia frase, fechou-a de novo. Seus olhos de repente ficaram argutos. Ele passou a concordar com a cabeça.

— Muito atencioso da parte de Helen — respondeu ele.

— Muito atencioso. Não sei, porém. Terei que pensar... Não tenho dúvida de que esta tinta está me envenenando... tem arsênico na tinta, creio eu. Eu ouvi alguma coisa nesse sentido. Por outro lado, o esforço de se mexer pode ser demais para mim. É difícil saber o que seria melhor.

— Talvez você prefira um hotel, querido — sugeriu Maude.

— Um hotel bom é muito caro, mas quando se trata da sua saúde...

Timothy a interrompeu.

— Eu queria que você entendesse, Maude, que *não somos milionários*. Por que ir a um hotel quando Helen sugeriu com tanta gentileza que fossemos a Enderby? Não que caiba a ela sugerir! A casa não é dela. Eu não entendo as sutilezas jurídicas, mas suponho que pertença igualmente a nós até que seja vendida e a partilha esteja feita. Estrangeiros refugiados! O velho Cornelius iria se revirar no túmulo. Ah, ia... — Ele deu um suspiro. — Eu gostaria de ver minha antiga casa antes de morrer.

Maude usou sua última cartada ardilosamente.

— Eu entendi que Mr. Entwhistle sugeriu que os familiares gostariam de escolher mobília, porcelana ou o que fosse... antes que tudo vá a leilão.

Timothy pôs-se de pé rapidamente.

— Temos que ir com toda certeza. Tem que haver uma avaliação exata do que cada pessoa escolher. Estes homens com quem as meninas casaram... eu não botaria confiança em nenhum, pelo que eu ouvi. Pode ter alguma malandragem. Helen é bondosa demais. Como chefe da família, é meu dever estar presente!

Ele levantou-se e ficou andando para lá e para cá no quarto, com um passo vigoroso e apressado.

— Sim, é um plano excelente. Corresponda-se com Helen e aceite. Eu estou pensando mesmo em você, meu bem. Será um bom descanso e mudança de ares. Você anda fazendo demais. Os decoradores podem seguir com a pintura enquanto não estamos e aquela tal Gillespie pode ficar aqui e cuidar da casa.

— Gilchrist — corrigiu Maude.

Timothy fez um aceno com a mão e disse que tanto fazia.

II

— Eu não consigo — disse Miss Gilchrist.

Maude olhou para ela com surpresa.

Miss Gilchrist estava tremendo. Seus olhos olharam para os de Maude com súplica.

— É burrice da minha parte, eu sei... Mas eu não posso. Não posso ficar aqui sozinha na casa. Se houvesse alguém que pudesse vir e... e dormir aqui comigo?

Ela olhou com esperança para a outra criada, mas Maude fez que não. Maude Abernethie sabia muito bem como era difícil conseguir alguém na vizinhança para dormir no emprego.

Miss Gilchrist prosseguiu com um quê de desespero na voz.

— Eu sei que a senhora vai me achar histérica, tola... e eu nunca imaginei que fosse me sentir assim. Nunca fui uma mulher nervosa... Nem de fantasiar. Mas agora está tudo diferente. Eu ficaria apavorada... sim, literalmente apavorada de ficar sozinha.

— É claro — disse Maude. — Foi tolice da minha parte. Depois do que aconteceu em Lytchett St. Mary...

— Eu imagino que tenha sido... Eu sei que não tem lógica. E eu não senti de início. Eu não me importava de ficar sozinha no chalé depois... depois do que aconteceu. A sensação cresceu aos poucos. A senhora não vai fazer bom juízo de mim, Mrs. Abernethie, mas desde que estou aqui eu tenho me sentido... *assustada,* sabe. Não de uma coisa em específico, só *assustada...* É muita tolice e estou com vergonha. É só que esse tempo todo eu estava esperando que acontecesse uma coisa terrível... Até aquela freira que apareceu na porta me assustou. Ah, puxa vida, eu *estou* muito mal...

— Imagino que seja o que chamam de choque postergado — comentou Maude, em tom vago.

— É mesmo? Não sei. Ah, puxa, sinto por parecer tão... tão ingrata, depois de toda sua gentileza. O que a senhora vai achar...

Maude a acalmou.

— Temos que pensar em outra combinação — disse ela.

Capítulo 16

George Crossfield pausou por um instante de indecisão enquanto assistia a um dorso feminino em particular sumir porta adentro. Então ele assentiu consigo e saiu à cata. A porta em questão era de uma loja de fachada larga e simétrica — e uma loja que havia fechado. As janelas de vidro laminado revelavam um vazio desconcertante do lado de dentro. A porta estava fechada, mas George bateu. Um jovem de óculos com expressão vazia abriu e olhou para George.

— Com licença — disse George. — Mas acho que minha prima acabou de entrar.

O jovem recuou e George entrou.

— Olá, Susan — cumprimentou ele.

Susan, que estava em cima de um caixote usando uma trena, virou a cabeça com certa surpresa.

— Olá, George. De onde você saiu?

— Vi você de costas. Tive certeza de que era você.

— Que esperto. Imagino que as costas sejam algo muito particular.

— Muito mais do que os rostos. É só você deixar crescer a barba, colocar um enchimento nas bochechas e fazer uma coisa diferente no cabelo que ninguém vai te notar, mesmo quando você ficar cara a cara com a pessoa. Mas cuidado com o momento em que você ficar de costas.

— Vou lembrar disso. Dois metros e 26: você pode lembrar para mim até eu poder anotar?

— É claro. O que são? Estantes de livros?

— Não, um cubículo. Dois e 66... Um e dez...

O jovem de óculos, que estava inquieto entre um pé e outro, deu uma tossida como se pedisse licença.

— Com licença, Mrs. Banks, mas se quiser ficar algum tempo aqui...

— Eu quero sim — disse Susan. — Se o senhor deixar as chaves, eu tranco a porta e devolvo na imobiliária quando passar. Assim fica bem?

— Sim, obrigado. Se não estivéssemos com poucos funcionários hoje de manhã...

Susan aceitou a intenção de desculpas da frase inacabada e o jovem retirou-se para o mundo externo da rua.

— Ainda bem que nos livramos dele — observou Susan.

— Corretores imobiliários são um estorvo. Não param de falar enquanto eu quero fazer as contas.

— Ah — disse George. — Homicídio em uma loja abandonada. Como seria animador para os passantes ver o cadáver de uma jovem bonita por trás do vidro laminado. Quantos ficariam encarando. Como peixinhos dourados.

— Não há motivo para você me assassinar, George.

— Bom, eu ficaria com uma quarta parte do quinhão que lhe cabe do nosso estimado tio. Se a pessoa tivesse certa afeição pelo dinheiro, já seria motivo.

Susan parou de tirar medidas e virou-se para olhar para o primeiro. Seus olhos arregalaram-se um pouco.

— Você parece uma pessoa diferente, George. É... extraordinário.

— Diferente? Diferente como?

— Como um anúncio publicitário. *Este é o mesmo homem que você viu na última página, mas agora ele tomou Sais Uppington.*

186 · AGATHA CHRISTIE ·

Ela sentou-se em outro caixote e acendeu um cigarro.

— Acho que você quer muito sua parte do dinheiro do velho Richard, não é, George?

— Quem diz que dinheiro não é bem-vindo, hoje em dia, não é sincero.

O tom de sua voz foi suave.

Susan disse:

— Você andou apertado, não andou?

— Não é da sua conta, não é mesmo, Susan?

— Eu só estava interessada.

— Você está alugando essa loja para trabalho?

— Eu vou comprar a casa inteira.

— Com escritura?

— Sim. Os dois andares de cima eram apartamentos. Um está vazio e veio com a loja. Do outro, eu vou pagar para saírem.

— É bom ter dinheiro, não é, Susan?

Havia um tom malicioso na voz de George. Mas Susan apenas respirou fundo e disse:

— Até onde me interessa, é maravilhoso. Atendeu às minhas preces.

— Rezar mata a parentada velha?

Susan não lhe deu atenção.

— Este lugar é do tamanho *certo*. Para começar, é um ótimo exemplo de arquitetura de época. Eu posso deixar a parte da residência no andar de cima uma coisa linda. Tem dois tetos de gesso moldado lindos e as peças têm bom formato. Essa parte de baixo já foi modificada e eu quero deixar totalmente moderna.

— O que vai ser? Loja de roupas?

— Não. Produtos de beleza. Preparados com ervas. Cremes faciais!

— O golpe completo?

— O golpe que sempre foi. Que dá dinheiro. Sempre dá. O que você precisa colocar é personalidade. Eu consigo.

George olhou para sua prima com apreço. Ele admirava os planos inclinados do rosto moço, a boca generosa, o tom radiante dos cabelos. No somatório, um rosto incomum e vivaz. E ele reconhecia em Susan aquela qualidade esquisita e indefinível: a qualidade do sucesso.

— Sim — disse ele —, acho que você tem tudo que precisa, Susan. Você vai recuperar seu investimento no esquema e vai chegar longe.

— É o bairro certo, passando uma rua de comércio. E dá para estacionar bem na frente.

George assentiu de novo.

— Sim, Susan, você vai ter sucesso. Fazia tempo que tinha isso em mente?

— Mais de ano.

— Por que não conversou com o velho Richard? Ele ia apostar em você.

— Eu falei com ele.

— E ele não se dispôs? Por que será? Eu achei que ele teria reconhecido a impetuosidade que ele mesmo tinha.

Susan não respondeu, e à mente de George saltou uma visão superior de outra figura. Um jovem magro, nervoso, com olhos desconfiados.

— Onde é que o... como é mesmo o nome dele... o Greg entra nessa? — perguntou ele. — Ele vai parar com os comprimidos e os pozinhos, é isso?

— É claro. Ele vai ter um laboratório de manipulação nos fundos. Teremos fórmulas próprias para cremes de rosto e preparados de beleza.

George escondeu um sorriso. Ele queria dizer: "Então o bebê vai ter o cercadinho", mas não disse. Como primo, ele não se importava de ser malicioso, mas tinha a sensação de que o que Susan sentia pelo marido era algo a ser tratado com carinho. Tinha todos os aspectos de um explosivo. Ele se perguntou, tal como havia se perguntado no dia do funeral, sobre Gregory, aquele peixe fora d'agua. Havia algo de esquisito no camarada. Uma aparência tão genérica... E ainda assim, de certo modo, ele não era genérico...

Ele olhou de novo para Susan, tranquila, radiante e triunfal.

— Você tem o toque digno dos Abernethie — observou ele. — É a única da família que tem. Uma pena que, do ponto de vista de Richard, você fosse mulher. Se fosse garoto, aposto que ele teria lhe deixado toda a bolada.

Susan respondeu sem pressa:

— Sim, acho que teria.

Ela fez uma pausa antes de prosseguir:

— Ele não gostava do Greg, sabe...

— Ah. — George ergueu as sobrancelhas. — Engano dele.

— Sim.

— Bom, enfim. Agora está tudo bem... tudo conforme o plano.

Enquanto dizia as palavras, ele percebeu como elas pareciam aplicáveis particularmente a Susan.

Por um instante apenas, a ideia o deixou um tanto desconfortável.

Ele não gostava de uma mulher que fosse tão eficiente e tão sangue-frio.

Mudando de assunto, ele disse:

— A propósito, recebeu uma carta de Helen? Sobre Enderby?

— Sim, recebi. Hoje de manhã. E você?

— Sim. O que você vai fazer?

— Greg e eu pensamos em passar lá daqui a dois fins de semana... se for bom para todos. Parece que Helen queria todos juntos.

George deu uma risada astuciosa.

— Ou alguém pode ficar com um móvel mais caro do que outros?

Susan riu.

— Ah, imagino que haverá a devida avaliação e valorização. Mas a avaliação para fins de inventário será bem mais baixa do que o preço que dariam no mercado. Além disso, eu gostaria muito de ter algumas relíquias do fundador das fortunas da família. No mais, acho que ia ser interessante ter aqui uma ou duas peças vitorianas bem gritantes. Para botar em *destaque*! É o período que está voltando à moda, sabe? Havia uma mesa de malaquita verde na sala de estar. Daria para compor todo um esquema cromático a partir da mesa. E quem sabe uma moldura com rouxinóis empalhados... ou uma daquelas coroas feitas de flores de cera. Alguma coisa assim... como um tema da decoração... acho que funciona.

— Confio no seu juízo.

— Imagino que você estará lá?

— Ah, eu vou. No mínimo, para ver se vai ser justo.

Susan riu.

— Quanto você aposta que será uma briga de família? — perguntou ela.

— Rosamund provavelmente vai querer sua mesa de malaquita verde para colocar no palco!

Susan não riu. Em vez disso, franziu a testa.

— Tem visto Rosamund?

— Não tenho visto a bela prima Rosamund desde que todos voltamos do funeral na terceira classe.

— Eu a vi uma ou duas vezes... Ela... ela parecia esquisita...

— Qual era o problema? Ela estava tentando raciocinar?

— Não. Ela parecia... chateada.

— Chateada de ter muito dinheiro e conseguir montar uma peça terrível na qual Michael pode fazer papel de idiota?

— Ah, isso *vai* acontecer e *parece* terrível... mas, de todo modo, pode ser um sucesso. O Michael é bom, sabe. Ele sabe se destacar na ribalta... ou seja lá como se diz. Ele não é igual a Rosamund, que é só linda e canastrona.

— A pobre linda e canastrona Rosamund.

— Além disso, Rosamund não é tão burra quanto se pensa. Às vezes ela diz umas coisas sagazes. Coisas que você nem imagina que ela percebe. É... é perturbador.

— Parecida com nossa tia Cora...

— Pois é...

Uma inquietação momentânea se abateu sobre os dois... ativada, aparentemente, pela menção a Cora Lansquenet.

Então George disse com um ar muito elaborado de preocupação:

— Falando em Cora... e quanto à acompanhante, a mulher que ficava com ela? Eu acho que deveriam dar um apoio.

— Dar um apoio? Como assim?

— Bom, cabe à família, por assim dizer. No caso, eu vinha pensando que Cora era nossa tia... e me ocorreu que esta mulher não vai ter facilidade para conseguir outro emprego.

— Você ficou pensando nisso, foi?

— Sim. As pessoas só querem saber de segurança. Não estou dizendo que essa tal de Gilchrist faria um machado chegar nelas... Mas, lá no fundo, podem achar que ela dá azar. As pessoas têm superstições.

— Não é estranho você pensar em tudo isso, George? Como é que você sabe dessas coisas?

George respondeu, seco:

— Você esqueceu que eu sou advogado. Vejo muito o lado ilógico e esquisito dos outros. E eu quero chegar na seguinte questão: acho que devemos fazer alguma coisa por essa mulher, dar uma pensão ou algo do tipo para ela se sustentar. Ou conseguir um serviço de escritório, se ela for apta para esse tipo de coisa. Eu sinto que devíamos manter contato com ela.

— Não precisa se preocupar — disse Susan. A voz dela era seca e irônica. — Eu já tratei disso. Ela foi para Timothy e Maude.

George pareceu assustado.

— Nossa, Susan... mas isso é bom?

— Foi o melhor que eu pude pensar... de momento.

George lhe deu uma olhada peculiar.

— Você é muito segura de si, não é, Susan? Você sabe o que faz e... não se arrepende.

Susan falou com alegria:

— Arrependimento... é perda de tempo.

Capítulo 17

Michael jogou a carta pela mesa até chegar a Rosamund.

— E então?

— Ah, nós vamos. Você não acha?

Michael respondeu sem pressa:

— Pode ser.

— Pode ter joias... Tudo na casa é horrível, eu sei... passarinhos empalhados e flores de cera... ugh!

— Sim. É meio que um mausoléu. Aliás, eu queria fazer uns desenhos... especialmente naquela sala de estar. Do beiral da lareira, para começar, depois daquele sofá todo estranho. Seriam na medida certa para *O Progresso do Baronete,* se conseguirmos ressuscitar a peça.

Ele levantou-se e conferiu o relógio de pulso.

— O que me lembra de uma coisa. Eu preciso sair para encontrar o Rosenheim. Hoje eu chego tarde, não precisa me esperar. Vou jantar com Oscar e vamos entrar naquela questão de aceitar a reserva e como ela se encaixa com a proposta dos americanos.

— Querido Oscar. Ele vai ficar contente em revê-lo depois de tanto tempo. Mande um abraço.

Michael lhe dirigiu um olhar afiado. Não estava mais sorrindo e estava com um olhar alerta de predador.

— Como assim? Depois de tanto tempo? Parece que eu não o vejo há meses.

— E não vê, não é? — balbuciou Rosamund.

— Sim, vi. Almoçamos juntos há coisa de uma semana.

— Que engraçado. Ele deve ter esquecido. Ele telefonou ontem e disse que não o via desde a primeira noite de *Tilly quer o Oeste.*

— O velho deve estar lelé.

Michael riu. Rosamund, de olhos arregalados e azuis, olhou para ele sem emoção.

— Você acha que eu sou uma imbecil, não é, Mick?

Michael contestou.

— Ora, querida, é claro que não.

— Acha sim. Mas eu não sou totalmente tapada. Você nem chegou perto de Oscar naquele dia. Eu sei aonde você foi.

— Rosamund, querida... o que você quer dizer?

— Quero dizer que sei onde você estava...

Michael, com seu rosto atraente desconfiado, fitou a esposa. Ela o fitou de volta, plácida e inalterada.

"Como um olhar vazio", pensou ele de abrupto, "pode ser perturbador."

Ele falou, sem muito êxito:

— Não sei aonde você quer chegar...

— Só quis dizer que é uma tolice me contar tanta mentira.

— Venha cá, Rosamund...

Ele ia começar um rompante... mas parou, surpreendido, quando a esposa lhe disse:

— Nós queremos aceitar esta oferta e fazer a peça, não queremos?

— Se eu quero? É o papel com que eu sempre sonhei.

— Sim... é disso que eu quero falar.

— Do que você está falando?

— Bom... vale muito, não é? Mas não se deve correr *muitos* riscos.

Ele ficou encarando-a e falou devagar:

— O dinheiro é seu... Eu sei que é. Se você não quiser arriscar...

— O dinheiro é *nosso,* querido — sublinhou Rosamund.

— Eu acho que isso é muito importante.

— Ouça, querida. O papel de Eileen... merecia uma reescrita.

Rosamund sorriu.

— Eu não acho... a sério... que quero interpretá-la.

— Minha cara. — Michael estava pasmo. — O que aconteceu?

— Nada.

— Aconteceu alguma coisa, sim. Você anda muito diferente... taciturna, nervosa. O que foi?

— Nada. Eu só quero que você... tenha cuidado, Mick.

— Cuidado com o quê? Eu sempre me cuido.

— Eu não acho que tenha se cuidado. Você sempre acha que pode sair safo do que faz e que todos vão acreditar no que você quiser. Você foi um imbecil no que disse do Oscar no outro dia.

Michael ficou vermelho de raiva.

— E você? Você disse que ia fazer compras com Jane. Não foi. Jane está na América e já faz semanas.

— Sim — disse Rosamund. — Foi uma burrice também. Eu só saí para uma caminhada... em Regent's Park.

Michael olhou para ela, intrigado.

— Regent's Park? Nunca na vida que você deu uma caminhada em Regent's Park. Do que você está falando? Você tem um namorado? Pode me dizer o que quiser, Rosamund, você *está* diferente. Por quê?

— Eu venho... pensando em várias coisas. No que fazer...

Michael deu a volta na mesa até ela com uma pressa espontânea. Sua voz tinha fervor quando ele berrou:

— Querida... você sabe que eu sou loucamente apaixonado por você!

Ela reagiu bem ao abraço, mas, quando se afastaram, ele foi acometido de novo, e de forma desagradável, pela

· DEPOIS DO FUNERAL ·

195

estranha sensação de acerto de contas naqueles lindos olhos.

— Independente do que eu fizer, você sempre vai me perdoar, não é? — Ele quis saber.

— Creio que sim — disse Rosamund, absorta. — A questão não é essa. Veja que agora está tudo diferente. Temos que pensar e planejar.

— Pensar e planejar... o quê?

Rosamund, franzindo a testa, disse:

— As coisas não acabam depois que você as faz. É uma espécie de recomeço e depois a pessoa tem que planejar o que fazer em seguida, e o que é importante e o que não é.

— Rosamund...

Ela ficou sentada, o rosto perplexo, seu olhar arregalado focando a uma meia distância da qual Michael, aparentemente, não fazia parte.

À terceira repetição do seu nome, ela teve um leve salto e saiu do seu devaneio.

— O que você falou?

— Eu perguntei o que você achava de...

— Ah? Ah, sim, eu estava pensando se iria a... como é?... Lytchett St. Mary e ver o que a Srta. Alguém... a que ficava com a tia Cora.

— Mas por quê?

— Bom, ela vai embora em breve, não vai? Ficar com parentes ou não sei quem. Não acho que devemos deixar ela ir até perguntar.

— Perguntar o quê?

— Perguntar a ela quem matou tia Cora.

Michael ficou encarando-a.

— Quer dizer... que você acha que ela *sabe*?

Rosamund falou, bastante absorta.

— Ah, sim, é o que eu espero... Ela morava lá, sabe.

— Mas ela teria dito à polícia.

— Não quero dizer que ela sabe *naquele* sentido. Só quero dizer que ela deve ter uma boa suposição. Por conta do que tio Richard disse quando foi lá. Ele foi lá, sabia? Susan me contou.

— Mas ela não teria ouvido o que ele disse.

— Ah, teria sim, querido. — Rosamund parecia uma pessoa discutindo com uma criança irracional.

— Que abuso. Eu não consigo ver Richard Abernethie discutindo desconfianças quanto a sua família na frente de alguém de fora.

— É claro que não. Ela teria escutado pela porta.

— Uma velha bisbilhoteira, você quer dizer?

— Espero que sim. Aliás, tenho certeza que sim. Deve ser um tédio fatal: duas mulheres em um chalé, fechadas, um lugar onde nada acontece, fora lavar roupa, lavar louça, levar o gato para passear e essas coisas. É óbvio que ela ficava escutando por trás da porta e lia as cartas. Qualquer uma seria assim.

Michael olhou para ela com algo que parecia assombro.

— Você seria? — Ele quis saber, sem rodeios.

— Eu não iria ser acompanhante de ninguém no interior. — Rosamund estremeceu. — Preferia a morte.

— Eu quis dizer se... se você leria as cartas e... tudo mais? Rosamund respondeu calmamente:

— Se eu quisesse saber, sim. Todo mundo faz isso, você não acha?

O olhar translúcido encontrou-se com o dele.

— Só para saber — disse Rosamund. — Não para fazer qualquer coisa a respeito. Imagino que seja assim que *ela* se sente... Miss Gilchrist, no caso. Mas tenho certeza de que ela *sabe*.

Michael disse com a voz abafada:

— Rosamund, quem você acha que matou Cora? E o velho Richard?

Mais uma vez, aquele olhar azul translúcido deparou-se com o dele.

— Querido... não diga absurdos. Você sabe tanto quanto eu. Mas é melhor, *muito* melhor, *nunca* tratar do assunto. Então não vamos.

Capítulo 18

De seu assento perto da lareira na biblioteca, Hercule Poirot olhava para o grupo reunido.

Seus olhos pensativos passaram por Susan, sentada ereta, com expressão vivaz e animada; pelo marido sentado ao seu lado, a expressão vazia e os dedos mexendo um barbante; passaram a George Crossfield, donairoso e particularmente seguro de si, falando com Rosamund a respeito de carteados em cruzeiros pelo Atlântico; Rosamund respondia em tom mecânico: "Que extraordinário, querido. Mas por quê?"; com voz absolutamente desinteressada; passaram a Michael, com seu aspecto muito particular de beleza fatigada e seu charme deveras aparente; a Helen, composta e um tanto distante; a Timothy, confortavelmente assentado na melhor poltrona com uma almofada extra nas costas; e a Maude, robusta e atarracada, na sua servidão devota; e finalmente à figura sentada com um toque de desculpas logo além do alcance do círculo familiar. A figura de Miss Gilchrist, vestindo uma blusa "vistosa" e bastante peculiar. A qualquer momento, ajuizou ele, ela ia se levantar, balbuciar uma desculpa e deixar a reunião de família para subir ao seu quarto. "Miss Gilchrist", pensou ele, "sabia seu lugar." Ela havia aprendido do jeito mais difícil.

Hercule Poirot bebericou seu café após o jantar e, com as pálpebras semicerradas, fez sua apreciação.

Ele queria todos ali. Queria-os juntos e conseguira. "E agora", pensou ele, "o que faria com eles?" Sentiu um desgosto repentino por seguir com o esquema. "Por que seria?", ele se perguntou. Seria a influência de Helen Abernethie? Havia um quê de resistência passiva naquela mulher que parecia inesperadamente forte. Teria ela, embora graciosa e despreocupada às aparências, conseguido inculcar sua relutância a ele? Ela era avessa a revirar os detalhes da morte do velho Richard. Disso ele sabia. Ela queria que o assunto ficasse em paz, que morresse no esquecimento. Poirot não ficou surpreso. O que o surpreendeu mesmo foi sua disposição em concordar com ela.

Ele percebeu que as informações que Mr. Entwhistle havia dado sobre a família haviam sido admiráveis. Ele havia descrito todas as pessoas de forma arguta e precisa. Com o conhecimento e apreciação de velho advogado para guiá-lo, Poirot queria ver por conta própria. Ele havia imaginado que, ao conhecer aquelas pessoas intimamente, ele teria uma ideia mais arguta — não de *como* e *quando* (que eram perguntas com as quais ele não pretendia se preocupar. O assassinato era possível... era tudo que ele precisava saber!), mas de quem. Pois Hercule Poirot vinha com uma vida de experiência e, tal como um homem que lida com pinturas reconhece um artista, Poirot acreditava que podia reconhecer um tipo de criminoso amador que pode — caso surja uma necessidade em particular — estar a postos para matar.

Mas não seria tão fácil.

Pois ele conseguia visualizar todas essas pessoas como possíveis, embora não prováveis... assassinas. George podia matar, tal como o rato acuado mata. Susan seria meticulosa e eficiente na execução de um plano. Gregory, porque ele tinha aquele traço mórbido e peculiar que desconsidera e atrai, quase anseia por castigo. Michael, porque era ambicioso e tinha a vaidade arrogante de um assassino. Rosamund porque tinha uma mentalidade assustadora de tão simplória.

Timothy, porque ele odiava e ressentia-se do irmão e ansiava pelo poder que o dinheiro do irmão lhe daria. Maude, porque Timothy era filho dela e ela seria implacável sempre que o filho estivesse envolvido. "Até Miss Gilchrist", pensou ele, "poderia aventar um homicídio se este pudesse restaurar a glória da Salgueirinho e das suas senhorinhas!"

E Helen? Ele não conseguia imaginar Helen cometendo um homicídio. Ela era civilizada demais... muito distanciada da violência. E ela e o marido com certeza amavam Richard Abernethie.

Poirot suspirou. Não haveria atalhos para a verdade. Em vez disso, ele iria adotar um método mais longo, porém mais sensato e seguro. Teria que haver diálogo. Muito diálogo. Pois, no longo prazo, fosse por uma mentira, ou pela verdade, as pessoas estavam fadadas a se entregar...

Ele fora apresentado ao grupo por Helen e havia começado a superar o incômodo quase universal que sua presença — o estrangeiro esquisito! — provocava naquela reunião de família. Ele havia usado olhos e ouvidos. Ele havia observado e escutado... tanto abertamente quanto atrás de portas! Ele havia percebido afinidades, antagonismos, as palavras desmedidas que sempre surgiam quando se falava em dividir bens. Ele havia planejado com sagacidade os tête-à-têtes, as caminhadas pela varanda, e havia feito suas deduções e observações. Ele havia conversado com Miss Gilchrist a respeito das glórias esvaídas de sua casa de chá e a respeito da composição correta de brioches e *éclairs* de chocolate, além de com ela ter visitado a horta de temperos para discutir o uso devido de ervas na cozinha. Ele havia passado longas meias horas ouvindo Timothy arengar a respeito da própria saúde e do efeito que a tinta havia tido sobre a mesma.

Tinta? Poirot franziu a testa. Alguém mais havia falado de tinta... Mr. Entwhistle?

Também houvera uma discussão sobre outro tipo de pintura. Pierre Lansquenet como pintor. As pinturas de Cora

Lansquenet, pelas quais Miss Gilchrist ficava arrebatada, tratadas com desprezo por Susan. "Como cartões-postais", dissera. "Ela pintava a partir de cartões-postais também."

Miss Gilchrist ficara muito chateada com aquela frase e dissera rispidamente que a querida Mrs. Lansquenet sempre pintava de observação da natureza.

— Mas aposto que ela trapaceava — disse Susan a Poirot quando Miss Gilchrist saiu da sala. — Aliás, eu sei que sim, mas não vou insistir e incomodar a velha coroca.

— E como a senhora sabe?

Poirot ficou olhando a linha forte e confiante do queixo de Susan.

"Essa aí sempre estará segura", pensou ele. "E talvez, às vezes, terá certeza demais..."

Susan continuou falando.

— Eu lhe digo, mas não conte a Gilchrist. Um dos retratos é de Polflexan: a enseada, o farol e o cais. A perspectiva que todo artista amador se senta para retratar. Mas o cais explodiu na guerra e, como o desenho de tia Cora foi feito há poucos anos, não pode ter sido de observação, não é? Mas os cartões-postais que vendem por lá ainda mostram o cais como era. Havia um na gaveta do quarto dela. Então tia Cora iniciou seu "esboço" por lá, imagino, e depois terminou sorrateiramente em casa, com um cartão-postal! É engraçado, não é, como as pessoas se entregam?

— Sim, como a senhora diz, é engraçado. — Ele fez uma pausa e depois pensou em como a frase tinha sido ótima.

— A madame não vai lembrar de mim — disse ele —, mas eu lembro da madame. Não é a primeira vez que nos vemos.

Ela o encarou. Poirot assentiu com grande entusiasmo.

— Não é mesmo. Eu estava dentro de um automóvel, bastante agasalhado, e a vi pela janela. A senhora estava conversando com um dos mecânicos na oficina. A senhora não me notou, como é natural, por eu estar dentro do carro, um estrangeiro velho e encasacado! Mas eu notei *a senhora*, pois

202 · AGATHA CHRISTIE ·

é jovem, agradável aos olhos e estava no sol. Então, quando cheguei lá, falei a mim mesmo: "*Tiens!* Que coincidência!".

— Uma oficina? Quando? Onde foi isso?

— Ah, há muito tempo... uma semana... não, mais. Bom, de momento — disse Poirot, dissimulado e com recordação perfeita da oficina de King's Arms —, não consigo lembrar onde foi. Viajo tanto por este país.

— Procurando uma casa apropriada para seus refugiados?

— Sim. Veja que são tantos aspectos que precisamos levar em consideração... O preço... a vizinhança... a conveniência para reformas.

— Imagino que o senhor terá que fazer várias alterações na casa, não? Há várias partições que estão péssimas.

— Nos quartos, sim, com certeza. Mas não vamos tocar na maioria dos aposentos do térreo. — Ele fez uma pausa antes de prosseguir. — Incomoda a madame que esta velha mansão de família passe a ser de... estranhos?

— É claro que não. — Susan parecia encantada. — Creio que seja uma ideia excelente. É um lugar impossível de se pensar em morar do jeito que está. E eu não tenho por que ser sentimental. Não é a *minha* casa onde eu morei. Minha mãe e meu pai moravam em Londres. Às vezes nós vínhamos aqui para o Natal. Na verdade, eu sempre a achei horrenda. Um templo à riqueza, quase uma indecência.

— Agora os altares são outros. Hoje temos os prédios altos, as luzes ocultas, a simplicidade cara. Mas a riqueza ainda tem seus templos, madame. Eu soube... e não sou, assim espero, indiscreto... que a senhora planejava uma edificação? Tudo *de luxe,* e sem poupar gastos.

Susan riu.

— Longe de ser um templo... é apenas uma loja.

— Talvez o nome não importe... Mas custará muito dinheiro... é verdade, não é?

— Hoje em dia tudo está caríssimo. Mas o investimento inicial vai ter retorno, creio eu.

— Me conte algo mais desses seus planos. Eu fico maravilhado em encontrar uma jovem tão pragmática, tão competente. Na minha juventude... há muito tempo, admito... as mulheres lindas pensavam apenas nos seus prazeres, em cosméticos... *la toilette.*

— As mulheres ainda pensam muito no rosto... é onde eu entro.

— Conte-me.

E ela contou. Contou com riqueza de detalhes e revelando-se involuntariamente em altas doses. Ele gostou do tino comercial da moça, da ousadia no planejamento e do domínio dos detalhes. Uma planejadora das boas, arrojada, que resolvia todas as questões menores. Talvez um pouco implacável, como devem ser todos que planejam com ousadia.

Olhando para ela, ele havia dito:

— Sim, a madame terá sucesso. A madame vai avançar. Que felicidade que a madame não se restringe, como acontece com tantos outros, pela mesquinhez. Não se pode ir muito longe sem desembolsar capital. Ter estas ideias criativas e frustrar-se pela falta de meios... teria sido intolerável.

— Eu não ia suportar! Mas teria conseguido dinheiro de um jeito ou de outro... teria alguém para me apoiar.

— Ah! É claro. Seu tio, de quem era esta casa, era rico. Mesmo que não houvesse morrido, ele teria, como a madame diz, "apostado em você".

— Ah, não iria, não. Tio Richard era um pouco retrógrado quando se tratava de mulheres. Se eu fosse homem... — Um lampejo de raiva passou pelo rosto dela. — Ele me deixou muito irritada...

— Entendo... sim, entendo...

— Os velhos não deviam ficar no caminho dos novos. Eu... ah, me perdoe.

Hercule Poirot deu uma risada solta e torceu o bigode.

— Sim, sou velho. Mas não obstruo a juventude. Ninguém precisa esperar que eu morra.

— Que pensamento horrendo.

— Mas a senhora é realista, madame. Admitamos sem mais delongas que o mundo está cheio de jovens, ou mesmo dos de meia-idade, que aguardam, paciente ou impacientemente, pela morte de alguém cujo falecimento lhes dará fortuna... e oportunidades!

— Oportunidades! — exclamou Susan, respirando fundo.

— É disso que a pessoa precisa.

Poirot, que estava olhando à frente dela, falou vividamente:

— E aqui vem seu marido para se juntar a nossa discussão... Estamos conversando, Mr. Banks, sobre oportunidades. A oportunidade dourada... as oportunidades que se deve agarrar com as duas mãos. Até que ponto se pode chegar na consciência? Vamos ouvir sua perspectiva?

Mas não era o destino dele ouvir as perspectivas de Gregory Banks a respeito de oportunidades ou do que fosse. Aliás, ele achara quase impossível conversar com Gregory Banks sobre qualquer assunto. Banks tinha um quê de fluido, curioso. Fosse por vontade própria ou pela da esposa, parecia que ele não tinha apreço por tête-à-têtes ou discussões tranquilas. Não, os "diálogos" com Gregory não haviam funcionado.

Poirot havia conversado com Maude Abernethie, também a respeito de tinta (o cheiro) e da sorte que haviam tido em conseguir trazer Timothy a Enderby, e da gentileza de Helen em estender o convite também a Miss Gilchrist.

— Porque, de fato, ela é *muito* prestativa. Timothy muitas vezes tem vontade de fazer um lanchinho... e não se pode pedir muito dos criados de outra pessoa. Mas há um fogareiro numa salinha saindo da copa para Miss Gilchrist preparar um leite maltado ou um mingau sem incomodar ninguém. E ela é tão disposta a buscar o que for que subiria e desceria escadas doze vezes por dia. Ah, sim, eu acho que foi a Divina Providência que mandou ela ficar nervosa quanto a ficar sozinha em casa, embora eu admita que tenha me deixado um pouco irritada.

· DEPOIS DO FUNERAL ·   **205**

— Ficou nervosa? — perguntou Poirot, interessado.

Ele ficou ouvindo enquanto Maude lhe fazia um relato do colapso repentino de Miss Gilchrist.

— A senhora diz que ela estava assustada? E ao mesmo tempo não sabia dizer por quê? Que interessante. Muito interessante.

— Eu atribuí a um choque postergado.

— É possível.

— Uma vez, durante a guerra, quando uma bomba caiu a um quilômetro de nós, lembro de Timothy...

Poirot abstraiu sua mente de Timothy.

— Algo de particular havia acontecido naquele dia? — perguntou ele.

— Em qual dia? — Maude ficou com uma expressão vazia.

— O dia em que Miss Gilchrist ficou aflita.

— Ah, *naquele* dia... não, creio que não. Parece que estava acontecendo desde que ela saiu de Lytchett St. Mary, ou assim ela dizia. Parece que ela não deu bola quando estava lá.

"E o resultado", pensou Poirot, "havia sido uma fatia de bolo de casamento envenenado." Não era à toa que Miss Gilchrist estivesse assustada depois daquilo... E mesmo quando ela se retirou para a paisagem tranquila em torno de Granja Stansfield, o medo perdurou. Mais do que perdurou. Cresceu. Por que haveria crescido? É claro que cuidar de um hipocondríaco exigente como Timothy deve ser tão cansativo que medos provavelmente seriam engolidos pela agravação, não é?

Mas algo naquela casa havia deixado Miss Gilchrist com medo. O quê? Ela mesma saberia?

Vendo-se sozinho com Miss Gilchrist por um breve instante antes do jantar, Poirot aportou no assunto com uma curiosidade alheia exagerada.

— Me é impossível, se me entende, mencionar a questão do assassinato a familiares. Mas fiquei intrigado. Quem não ficaria? Um crime brutal, uma artista sensível agredida em seu chalé remoto. Terrível para a família. Mas terrível, também, imagino, para a *senhora*. Já que Mrs. Timothy Abernethie me leva a crer que a senhora estava presente no momento?

— Sim, estava. E, se me dá licença, Monsieur Pontarlier, eu não gostaria de tratar do assunto.

— Eu entendo... ah, sim, entendo perfeitamente.

Depois de dizer aquilo, Poirot ficou aguardando. E, tal como ele havia pensado, Miss Gilchrist imediatamente *começou* a falar a respeito do assunto.

Ele não ouviu nada dela que já não tivesse ouvido, mas cumpriu seu papel com simpatia perfeita, proferindo gritinhos de compreensão e ouvindo com interesse absorto, o que Miss Gilchrist não pôde deixar de apreciar.

Foi só após ela exaurir o tema a respeito do que ela mesma havia sentido e do que o médico havia dito, e de como Mr. Entwhistle havia sido gentil, que Poirot passou cautelosamente ao assunto seguinte.

— A senhora foi inteligente, penso eu, em não ficar sozinha naquele chalé.

— Eu não teria como, Monsieur Pontarlier. Não teria mesmo como.

— Não. Eu soube inclusive que a senhora teve medo de ficar sozinha na casa de Mr. Timothy Abernethie enquanto eles estivessem aqui?

Miss Gilchrist fez cara de culpada.

— Estou com enorme vergonha. Foi muita tolice, mesmo. O que eu tive foi algo como um pânico... eu não sei *por quê*.

— Mas é claro que se sabe o porquê. A senhora havia acabado de recuperar-se de um atentado covarde de envenená-la...

Miss Gilchrist deu um suspiro e disse que simplesmente não conseguia entender. Por que alguém tentaria envenená-la?

— Mas, obviamente, minha cara, porque este criminoso, este assassino, achou que a senhora soubesse de algo que pudesse levar a polícia a seu encalço.

— Mas o que *eu* saberia? Foi um vagabundo medonho, ou uma criatura tresloucada.

— Se *fosse* um vagabundo. Me parece improvável...

— Ah, por favor, Monsieur Pontarlier... — Miss Gilchrist de repente ficou incomodada. — Não sugira coisas assim. Eu não quero acreditar.

— A senhora não quer acreditar no quê?

— Não quero acreditar que não foi... no caso... que foi... Ela fez uma pausa, confusa.

— E ainda assim — disse Poirot, arguto —, a senhora *acredita*.

— Ah, não. *Não acredito.*

— Mas eu penso que acredita. Por isso está assustada... Ainda está assustada, não está?

— Não, não. Não desde que vim para cá. É tanta gente. E uma bela atmosfera familiar. Ah, não, aqui tudo me parece muito bom.

— O que me parece... e perdoe-me o interesse... sou um velho, um tanto enfermo e boa parte do meu tempo se dá a especulações vazias em questões que me interessam... Me parece que deve haver uma ocorrência em Granja Stansfield que, por assim dizer, trouxe seus temores à tona. Atualmente os médicos reconhecem o quanto se passa no subconsciente.

— Sim, sim... eu sei do que dizem.

— E eu creio que seus temores subconscientes foram levados a tal ponto por um acontecimento concreto. Algo, quem sabe, deveras extrínseco, que tenha servido, por assim dizer, como ponto focal.

Miss Gilchrist deu impressão de que havia mordido a isca.

— O senhor deve estar certo — disse ela.

— E o que, devemos pensar agora, teria sido esta... hum... circunstância extrínseca?

Miss Gilchrist ponderou por um instante e depois disse, inesperadamente:

— Eu acho que o senhor sabe, Monsieur Pontalier, que foi a *freira*.

Antes que Poirot pudesse ponderar a resposta, Susan e o marido entraram, seguidos de perto por Helen.

"Uma freira", pensou Poirot... "E agora, onde foi que, no meio de tudo isso, eu ouvi falar de uma freira?"

Ele decidiu retornar a conversa a freiras em algum momento da noite.

Capítulo 19

Toda a família fora cortês com Monsieur Pontarlier, o representante da U.N.A.R.C.O. E como ele estava correto ao decidir designar-se por uma sigla. Todos haviam aceitado a U.N.A.R.C.O. como uma obviedade. Alguns até fingiam que conheciam a organização! Como os seres humanos eram avessos a admitir ignorância. Rosamund fora a exceção, pois perguntou com tom de curiosa: "Mas o que *é*? Eu nunca ouvi falar?". Felizmente, não havia mais ninguém no momento. Poirot havia explicado a organização de tal maneira que qualquer pessoa que não Rosamund sentir-se-ia embaraçada de revelar ignorância a respeito de uma instituição tão conhecida em nível mundial. Rosamund, contudo, dissera apenas, distraidamente: "Ah! Refugiados *de novo*. Estou *cansada* de refugiados". Assim vocalizou a reação inaudita de muitos, que geralmente eram por demais convencionais para se expressar com tanta franqueza.

Monsieur Pontarlier, doravante, foi aceito na casa. Era um incômodo, mas também era uma nulidade. Ele havia tornado-se, por assim dizer, uma peça de decoração estrangeira. A opinião geral era de que Helen devia ter evitado aquele homem na casa naquele fim de semana em específico. Mas, como ele estava ali, eles que tirassem o melhor proveito. Por sorte, aquele estrangeirinho afetado aparentemente não sabia muito inglês. Era frequente ele não entender o que lhe era dito e, quando todos estavam falando ao mesmo tempo, parecia que ele ficava à deriva. Passava a impressão de que seu único interesse eram os refugiados e a situação do pós-guerra, e seu vocabulário só incluía estes assuntos. O papo furado ordinário aparentemente o confundia. Mais ou menos esquecido por todos, Hercule Poirot encostava-se na sua cadeira, bebericava seu café e observava, tal como um gato deve observar os gorjeios e as idas e vindas de uma revoada de passarinhos. O gato não está pronto para dar o bote.

Depois de 24 horas perambulando pela casa e avaliando a mobília, os herdeiros de Richard Abernethie estavam a postos para dar suas preferências e, se necessário fosse, por elas lutar.

O tema da conversa, de início, foi um aparelho de jantar e sobremesa original Josiah Spode no qual eles haviam acabado de servir a sobremesa.

— Creio que não tenho muito tempo pela frente — disse Timothy, com voz melancólica e fraca. — E Maude e eu não temos filhos. Não valeria a pena sobrecarregar-nos com posses inúteis. Porém, por motivos sentimentais, eu *gostaria* de ficar com este antigo jogo de sobremesa. Lembro dele nos velhos tempos. Está démodé, é evidente, e eu entendo que esse tipo de conjunto tem pouquíssimo valor hoje em dia. Mas é isto. Ficarei *deveras* contentado se puder ficar... Com ele e quem sabe com o armarinho Boulle do boudoir branco.

— Chegou tarde, tio — falou George com tranquilidade donairosa. — Hoje de manhã eu pedi a Helen para separar o aparelho Spode para mim.

Timothy ficou arroxeado.

— Separar? Separar? Como assim? Nada foi resolvido até agora. E o que *você* quer com pratos de sobremesa? Nem casado você é.

— Acontece que eu coleciono Spodes e este exemplar é magnífico. Mas tudo bem quando ao armarinho Boulle, tio. Eu não aceitaria nem de presente.

Timothy fez um gesto de desprezo pelo armarinho Boulle.

— Veja cá, meu jovem George. Você não pode se dar ares desta maneira. Sou mais velho e sou o único irmão remanescente de Richard. Aquele aparelho de jantar é *meu*.

— Por que não fica com o aparelho Dresden, tio? Um ótimo exemplar e igualmente carregado de memórias sentimentais, tenho certeza. Enfim, o Spode é meu. Por ordem de chegada.

— Que absurdo! Isto não existe! — desatou Timothy aos perdigotos.

Maude falou ríspida:

— Por favor, não deixe seu tio chateado, George. Isso lhe faz muito mal. Se ele quiser ficar com o Spode, é tão somente natural! A prioridade é *dele* e vocês, jovens, vêm depois. Timothy era irmão de Richard, como ele mesmo já disse, e você é apenas um sobrinho.

— E posso lhe dizer o seguinte, meu jovem. — Timothy estava fervilhando de raiva. — Se Richard houvesse feito um testamento devido, a distribuição dos bens desta casa estaria totalmente nas minhas mãos. É assim que as propriedades *deviam* ser deixadas e, se não foram, posso suspeitar apenas de *coação*. Sim, vou repetir: *coação*.

Timothy encarou o sobrinho.

— Um testamento afrontoso — disse ele. — Afrontoso!

Ele recostou-se, botou a mão sobre o coração e resmungou:

— Isso me faz muito mal. Se eu pudesse... tomar um conhaque.

Miss Gilchrist correu a buscar a bebida e voltou com o fortificante em um pequeno copo.

— Aqui está, Mr. Abernethie. Por favor... por favor não se exceda. Tem certeza de que não devia ir para a cama?

— Não seja tola! — Timothy virou o conhaque. — Ir para a cama! Eu quero proteger meus interesses.

— Ora, George. Fico surpreso com sua atitude — disse Maude. — O que seu tio disse é a pura verdade. A vontade dele tem precedência. Se ele quiser o aparelho de sobremesa Spode, será dele!

— É muito feio, mesmo — provocou Susan.

— Meça suas palavras, Susan — disse Timothy.

O jovem magro que se sentava ao lado de Susan ergueu a cabeça. Em uma voz um pouco mais estridente que seu tom ordinário, ele disse:

— Não fale assim com minha esposa!

Ele ergueu-se do seu assento, mas só até a metade.

Susan falou rápido:

— Está tudo bem, Greg. Eu não me importo.

— Mas *eu* me importo.

Helen disse:

— Creio que seria polido da sua parte, George, deixar seu tio ficar com o aparelho de jantar.

Timothy esbravejou de indignação:

— Não é uma questão de "deixar"!

Mas George, com uma leve reverência a Helen, disse:

— Seu desejo é lei, tia Helen. Eu revogo minha reivindicação.

— Você não queria de verdade, queria? — indagou Helen.

Ele lhe lançou um olhar penetrante, depois riu.

— O seu problema, tia Helen, é que você é esperta até demais! Você enxerga mais do que devia. Não se preocupe, tio Timothy, o Spode é seu. É assim que eu me divirto.

— Ora, diversão... — Maude Abernethie estava indignada. — Seu tio ia ter um ataque cardíaco!

— Só você que acredita — disse George, animado. — Tio Timothy provavelmente vai enterrar todos nós. Ele é o proverbial "vaso ruim".

Timothy inclinou-se para a frente com feição de ameaça.

— Não é à toa — comentou ele — que Richard ficou decepcionado com *você*.

— Como é? — O bom humor sumiu do rosto de George.

— Você apareceu aqui depois que Mortimer morreu, achando que ia ocupar o vácuo... torcendo que Richard lhe fizesse de herdeiro, não é? Mas meu pobre irmão logo fez o balanço. Ele sabia aonde o dinheiro ia parar se você ficasse no controle. Fico surpreso que ele tenha lhe deixado uma parte que seja da fortuna. Porque ele sabia onde ia parar. Cavalos, apostas, Monte Carlo, cassinos estrangeiros. Talvez coisa pior. Ele suspeitou que você não fosse *correto*, não é?

George, com uma mossa branca em cada lado do nariz, falou sem erguer a voz:

— O senhor não devia ter mais cuidado com o que diz?

— Eu não estava bem para vir ao funeral — disse Timothy, sem pressa —, mas Maude me contou o que *Cora disse*. Cora sempre foi uma tola. Mas *podia* haver algo de importante ali! E, se for, eu sei do que *eu* suspeitaria...

— Timothy! — Maude levantou-se, firme e calma, uma torre de contundência. — Você passou por uma noite muito desagradável. Você tem que pensar na saúde. Não posso deixar que fique doente de novo. Venha comigo. Você precisa tomar um sedativo e ir direto para a cama. Helen: Timothy e eu ficaremos com o aparelho Spode e com o armarinho Boulle para nos lembrarmos de Richard. Creio que não há objeção, há?

Seus olhos passaram por todo o grupo reunido. Ninguém se pronunciou e ela saiu em marcha da sala, apoiando Timothy pelo cotovelo, fazendo um aceno a Miss Gilchrist, que estava à espera, com uma cara de pouco entusiasmo, próxima à porta.

George interrompeu seu silêncio depois que eles haviam partido.

— *Femme formidable!* — disse ele. — É a descrição perfeita de tia Maude. Eu não gostaria de deter seu avanço triunfal.

Miss Gilchrist voltou a sentar-se, um tanto desconfortável, e balbuciou:

— Mrs. Abernethie é sempre tão gentil.

O comentário não auferiu êxito.

De repente, Michael Shane riu e disse:

— Olha, eu estou gostando de tudo! É "A Herança Voysey" da vida real. A propósito, Rosamund e eu queremos a mesa de malaquita na sala de estar.

— Ah, não — berrou Susan. — *Eu* quero a mesa.

— Lá vamos nós mais uma vez — disse George, olhando para o teto.

— Bom, não precisamos nos irritar — balbuciou Susan.

— O motivo pelo qual eu quero a mesa é a loja de produtos de beleza que vou abrir. Só um toque de cor para a loja... E vou deixar um grande buquê de flores de cera em cima. Ficará maravilhoso. Eu consigo encontrar flores de ceras facilmente, mas uma mesa de malaquita verde não é tão comum.

— Mas, querida — disse Rosamund —, é por isso que *nós* queremos. Para o novo cenário. Como você disse, um toque de cor... e *absolutamente* de época. Ou com flores de cera ou com rouxinóis empalhados. Ficará *perfeito*.

— Entendo o que diz, Rosamund — respondeu Susan. — Mas não acho que você tenha um argumento bom como o meu. Você podia ter facilmente uma mesa de malaquita pintada para o palco... daria no mesmo. Mas, para a minha loja, eu preciso de uma genuína.

— Ora, moças — disse George. — Que tal uma decisão honrada? Por que não jogamos uma moeda? Ou cartas? Seria muito apropriado à idade da mesa.

Susan deu um sorriso de agrado.

— Rosamund e eu conversaremos amanhã — replicou ela.

Ela parecia, como sempre, bastante segura de si. George passou os olhos com algum interesse do rosto dela para o de Rosamund. O rosto de Rosamund tinha uma expressão indeterminada, muito distante.

— Quem você vai apoiar, tia Helen? — perguntou ele. — Eu diria que é cinquenta para cinquenta. Susan é decidida, mas a obstinação de Rosamund é fantástica.

· DEPOIS DO FUNERAL ·   **215**

— Ou, quem sabe, *não* rouxinóis — disse Rosamund. — Um daqueles vasos chineses, os enormes, daria um ótimo abajur, com uma cúpula dourada.

Miss Gilchrist buscou rapidamente o discurso apaziguador.

— Esta casa é tão cheia de lindezas — observou ela. — Tenho certeza de que aquela mesinha verde ficaria maravilhosa em seu novo empreendimento, Mrs. Banks. Eu nunca vi uma igual. Deve valer muito.

— Que será deduzido da minha parte da herança, é claro — disse Susan.

— Sinto muito... eu não queria... — Miss Gilchrist estava completamente desnorteada.

— Pode ser deduzido da *nossa* parte da herança — ressaltou Michael. — Somando as flores de cera.

— Elas ficam tão perfeitas naquela mesa — balbuciou Miss Gilchrist. — Dá um tom artístico. Encantador.

Mas ninguém estava prestando qualquer atenção que fosse às trivialidades bem-intencionadas de Miss Gilchrist.

Greg disse, falando de novo naquela voz alta e nervosa.

— A Susan *quer* a mesa.

Formou-se um momento de inquietação, como se, com as suas palavras, Greg houvesse definido um novo tom à música.

Helen falou depressa:

— E o que você quer de fato, George? Tirando o aparelho Spode.

George sorriu e a tensão se dissipou.

— Que vergonha atiçar o velho tio Timothy — disse ele. — Mas ele é mesmo fora da realidade. É tudo do jeito que ele quer, e há tanto tempo, que já virou patológico.

— Tem-se que fazer as vontades de um inválido, Mr. Crossfield — disse Miss Gilchrist.

— Ele é um bendito de um hipocondríaco, isso que ele é — comentou George.

— É claro que é — concordou Susan. — Não creio que exista qualquer problema que seja com ele. Você acha, Rosamund?

— O quê?

— Que tio Timothy tem alguma doença.

— Não... não, eu não diria que tem. — Rosamund foi imprecisa. Ela pediu desculpas. — Sinto muito. Eu estava pensando em que iluminação ficaria bem com a mesa.

— Percebeu? — disse George. — Uma mulher fixada em uma ideia. Sua mulher é perigosa, Michael. Espero que tenha se dado conta.

— Já me dei — disse Michael, um tanto azedo.

George seguiu falando com aparência de enorme satisfação.

— A Batalha pela Mesa! A ser travada amanhã... educadamente, mas com determinação. Todos devemos tomar lados. Eu apoio Rosamund, que parece tão doce, tão complacente, mas não o é. Maridos, supostamente, apoiam as esposas. Miss Gilchrist? Do lado de Susan, obviamente.

— Ora, Mr. Crossfield, eu não me arriscaria a...

— Tia Helen? — George não prestou atenção à agitação de Miss Gilchrist. — O voto de minerva é seu. Ah, hum... esqueci. Monsieur Pontarlier?

— *Pardon?* — Hercule Poirot estava de expressão vazia.

George pensou em dar explicações, mas decidiu que não. O pobre coitado não havia entendido uma só palavra do que se passava. Ele disse:

— É só uma piada de família.

— Sim, sim, compreendo. — Poirot esboçou um sorriso cortês.

— Então é seu o voto de desempate, tia Helen. De que lado está?

Helen sorriu.

— Talvez eu mesma queira, George.

Ela mudou de assunto propositalmente, voltando a cabeça para o convidado estrangeiro.

— É muito maçante para o senhor, não é, Monsieur Pontarlier? Sinto muito.

— De modo algum, madame. Eu me considero privilegiado de ter ingresso na sua vida familiar... — Ele fez uma mesura. — Eu gostaria de dizer... e não sei se conseguirei expressar o que quero... mas quero falar do meu arrependimento por esta casa ter que passar de suas mãos para as mãos de estranhos. É, não tenho dúvida, um grande pesar.

— Não, na verdade não nos arrependemos de nada — Susan lhe garantiu.

— A madame é muito afável. Este local será, deixe-me dizer, uma perfeição para os idosos vítimas da perseguição. Que santuário! Que paz! Imploro que lembrem-se disto quando os ressentimentos aflorarem, como seguramente irão. Ouvi dizer que também havia dúvida quanto a uma escola vir para cá... não uma escola normal, um convento, administrado por *religieuses*... Por "freiras", foi isso que a senhora disse? Os senhores teriam preferência por estas compradoras, talvez?

— De modo algum — disse George.

— O Sagrado Coração de Maria — prosseguiu Poirot. — Por sorte, graças à bondade de um benfeitor desconhecido, pudemos fazer uma oferta um pouquinho mais elevada. — Ele dirigiu-se diretamente a Miss Gilchrist. — A senhora não gosta de freiras, se bem me recordo?

Miss Gilchrist corou e pareceu envergonhada.

— Ah, ora, Monsieur Pontarlier, o senhor não devia... Posso dizer que não é nada *pessoal*. Mas eu nunca acharia justo fechar-se para o mundo daquela maneira... Não acho necessário, no caso. Aliás, é quase um egoísmo. Mas não me refiro às que ensinam, é claro, ou às que saem por aí para atender os pobres... pois tenho certeza de que são mulheres totalmente abnegadas e que fazem um grande bem.

— Eu não consigo conceber a vontade de ser uma freira — disse Susan.

— É muito digno — afirmou Rosamund. — Você vai se lembrar... quando readaptaram *O milagre* no ano passado. Sonia Well ficou glamourosa de um jeito que não há *palavras*.

— O que não entra na minha cabeça — disse George — é por que agradaria ao Todo-Poderoso vestir uma roupa medieval. Afinal de contas, isso que é um hábito de freira. Absolutamente desprovido de conveniência, de higiene e de praticidade.

— E deixa elas todas parecidas, não é? — indagou Miss Gilchrist. — É uma besteira, mas eu cheguei a ficar tonta quando estava na casa de Mrs. Abernethie e uma freira bateu na porta para recolher donativos. Eu botei na cabeça que ela era igual à freira que veio à porta no dia da inspeção do cadáver da pobre Mrs. Lansquenet em Lytchett St. Mary. Eu me senti quase como se ela estivesse me seguindo!

— Eu achei que freiras sempre recolhiam donativos em duplas — disse George. — Não tinha uma história de detetive que tinha a ver com isso?

— Daquela vez era apenas uma — respondeu Miss Gilchrist.

— Talvez elas precisem economizar — complementou ela, absorta. — De qualquer modo, não podia ter sido a mesma freira, pois a outra estava recolhendo donativos para a compra de um órgão para St.... St. Barnabas, creio eu. E esta era para uma coisa bem diferente. Algo a ver com crianças.

— Mas as duas tinham as mesmas feições? — perguntou Hercule Poirot. Ele parecia interessado.

Miss Gilchrist virou-se para o detetive.

— Eu imagino que tenha sido por causa disso. O lábio superior... Era quase como se ela tivesse um bigode. Eu creio que, sabe, foi *aquilo* que me alarmou. Por estar em estado bastante nervoso à época, e lembrar daquelas histórias da guerra, das freiras que na verdade eram quinta-colunas que saltavam de paraquedas. É claro que foi uma tolice da minha parte. Depois eu me dei conta.

— Freira seria um ótimo disfarce — comentou Susan, pensativa. — Ajuda a esconder os pés.

— A verdade é que — disse George — raramente se olha com a devida atenção para quem quer que seja. É por isso que se tem depoimentos diferentíssimos a respeito de uma pessoa quando duas testemunhas vão ao tribunal. Vocês iam se surpreender. Um mesmo homem pode ser descrito como alto e baixo, magro e encorpado, claro e moreno, vestindo um terno branco ou escuro, assim por diante. Geralmente existe *um* observador que é confiável, mas cabe a nós decidir qual é.

— Outra coisa esquisita — disse Susan — é que às vezes você se percebe inesperadamente na frente de um espelho e não sabe quem é. É alguém familiar, distante. E você se diz: "Aí está alguém que eu conheço muito bem..." e de repente você se dá conta que é você mesma!

George disse:

— Seria ainda mais difícil se você pudesse se ver de verdade... e não a imagem no espelho.

— Por quê? — perguntou Rosamund, com cara de confusa.

— Você não percebe? Ninguém chega a se ver *tal como aparenta aos outros.* As pessoas sempre se veem *espelhadas.* Ou seja, em uma imagem inversa.

— Mas é diferente?

— Ah, sim — respondeu Susan depressa. — Deve ser. Porque os rostos das pessoas não são os mesmos dos dois lados. Suas sobrancelhas são diferentes e as bocas se levantam de um lado, e os narizes não são retos. Dá para ver com um lápis... quem tem um lápis?

Alguém apareceu com um lápis e eles fizeram um experimento, segurando um lápis de cada lado do nariz e rindo para ver a variação ridícula do ângulo.

Agora a atmosfera estava avivada, e muito. Todos estavam de bom ânimo. Não eram mais os herdeiros de Richard Abernethie reunidos para dividir uma herança. Eram um grupo alegre e normal de pessoas reunidas para um fim de semana no interior.

Apenas Helen Abernethie permanecia em silêncio e abstraída.

Com um suspiro, Hercule Poirot pôs-se de pé e deu um boa-noite educado a sua anfitriã.

— Quem sabe, madame, seja melhor eu me despedir. Meu trem parte às nove horas amanhã. Será muito cedo. Portanto, agradeço desde já pela gentileza e pela hospitalidade. A data da posse do imóvel... será combinada com o ótimo Mr. Entwhistle. Conforme sua conveniência, é claro.

— Pode ser quando o senhor quiser, Monsieur Pontarlier. E-eu encerrei tudo que havia vindo fazer aqui.

— A senhora vai voltar a sua *villa* no Chipre?

— Sim. — Um leve sorriso curvou os lábios de Helen Abernethie.

Poirot disse:

— Sim, a senhora está contente. Não tem arrependimentos?

— De deixar a Inglaterra? Ou o senhor se refere a deixar a casa?

— Eu quis dizer... quanto a deixar a casa?

— Não... não. Não faz bem agarrar-se ao passado, não é mesmo? Precisamos deixar para trás.

— Caso seja possível. — Piscando os olhos inocentemente, Poirot sorriu se desculpando para todo o grupo de rostos educados que o cercavam.

— Às vezes, não é mesmo, o passado não fica para trás, não se dá ao trabalho de virar esquecimento? Ele fica mordendo nossos calcanhares... ele diz: "Ainda não encerrei com você".

Susan deu uma risada que deixou dúvidas. Poirot disse:

— Mas eu falo sério: sim.

— O senhor quer dizer — disse Michael — que seus refugiados, quando chegarem ali, não conseguirão deixar seus sofrimentos para trás?

— Não estava me referindo a refugiado algum.

— Ele falava de nós, querido — observou Rosamund. — Ele estava falando de tio Richard, de tia Cora, do machado e de tudo mais.

Ela virou-se para Poirot.

— Não foi?

· DEPOIS DO FUNERAL ·   **221**

Poirot olhou para ela com expressão vazia. Então disse:

— Por que pensa assim, madame?

— Porque o senhor é um detetive, não é? É por isso que o senhor está aqui. Essa N.A.R.C.O., ou seja lá como chama, é uma piada, não é?

Capítulo 20

Formou-se um momento de tensão extraordinária. Poirot percebeu, embora, da sua parte, não tenha tirado os olhos do rosto belo e plácido de Rosamund.

Com uma pequena mesura, ele disse:

— A madame tem grande perspicácia.

— Na verdade, não — disse Rosamund. — Uma vez me apontaram o senhor em um restaurante. Eu lembrei.

— Mas a madame só falou disso... agora?

— Achei que seria mais divertido não falar — respondeu Rosamund.

Michael falou com uma voz controlada imperfeita.

— Minha... caríssima.

Poirot, então, voltou seu olhar a ele.

Michael estava irritado. Irritado e algo mais... apreensivo?

Os olhos de Poirot passaram devagar por todos os rostos. O de Susan, furioso e atento; o de Gregory, morto e fechado; o de Miss Gilchrist, néscio, com a boca escancarada; George, cioso; Helen, consternada e nervosa...

Todas as expressões eram normais dentro das circunstâncias. Ele queria ter visto os rostos uma fração de segundo antes, quando as palavras "um detetive" saíram dos lábios de Rosamund. Pois agora, inevitavelmente, não seria a mesma coisa...

Ele endireitou os ombros e fez uma mesura. Sua língua e seu sotaque ficaram menos estrangeiros.

— Sim — disse —, eu sou detetive.

George Crossfield falou, as mossas brancas mais uma vez à mostra de cada lado do seu nariz:

— Quem o contratou?

— Fui contratado para investigar as circunstâncias da morte de Richard Abernethie.

— Por quem?

— De momento, isto não lhes interessa. Mas seria vantajoso, não é mesmo, vocês não terem *sombra de dúvida* quanto a Richard Abernethie ter tido uma morte natural?

— É óbvio que ele morreu de morte natural. Quem diz que não?

— Cora Lansquenet disse. E a própria Cora Lansquenet faleceu.

Uma pequena leva de inquietação suspirou pela sala tal como uma brisa maligna.

— Ela disse aqui, nesta sala — disse Susan. — Mas eu não achei que...

— Não achou, Susan? — George Crossfield voltou seu olhar cínico a ela. — Por que fingir ainda mais? Não vai aceitar Monsieur Pontarlier?

— Todos achamos a mesma coisa — disse Rosamund. — E o nome dele não é Pontarlier. É Hércules alguma coisa.

— Hercule Poirot. A seu dispor.

Poirot curvou-se.

Não houve suspiros de surpresa nem de apreensão. Era como se o nome dele não lhes dissesse nada.

Eles ficaram menos alarmados com o nome do que ficaram com aquela palavra, "detetive".

— Posso perguntar a que conclusões o senhor chegou? — perguntou George.

— Ele não vai lhe dizer, querido — observou Rosamund. — Ou, se disser, não será verdade.

Ela era a única no grupo que parecia alegre. Hercule Poirot ficou olhando para ela, pensativo.

II

Hercule Poirot não dormiu bem naquela noite. Estava transtornado e não sabia exatamente *por que* estava transtornado. Fragmentos de diálogos, olhares diversos, movimentos estranhos surgiam a esmo. Tudo parecia carregado de significância tentadora na solidão da noite. Ele estava à beira do sono, mas o sono não vinha. Quando ele estava prestes a se entregar, algo piscava na sua mente e o acordava mais uma vez. A tinta... Timothy e tinta. Tinta a óleo... o cheio de tinta a óleo... de algum modo se conectava com Mr. Entwhistle. Tinta e Cora. Os quadros de Cora... cartões-postais... Cora estava trapaceando quanto a seu quadro... Não, de volta a Mr. Entwhistle... algo que Mr. Entwhistle havia dito... ou teria sido Lanscombe? Uma freira que veio à casa no dia em que Richard Abernethie faleceu. Uma freira de bigode. Uma freira na Granja Stansfield. E em Lytchett St. Mary. Eram freiras demais! Rosamund ficava encantadora de freira no palco. Rosamund... entregando que ele é um detetive... e todos olhando para ela quando falou. Foi o jeito como todos devem ter olhado para Cora no dia em que ela disse: "Mas ele foi assassinado, não foi?". O que foi que Helen Abernethie havia sentido de "errado" naquela ocasião? Helen Abernethie... deixando o passado para trás... indo para o Chipre... Helen soltando as flores de cera com um estrondo quando ele disse... o *que* Poirot havia dito? Ele não conseguia lembrar...

Então ele dormiu e, quando dormiu, sonhou...

Ele sonhou com a mesa de malaquita verde. Sobre ela se via o pedestal com a cúpula de vidro e as flores de cera... mas tudo estava pintado por cima com tinta a óleo escarlate e grossa. Pintado da cor do sangue. Ele conseguia sentir o cheiro da tinta e Timothy estava resmungando, dizendo: "Eu vou morrer... morrer... é o fim". E Maude, parada, de pé, alta e séria, com uma faca grande na mão e lhe fazendo eco: "Sim, é o fim...". O fim... um leito de morte, com velas e uma freira a rezar. Se ele conseguisse ver o rosto da freira, ele saberia...

Hercule Poirot acordou... e sabia!

Sim, *era* o fim...

Mas ainda havia muito pela frente.

Ele deixou todos os pedacinhos do mosaico em ordem.

Mr. Entwhistle, o cheiro de tinta, a casa de Timothy e algo que devia haver lá dentro... ou podia estar... as flores de cera... Helen... cacos de vidro...

III

Helen Abernethie, no seu quarto, levou algum tempo para ir para a cama. Ela estava pensando.

Sentada em frente à penteadeira, ela se encarava no espelho sem se ver.

Helen havia sido obrigada a receber Hercule Poirot na sua casa. Ela não queria. Mas Mr. Entwhistle dificultara a situação para ela se recusar. E agora estava tudo à plena vista. Não havia mais questões quando a deixar Richard Abernethie jazer tranquilo no túmulo. Tudo começara com as poucas palavras de Cora...

No dia depois do funeral... Ela se perguntou: Como teriam sido as caras? Como todos haviam olhado para Cora? Como ela mesma havia ficado?

O que George havia dito? A respeito de se ver?

Havia citações também. *Nos ver como os outros nos veem...* Como outros nos veem.

Os olhos que estavam fitando o vidro sem se ver de repente fizeram foco. Ela estava se vendo... mas não era ela mesma... não era como os outros a viam... não como Cora a havia visto naquele dia.

Sua sobrancelha direita... não, a esquerda... estava um pouco mais arqueada do que a direita. A boca? Não, a curva da boca era simétrica. Se ela se encontrasse, ela não veria muita diferença desta imagem em espelho. Não como Cora. Cora... a imagem ficou muito clara... Cora, no dia do funeral, sua cabeça caída de lado... fazendo a pergunta... olhando para Helen...

De repente, Helen ergueu as mãos até o rosto. Ela disse a si: "Não faz sentido... não pode fazer sentido...".

IV

Miss Entwhistle foi despertada de um sonho prazeroso, no qual jogava *piquet* com a Rainha Mary, ao trinar de um telefone. Ela tentou ignorar, mas o telefone insistiu. Sonolenta, ela ergueu a cabeça do travesseiro e olhou para o relógio ao lado da cama. Cinco minutos para as sete... quem diabos ligaria naquele horário? Devia ser engano.

O *ding-dong* enervante continuou. Miss Entwhistle suspirou, apanhou um roupão e foi em marcha até a sala de estar.

— Aqui é Kensington 675498 — disse ela com aspereza quando pegou o telefone.

— Quem fala é Mrs. Abernethie. Mrs. *Leo* Abernethie. Posso falar com Mr. Entwhistle?

— Ah, bom dia, Mrs. Abernethie. — O bom-dia não foi cordial. — Aqui é Miss Entwhistle. Meu irmão ainda está dormindo, infelizmente. Eu mesma estava dormindo.

— Sinto muitíssimo. — Helen viu-se forçada a pedir desculpas. — Mas é muito importante que eu fale imediatamente com seu irmão.

— Não poderia ser depois?

— Infelizmente, não.

— Ah, pois bem.

Miss Entwhistle foi azeda.

Ela bateu na porta do irmão e entrou.

— Os Abernethie, de novo! — exclamou ela, amargurada.

— Como? Os Abernethie?

— Mrs. Leo Abernethie. Telefonando antes das sete da manhã! Ora!

— Mrs. Leo, é mesmo? Nossa. Notável. Onde está meu roupão? Ah, obrigado.

Em seguida ele estava atendendo:

— Entwhistle falando. É você, Helen?

— Sim. Sinto muitíssimo por tê-lo tirado da cama desta maneira. Mas o senhor me disse para ligar imediatamente caso eu lembrasse algo que estava errado em algum sentido no dia do funeral, quando Cora nos chocou com a sugestão de que Richard havia sido assassinado.

— Ah! Então a senhora *lembrou*?

Helen falou com voz confusa:

— Sim, mas não faz sentido.

— A senhora deve deixar que eu julgue este aspecto. Teria sido algo que notou em uma das pessoas?

— Sim.

— Diga-me.

— Parece absurdo. — A voz de Helen soou pesarosa. — Mas tenho plena certeza. Me ocorreu quando eu estava me olhando no espelho na noite passada. *Ah*...

O meio grito de susto foi sucedido por um som que saiu esquisito pelos fios telefônicos... um som pesado, abafado, que Mr. Entwhistle não conseguiu classificar.

Ele falou com urgência:

— Alô, alô... está aí? Helen, está aí?... Helen...?

Capítulo 21

Foi somente uma hora depois, ou quase, depois de muita conversa com supervisores da companhia telefônica e outros, que Mr. Entwhistle enfim se viu conversando com Hercule Poirot.

— Graças aos céus! — disse Mr. Entwhistle com agravação controlada. — A telefonista teve uma dificuldade tremenda para conseguir que atendessem.

— O que não me surpreende. O telefone não estava no gancho.

Havia um tom rígido na voz de Poirot que se transmitia ao ouvinte.

Mr. Entwhistle falou ríspido:

— Aconteceu alguma coisa?

— Sim. Mrs. Leo Abernethie foi encontrada pela servente por volta de vinte minutos atrás, caída ao lado do telefone no escritório. Estava inconsciente. Uma concussão séria.

— Está me dizendo que ela levou um golpe na cabeça?

— Acho que sim. É *possível* que ela tenha caído e bateu a cabeça em um peso de porta de mármore, mas eu não creio que tenha sido o caso e o médico também não acha.

— Ela estava me telefonando naquele momento. Fiquei pensando por que houve um corte tão abrupto.

— Então era com o senhor que ela estava falando ao telefone? O que ela disse?

— Ela comentou comigo há algum tempo que, na ocasião em que Cora Lansquenet sugeriu que o irmão havia sido assassinado, ela mesma tinha uma sensação de que havia algo errado... estranho... ela não sabia como expressar... infelizmente, ela não conseguia lembrar *por que* tinha essa impressão.

— E, de repente, ela lembrou?

— Sim.

— E telefonou para lhe contar?

— Sim.

— *Eh bien?*

— Não há *eh bien* — disse Mr. Entwhistle, impaciente. — Ela começou a me contar, mas foi interrompida.

— O quanto ela havia contado?

— Nada de pertinente.

— *Mon ami* terá de me dar licença, mas *eu* que vou avaliar se é ou não pertinente, e não o senhor. O que exatamente ela disse?

— Ela lembrou de que eu havia pedido para avisar-me imediatamente caso lembrasse do que achou tão peculiar. Ela disse que havia lembrado... mas que "não fazia sentido". Eu perguntei se era alguma coisa a respeito de uma das pessoas que estava no dia, e ela disse que sim, que era. Disse que havia lhe ocorrido enquanto se olhava no espelho...

— E?

— Foi só isso.

— Ela não deu sinal de que... qual teria sido a pessoa envolvida?

— Eu não deixaria de lhe contar se ela houvesse me dito *isso* — disse Mr. Entwhistle, ácido.

— Peço desculpas, *mon ami*. É evidente que o senhor teria contado.

Mr. Entwhistle falou:

— Creio que teremos de esperar até que ela recobre a consciência para sabermos.

Poirot falou com voz grave:

— Talvez demore muito. Talvez seja nunca.

— Foi tão feio assim? — Mr. Entwhistle estremeceu.

— Sim, foi feio.

— Mas... que coisa horrível, Poirot.

— Sim, é horrível. E é por isso que não podemos nos permitir esperar. Pois mostra que temos que lidar com uma pessoa que é ou absolutamente impiedosa ou que está muito assustada, o que dá no mesmo.

— Mas veja cá, Poirot. E quanto a Helen? Eu fico preocupado. Tem certeza de que ela estará segura em Enderby?

— Não, ela não estaria segura. Por isso não está em Enderby. A ambulância já veio e vai levá-la a uma casa de repouso onde ela terá cuidadoras especiais e onde *ninguém*, família ou quem for, terá permissão para vê-la.

Mr. Entwhistle soltou um suspiro.

— Minha mente fica aliviada! Ela correu risco.

— Ela certamente correu risco!

A voz de Mr. Entwhistle soou profundamente comovida.

— Tenho grande consideração por Helen Abernethie. Sempre tive. Uma mulher de caráter excepcional. Ela pode ter tido certas... como vou dizer?... reticências na vida.

— Ah, houve reticências?

— Sempre fui da impressão de que sim.

— Daí a *villa* no Chipre. Sim, isto explica muita coisa...

— Não quero que comece a pensar...

— Você não consegue me fazer deixar de pensar. Mas, agora, tenho uma pequena incumbência para o senhor. Um instante.

Houve uma pausa, depois a voz de Poirot voltou a soar.

— Eu tinha que garantir que não havia ninguém ouvindo. Está tudo bem. Agora, eis o que quero que faça para mim. O senhor deve fazer preparativos para uma viagem.

— Uma viagem? — Mr. Entwhistle soou um tanto consternado. — Ah, entendi... o senhor quer que eu vá a Enderby?

— De modo algum. Aqui, *eu* estou no comando. Não, o senhor não terá que ir tão longe. Sua viagem não o levará nem

· DEPOIS DO FUNERAL ·   **231**

tão longe de Londres. O senhor viajará a Bury St. Edmunds (*Ma foi!* Os nomes que dão às cidadezinhas da Inglaterra!) e lá vai alugar um carro e dirigir até a Casa Forsdyke. É um sanatório. Peça para falar com Dr. Penrith e questione detalhes a respeito de um paciente que teve alta há pouco tempo.

— Qual paciente? Por certo eu não teria...

Poirot interveio:

— O nome do paciente é Gregory Banks. Descubra para qual enfermidade ele era tratado.

— Está nos dizendo que Gregory Banks não é de mente sã?

— Shh! Cuidado com o que diz. E agora... eu ainda não fiz meu desjejum e suspeito que o senhor também não tenha, não é?

— Ainda não. Eu estava muito nervoso...

— É claro. Então rogo que tome seu café da manhã e recomponha-se. Há um bom trem para St. Edmunds às doze horas. Se eu tiver mais notícias, eu lhe telefono antes de partir.

— *Você* tenha cuidado, Poirot — disse Mr. Entwhistle, com certa preocupação.

— Ah, isso, sim! Da minha parte, não quero que acertem um peso de mármore na minha cabeça. Pode ter certeza de que eu tomarei todas as precauções. E então... de momento... até mais ver.

Poirot ouviu o som do telefone sendo devolvido ao gancho no outro lado, depois ouviu um segundo clique mais fraco... e sorriu. Alguém havia devolvido o telefone ao gancho no saguão.

Ele dirigiu-se ao saguão. Não havia ninguém. Ele andou nas pontas dos pés até o guarda-louças atrás da escada e olhou dentro. Naquele momento, Lanscombe passou pela porta de serviço carregando uma bandeja com torradas e um bule de café de prata. Ele pareceu um tanto surpreso de ver Poirot surgir do guarda-louças.

— O desjejum está pronto na sala de jantar, senhor — informou o mordomo.

Poirot o analisou, pensativo.

O velho mordomo ficou branco e abalado.

— Coragem — disse Poirot, dando-lhe um tapa no ombro.

— Tudo ficará bem. Seria muito incômodo me servir uma xícara de café no meu quarto?

— De modo algum, senhor. Eu mandarei Janet subir com ela, senhor.

Lanscombe olhou com reprovação para as costas de Hercule Poirot enquanto este subia a escada. Poirot trajava um roupão de seda exótico com estampa de triângulos e quadrados. "Estrangeiros!", pensou Lanscombe, rabugento. "Estrangeiros nesta casa! E Mrs. Leo com uma concussão! Não sei onde vamos chegar. Nada está a mesma coisa desde que Mr. Richard morreu."

Hercule Poirot já estava vestido na hora em que recebeu o café de Janet. Seus balbucios de simpatia foram bem recebidos, já que ele sublinhou o choque que a descoberta dela havia lhe causado.

— Sim, de fato, senhor, o que eu senti quando abri a porta do escritório e entrei com o aspirador e vi Mrs. Leo ali caída, eu nunca vou esquecer. Ela estava deitada... e eu tive certeza de que estava morta. Ela deve ter sido acometida por um desmaio quando estava ao telefone... E imagine ela acordada àquela hora da manhã! Eu nunca a vi fazer algo assim.

— Sim, imagine! — Ele complementou, em tom casual: — Não havia mais ninguém acordado, creio eu?

— Por acaso, senhor, Mrs. Timothy estava de pé e andava por aí. Ela sempre foi madrugadora... é comum sair para uma caminhada antes do café.

— Ela é da geração que acorda cedo — disse Poirot, assentindo com a cabeça. — Já os mais jovens... *eles* não acordam tão cedo?

— Não mesmo, senhor. Estavam todos no bom do sono quando eu levei o chá... e eu estava muito atrasada também, com o choque que foi e de chamar o médico e tive que tomar uma xícara antes pra me aprumar.

Ela saiu do quarto e Poirot refletiu sobre o que a servente havia dito.

Maude Abernethie estava de pé, andando pela casa, e os mais novos estavam na cama... Mas isto, Poirot refletiu, não significava nada. Qualquer um poderia ter ouvido a porta de Helen abrir e fechar, e poderia segui-la para escutar... e depois faria questão de estar em sono profundo na cama.

"Mas, se eu estiver certo", pensou Poirot, "e, afinal de contas, é da minha natureza estar certo, sendo um hábito que tenho... então não há necessidade de avaliar quem estava aqui e quem estava lá. Primeiro, eu devo buscar uma prova onde eu deduzi que a prova deve estar. E então... farei meu pequeno pronunciamento. E me recosto na cadeira para ver o que acontece..."

Assim que Janet saiu do quarto, Poirot sorveu sua xícara de café, vestiu casaco e chapéu, deixou o quarto, desceu rapidamente a escada dos fundos e saiu da casa pela porta lateral. Ele caminhou com pressa o meio quilômetro até a agência postal, onde solicitou uma chamada de longa distância. Em seguida estava voltando a falar com Mr. Entwhistle.

— Sim, sou eu de novo! Não precisa mais dar atenção à incumbência que lhe dei. *C'était une blague!* Alguém estava ouvindo. Agora, *mon vieux,* à incumbência real. O senhor deve, como eu disse, pegar um trem. Mas não para Bury St. Edmunds. Quero que vá à casa de Mr. Timothy Abernethie.

— Mas Timothy e Maude estão em Enderby.

— Exatamente. Não há ninguém na casa além de uma mulher que se chama Jones, que foi persuadida pela proposta de uma *generosidade* considerável para proteger a casa enquanto eles estão ausentes. O que eu quero que faça é que tire *uma* coisa daquela casa!

— Meu caro Poirot! Eu não posso me rebaixar a um assalto!

— Não terá aparência de assalto. O senhor dirá à magnífica Mrs. Jones, que o conhece, que foi convidado por Mr. ou Mrs. Abernethie para buscar este objeto em particular e levá-lo a Londres. Ela não suspeitará de nada iníquo.

— Não, não, provavelmente não. Mas eu não estou gostando... — Mr. Entwhistle soava relutante. — Por que o senhor não vai e pega o senhor mesmo?

— Porque, meu amigo, eu devia ser um estranho de aparência estrangeira e, portanto, uma figura suspeita. E Mrs. Jones imediatamente teria dificuldades em me aceitar. Com o senhor, isto não se passará.

— Não, não... eu entendo. Mas que diabos Timothy e Maude vão pensar quando ficarem sabendo? Eu os conheço há quarenta e tantos anos.

— E o senhor conhece Richard Abernethie há tanto tempo quanto! E conheceu Cora Lansquenet quando era uma criancinha!

Com uma voz de martírio, Mr. Entwhistle perguntou:

— Tem certeza de que é *indispensável,* Poirot?

— A velha pergunta que se fazia nos cartazes em tempos de guerra. *Sua viagem é indispensável?* Eu lhe respondo: *é.* É vital!

— E o que seria este objeto de que devo me apossar?

Poirot lhe contou.

— Ora, Poirot, eu não vejo por que...

— Não há necessidade de que o *senhor* veja. *Eu* que vejo.

— E o que quer que eu faça com essa coisa maldita?

— O senhor a levará a Londres, a um endereço em Elm Park Gardens. Se tiver um lápis, tome nota.

Fazendo o que foi dito, Mr. Entwhistle disse, ainda com a voz martirizada:

— Espero que saiba o que está fazendo, Poirot.

Ele soou muito duvidoso... mas a resposta de Poirot não deixava dúvida alguma.

— É óbvio que eu sei o que faço. Estamos nos aproximando do final.

Mr. Entwhistle soltou um suspiro.

— Se tivéssemos apenas como supor o que Helen ia me dizer.

— Não há necessidade de supor. Eu *sei*.

— Sabe? Mas, meu caro Poirot...

— As explicações terão de esperar. Mas deixe-me garantir o seguinte. *Eu sei o que Helen Abernethie viu quando olhou no espelho.*

II

O café da manhã havia sido uma refeição incômoda. Nem Rosamund nem Timothy haviam aparecido, mas os outros estavam lá e haviam conversado em tons bastante atenuados, além de comer muito menos do que comeriam normalmente.

George foi o primeiro a recobrar o ânimo. Seu temperamento estava volátil e otimista.

— Eu creio que tia Helen vá ficar bem — disse ele. — Médicos sempre gostam de fazer cara feia. Afinal de contas, o que é uma concussão? Normalmente é algo que se resolve em poucos dias.

— Uma mulher que eu conheci teve uma concussão na guerra — disse Miss Gilchrist, puxando assunto. — Um tijolo ou não sei o quê a atingiu quando estava andando pela Tottenham Court Road... durante os bombardeios... e ela nunca sentiu *nada*. Apenas seguiu o que quer que estava fazendo... e, doze horas depois, desabou no chão em um trem para Liverpool. Acreditem se quiser: ela não tinha lembrança alguma de ter ido até a estação, nem de pegar o trem, nem de *nada*. Quando acordou no hospital, não entendeu nada. E ficou internada quase três semanas.

— O que eu não consigo entender — disse Susan — é o que Helen estava fazendo dando telefonemas naquela hora surreal, e para quem estava telefonando?

— Ela passou mal — respondeu Maude, em tom decidido. — Provavelmente acordou sentindo-se estranha e desceu para telefonar ao médico. Então teve um ataque de vertigem e caiu. É a única coisa que faz sentido.

— Foi um azar bater a cabeça naquele peso de porta — disse Michael. — Se houvesse apenas desabado no tapete felpudo, ela estaria muito bem.

A porta se abriu e Rosamund entrou, franzindo a testa.

— Eu não consigo encontrar as flores de cera — comentou ela. — Eu falo das que haviam ficado na mesa de malaquita no dia do funeral de tio Richard. — Ela olhou para Susan em tom acusatório. — Não foi *você* que pegou?

— É claro que não! Ora, Rosamund, você não está pensando *até agora* em mesas de malaquita enquanto Helen está hospitalizada com uma concussão?

— Não vejo por que não deveria. Se você tem uma concussão, você não sabe o que se passa e não lhe importa. Não podemos fazer nada pela tia Helen, e Michael e eu temos que voltar a Londres até a hora do almoço de amanhã porque vamos tratar com Jackie Lygo sobre as datas de estreia de *O progresso do baronete*. Por isso eu gostaria de ter uma definição sobre a mesa. Mas gostaria de dar uma olhada nas flores de cera mais uma vez. Agora há uma espécie de vaso chinês sobre a mesa... que é bonito, mas não é de época. Eu queria muito saber onde estão... Talvez Lanscombe saiba.

Lanscombe havia acabado de vir conferir se eles haviam terminado o café da manhã.

— Terminamos todos, Lanscombe — informou George, levantando-se. — O que aconteceu com seu amigo estrangeiro?

— Ele mandou que seu café e torradas fossem servidos no quarto, senhor.

— *Pétit déjeuner* para a N.A.R.C.O.

— Lanscombe, sabe onde estão aquelas flores de cera que antes ficavam na mesa verde da sala de estar? — perguntou Rosamund.

— Eu soube que Mrs. Leo teve um acidente com elas, senhora. Ela ia mandar fazer uma cúpula de vidro nova, mas creio que ainda não tratou de fazer isso.

— E onde está essa coisa?

— Provavelmente está no armário atrás da escada, senhora. É ali que normalmente ficam as coisas que aguardam conserto. Posso conferir para a senhora?

— Eu mesma vejo. Venha comigo, Michael, meu doce. Aqui está escuro e eu não vou sozinha a cantos escuros depois do que aconteceu com tia Helen.

Todos tiveram uma reação aguda. Maude quis saber com sua voz grossa:

— O que você *quer dizer*, Rosamund?

— Bom, ela levou uma paulada de alguém, não levou?

Gregory Banks falou em tom incisivo:

— Ela teve um desmaio repentino e caiu.

Rosamund riu.

— Foi o que ela lhe disse? Não seja bobo, Greg. É óbvio que ela levou uma paulada.

George falou com rispidez:

— Não devia falar coisas assim, Rosamund.

— Absurdos — respondeu Rosamund. — É o que *deve* ter acontecido. Tudo se encaixa, ora. Um detetive na casa procurando pistas, tio Richard envenenado, tia Cora morta com um machado, Miss Gilchrist recebeu um bolo de casamento envenenado, agora tia Helen é atacada com um objeto contundente. Vocês vão ver que vai continuar assim. Um após o outro será morto e o que sobrar será Aquele... o assassino, no caso. Mas não serei *eu*... quem vai morrer, no caso.

— E por que alguém ia querer matá-la, linda Rosamund? — perguntou George em tom alegre.

Rosamund abriu os olhos arregaladíssimos.

— Ah — disse ela. — Porque eu sei demais, é claro.

— Do que você sabe? — perguntaram Maude Abernethie e Gregory Banks quase em uníssono.

Rosamund deu seu sorriso vago e angelical.

— *Como* vocês gostariam de saber, não é mesmo? — disse ela em tom aprazível. — Venha, Michael.

Capítulo 22

Às onze horas, Hercule Poirot convocou uma reunião informal na biblioteca. Todos chegaram e Poirot olhou pensativo para o semicírculo de rostos.

— Na noite passada — disse ele —, Mrs. Shane proclamou a todos vocês que sou um detetive particular. Da minha parte, eu esperava conservar por mais algum tempo minha... *camuflagem,* podemos dizer assim? Mas de nada importa! Hoje, ou no máximo no dia de amanhã, eu teria contado-lhes a verdade. Por favor, ouçam atentamente ao que eu tenho a dizer.

"Sou, no meu filão, uma pessoa célebre... diria que sou uma pessoa *bastante* célebre. Meus dotes, aliás, não têm par!"

George Crossfield arreganhou-se e disse:

— Mas é isso, Monsieur Pont... não, é Monsieur Poirot, não é? É engraçado que eu nunca tenha ouvido falar do senhor!

— Não é engraçado — disse Poirot, seríssimo. — É lamentável! Infelizmente, a educação dos dias de hoje é imprópria. Aparentemente não se aprende nada afora economia... e como passar nos Testes de Inteligência! Mas, prosseguindo: sou amigo de muitos anos de Mr. Entwhistle e...

— Então *ele* é o estraga-prazeres!

— Se prefere colocar assim, Mr. Crossfield. Mr. Entwhistle ficou muito incomodado com a morte de seu velho amigo, Mr. Richard Abernethie. Ele ficou particularmente transtornado com as palavras que foram proferidas no dia do funeral pela irmã de Mr. Abernethie, Mrs. Lansquenet. Palavras ditas exatamente nesta sala.

— Muito bobas... e típico de Cora — disse Maude. — Mr. Entwhistle deveria ter juízo e não lhes dar atenção!

Poirot prosseguiu:

— Mr. Entwhistle ficou ainda mais incomodado depois da... da coincidência, diríamos? Da coincidência com a morte de Mrs. Lansquenet. Ele queria apenas uma coisa: ter a segurança de que a morte *foi* uma coincidência. Em outras palavras, ele queria sentir-se seguro de que Richard Abernethie havia tido morte natural. Para tal fim, ele contratou-me para as devidas investigações.

Houve uma pausa.

— Eu conduzi as investigações...

Mais uma vez, uma pausa. Ninguém falou nada.

Poirot lançou a cabeça para trás.

— *Eh bien,* vocês ficarão encantados em saber que, dado o resultado de minha investigação, *não há motivo algum* para duvidar de que Mr. Abernethie tenha falecido de morte natural. *Não há motivo algum* para crer que ele tenha sido assassinado!

Poirot sorriu. Ele lançou as mãos para o ar em um gesto triunfal.

— É uma boa notícia, não é?

Estava longe de ser, pela forma como a família havia recebido. Eles ficaram encarando o detetive e, nos olhos de todos, com exceção de uma pessoa, ainda se via dúvida e desconfiança.

A exceção era Timothy Abernethie, cuja cabeça anuía com concordância violenta.

— É óbvio que Richard não foi assassinado — disse ele, irritado. — Nunca entendi por que alguém sequer deu atenção a essa ideia, por um instante que seja! Foi Cora fazendo das suas gracinhas e mais nada. Querendo dar um susto em

· DEPOIS DO FUNERAL ·   **241**

todo mundo. É a ideia que ela tinha de fazer graça. A verdade é que, embora fosse minha irmã, ela sempre foi meio doidinha. Bom, Mr. Seja Lá Como Se Chama, fico contente que o senhor tenha tido a noção de chegar à conclusão correta. Mas, se me perguntar, eu considero um imenso descalabro da parte de Entwhistle contratar o senhor para bisbilhotar e se intrometer no nosso assunto. E se ele acha que vai cobrar seus honorários com a herança, já lhe digo que não vai! Uma insolência absurda e desnecessária! Quem Entwhistle pensa que é para tomar essas decisões? Se a família estiver satisfeita...

— Mas a família não estava, tio Timothy — disse Rosamund.

— Ora... mas como?

Timothy a fitou sob sobrancelhas carrancudas de desprazer.

— Não estávamos satisfeitos. E quanto a tia Helen hoje de manhã?

Maude falou com rispidez:

— Helen está na idade em que a pessoa fica à beira de um derrame. Foi nada mais do que isto.

— Entendo — respondeu Rosamund. — Outra coincidência, o senhor diria?

Ela olhou para Poirot.

— Não são coincidências demais?

— Coincidências acontecem — disse Poirot.

— Que absurdo — rebateu Maude. — Helen passou mal, desceu, ligou para o médico e então...

— Mas ela não telefonou para o médico — disse Rosamund. — Eu perguntei a ele...

Susan falou, ríspida:

— E telefonou para quem?

— Eu não sei — replicou Rosamund, com uma sombra cruzando o rosto. — Mas posso dizer que vou descobrir. — Ela complementou em tom esperançoso.

II

Hercule Poirot estava sentado na edícula de verão vitoriana. Ele puxou seu grande relógio do bolso e deixou à mesa na sua frente.

Ele havia anunciado que partiria no trem das doze horas. Ainda havia meia hora pela frente. Metade de uma hora para alguma pessoa se decidir e conversar com ele. Talvez não apenas uma...

A edícula de verão ficava plenamente à vista das janelas da casa. Era claro que, em breve, alguém viria, não era? Se não viesse, seu conhecimento da natureza humana era deficiente e suas principais premissas, incorretas.

Ele aguardou. Acima da sua cabeça, uma aranha esperava uma mosca na teia.

Foi Miss Gilchrist que chegou primeiro. Ela estava confusa, incomodada e bastante incoerente.

— Ah, Monsieur Pontarlier... não consigo lembrar de seu outro nome — disse ela. — Eu tinha que vir e conversar com o senhor, embora *não* goste de falar... mas sinto que *devia*. No caso, depois do que aconteceu com a pobre Mrs. Leo hoje pela manhã... fiquei pensando comigo que Mrs. Shane estava *corretíssima*... e que *não* foi uma coincidência e que de certo *não foi* um derrame... como Mrs. Timothy sugeriu. Porque meu próprio pai sofreu um derrame e a aparência que ele ficou foi bem diferente. E, enfim, o médico *disse* claramente que *foi* uma concussão!

Ela fez uma pausa, respirou fundo e olhou para Poirot com olhos de apelo.

— Sim — disse Poirot, carinhoso e incentivador. — A senhora quer me dizer alguma coisa?

— Como eu disse, eu não gosto... porque ela foi muito gentil. Ela me conseguiu o cargo com Mrs. Timothy e tudo mais. Ela tem sido *muito* gentil. Por isso que me sinto tão ingrata.

Ela até me deu o casaco de *musquash* de Mrs. Lansquenet, que é *muito* bonito e me serviu com formosura, pois nunca importa se os pelos tenderem um pouquinho para o exagero. E quando eu quis devolver o broche de ametista, ela não quis nem me *ouvir*...

— A senhora se refere — perguntou Poirot, delicadamente — a Mrs. Banks?

— Sim, pois veja...

Miss Gilchrist olhou para baixo, torcendo os dedos de incomodada. Ela ergueu o olhar e disse com um engolir em seco:

— Eu *ouvi*!

— Está me dizendo que a senhora entreouviu uma conversa...

— Não. — Miss Gilchrist fez não com a cabeça com um ar de determinação heroica. — Eu prefiro dizer a verdade. E não é de todo mal contar ao senhor, pois o senhor não é inglês.

Hercule Poirot a compreendeu sem se ofender.

— A senhora quer dizer que, para um estrangeiro, seria natural ouvir pessoas por trás de portas e abrir cartas, ou ler cartas que ficam à mostra?

— Ah, mas eu nunca abriria cartas de outros — disse Miss Gilchrist com tom de chocada. — Isso *não*. Mas eu *escutei* naquele dia... o dia em que Richard Abernethie veio visitar a irmã. Eu estava curiosa quanto ao porquê de ele ter aparecido, de maneira tão repentina, depois de anos. E fiquei pensando por que... e... e... o senhor entenda que, quando não se tem uma vida própria nem muitos amigos, a pessoa tende a se interessar... quando se mora com *alguém,* no caso...

— Deveras natural — disse Poirot.

— Sim, eu penso que é natural... Mas não, é claro, de todo *certo*. Mas eu escutei! Eu escutei o que ele disse!

— A senhora escutou o que Mr. Abernethie disse a Mrs. Lansquenet?

— Escutei. Ele disse algo do tipo... "Não adianta falar com Timothy. Ele tem desprezo por tudo. Não nos escuta. Mas achei que gostaria de tirar isso do meu peito, Cora. Nós três

somos os últimos remanescentes. E embora você sempre tenha gostado de se fazer de simplória, você tem bom senso. Então, o que *você* faria, se fosse eu?"
"Não pude ouvir o que Mrs. Lansquenet respondeu, mas captei a palavra *polícia*... e depois Mr. Abernethie se exaltou, falando muito alto: 'Isso eu não posso. Não quando se trata da *minha própria sobrinha*'. E então eu tive que correr à cozinha porque tinha uma coisa fervendo e, quando eu voltei, Mr. Abernethie dizia: 'Mesmo que eu morra de morte não natural, não quero que chamem a polícia, se pudermos evitar. Você está me entendendo, não está, minha cara? Mas não se preocupe. Agora que eu *sei,* vou tomar todas as precauções cabíveis'. E ele seguiu adiante, dizendo que havia feito um testamento novo, e que ela, Cora, ficaria muito bem contemplada. E então ele falou de como ela tinha sido feliz com o marido e que talvez ele tivesse se enganado em relação ao casamento."
Miss Gilchrist encerrou.
Poirot disse:
— Entendo... entendo...
— Mas eu nunca quis dizer... nunca quis contar. Eu não pensei que Mrs. Lansquenet fosse querer que eu... Mas agora, depois de hoje de manhã, com Mrs. Leo agredida... e o senhor falando com tanta calma que foi uma coincidência. Ah, Monsieur Pontarlier, *não foi* uma coincidência!
Poirot sorriu. Ele disse:
— Não, não foi uma coincidência... Obrigado, Miss Gilchrist, por vir até mim. Era um tanto necessário.

Ele teve certa dificuldade em livrar-se de Miss Gilchrist. E era urgente que o fizesse, pois aguardava mais confissões.

Seu instinto estava certo. Miss Gilchrist mal havia ido embora quando Gregory Banks, vindo a passos largos pelo gramado, chegou impetuosamente à edícula de verão. Seu rosto estava pálido e havia gotas de transpiração na sua testa. Seus olhos estavam curiosamente animados.

— Finalmente! — disse ele. — Eu achei que aquela mulher burra não iria embora nunca. O senhor se enganou no que disse hoje de manhã. O senhor está errado em tudo. Richard Abernethie *foi* assassinado. *Eu* o matei.

Hercule Poirot deixou os olhos passarem de cima a baixo pelo jovem agitado. Ele não demonstrou surpresa.

— Então o senhor o matou. É mesmo? Como?

Gregory Banks sorriu.

— Não foi difícil para *mim*. O senhor há de entender. Tem quinze ou vinte drogas a que eu tinha acesso e que dariam conta do recado. O método de administração exigiu mais raciocínio, mas ao fim tive uma ideia muito perspicaz. A beleza da coisa toda foi que *eu* não precisava estar por perto no momento.

— Inteligente — disse Poirot.

— Sim. — Gregory Banks baixou o olhar com modéstia. Ele parecia contente. — Sim... achei *mesmo* perspicaz.

Poirot perguntou com tom de interessado:

— Por que o senhor o matou? Pelo dinheiro que iria para sua esposa?

— Não. Não, claro que não. — Greg de repente ficou indignado. — Não sou interesseiro. Eu não me casei com Susan pelo *dinheiro*!

— Não, Mr. Banks?

— Isso era o que *ele* achava — respondeu Greg com peçonha repentina. — Richard Abernethie! Ele gostava de Susan, ele a admirava, ele tinha orgulho dela como exemplo do sangue Abernethie! Mas ele achava que ela havia se casado com alguém inferior... ele *me* achava um inútil. Ele me detestava! Ouso dizer que eu não tinha o sotaque certo... que não usava as roupas como devia. Ele era um esnobe... um esnobe imundo!

— Acho que não — falou Poirot com suavidade. — Por tudo que eu ouvi, Richard Abernethie não era esnobe.

— Mas era. Era sim. — O jovem falou em um tom que lembrava histeria. — Ele me considerava uma nulidade. Ele zombava de mim... Sempre foi muito educado, mas, por baixo, eu *via* que ele não gostava de mim!

— É possível.

— As pessoas não podem me tratar assim e sair impunes! Já tentaram! Uma mulher que aparecia na loja e mandava fazer os remédios. Ela foi grosseira comigo. Sabe o que eu fiz?

— Sei — disse Poirot.

Gregory ficou com uma expressão de susto.

— Então o senhor sabe?

— Sei.

— Ela quase morreu. — Ele falou com aspecto de satisfeito. — Isso já mostra que eu não sou pessoa com quem se brinca! Richard Abernethie me desprezava... e o que aconteceu com ele? Morreu.

— Um assassinato de sucesso — comentou Poirot com uma felicitação de rosto sério.

Ele complementou:

— Mas por que vir e se entregar... a mim?

— Porque o senhor disse que estava repassando tudo! O senhor disse que ele *não foi* assassinado. Eu tive que lhe mostrar que o senhor não é tão inteligente quanto pensa... e além do mais... além do mais...

— Sim — disse Poirot. — E além do mais?

De repente Greg desabou no banco. Seu rosto se alterou repentinamente e ganhou um quê arrebatado.

— Foi errado... perverso... Eu mereço um castigo... eu preciso voltar lá... onde eu sou castigado... para expiar... Sim, *expiar*! A penitência! A penitência!

Agora seu rosto estava iluminado com uma espécie de êxtase reluzente. Poirot o analisou por alguns instantes com curiosidade.

Então ele perguntou:

— O quanto, falando seriamente, o senhor quer fugir da sua esposa?

O rosto de Gregory se alterou.

— De Susan? Susan é maravilhosa... maravilhosa!

— Sim. Susan é maravilhosa. Isto lhe é um fardo. Susan ama você com total devoção. Isto também é um fardo?

Gregory ficou olhando para a frente. Então falou, no tom de uma criança birrenta:

— Por que ela não podia me deixar em paz?

Ele levantou-se com um salto.

— Ela está vindo... já está atravessando o gramado. Eu vou embora. Mas pode dizer a ela o que eu lhe contei? Diga a que eu fui à delegacia. Me confessar.

IV

Susan chegou esbaforida.

— Onde está o Greg? Ele estava aqui! Eu vi.

— Estava. — Poirot pausou a fala por um instante. — Veio me dizer que foi ele quem envenenou Richard Abernethie...

— Que *absurdo*! O senhor não acreditou, assim espero?

— Por que eu não deveria acreditar?

— Ele nem estava perto dessa casa quando tio Richard morreu!

— Talvez não. Onde ele estava quando Cora Lansquenet morreu?

— Em Londres. Nós dois estávamos.

Hercule Poirot balançou a cabeça.

— Não, não, isso não me basta. Naquele dia, a senhora, para início de conversa, pegou seu carro e passou a tarde fora. Creio que sei aonde foi. A Lytchett St. Mary.

— Eu não fui!

Poirot sorriu.

— Nosso contato aqui, madame, não foi, como eu lhe disse, a primeira vez que a vi. Após a inspeção do cadáver de Mrs. Lansquenet, a senhora estava na oficina do King's Arms. Lá, conversou com um mecânico e, a seu lado, havia um carro no qual se via um cavalheiro idoso e estrangeiro. A senhora não o notou, mas ele notou a senhora.

— Não entendo a que se refere. Foi no dia da inspeção.

— Ah, mas lembre-se do que o mecânico lhe disse! Ele perguntou se a senhora era parente da vítima e a senhora respondeu que era a sobrinha.

— Ele estava sendo alcoviteiro. São todos uns alcoviteiros.

— E as palavras seguintes dele foram: "Ah, fiquei pensando mesmo onde tinha visto a senhora". De onde a madame o conhecia? Deve ter sido em Lytchett St. Mary, já que na mente dele o fato de a reconhecer teria a ver com a senhora ser sobrinha de Mrs. Lansquenet. Ele a teria visto perto do chalé? E quando? Era uma questão que exigia investigação, não era? E o resultado da investigação é: a senhora estava lá, em Lytchett St. Mary, na tarde em que Cora Lansquenet faleceu. A senhora estacionou o carro na mesma pedreira onde o deixou na manhã da inspeção. O carro foi visto e o número foi anotado. Neste momento, Inspetor Morton já sabe de quem era o carro.

Susan ficou encarando-o. A respiração dela estava acelerada, mas a mulher não demonstrava sinais de descompostura.

— O senhor está falando absurdos, Monsieur Poirot. E está me fazendo esquecer o que eu vim lhe dizer... eu queria encontrá-lo a sós...

— E me confessar que foi a senhora e não seu marido quem cometeu o assassinato?

— Não, é claro que não. Que tipo de tola o senhor pensa que eu sou? E eu já lhe disse que Gregory não saiu de Londres naquele dia.

— Um fato que a senhora não tem como saber, já que não estava presente. Por que foi até Lytchett St. Mary, Mrs. Banks?

Susan inspirou fundo.

— Tudo bem, se é o que o senhor quer! O que Cora disse no funeral me deixou preocupada. Eu não parava de pensar naquilo. Enfim decidi vir de carro, visitá-la, e perguntar o que havia botado aquela ideia na cabeça da tia. Greg achou a ideia boba, então eu nem lhe contei aonde eu ia. Cheguei lá por volta das quinze horas, bati na porta, toquei a campainha, mas não houve resposta, então pensei que ela devia ter saído ou viajado. Foi só isso. Eu não dei a volta para conferir os fundos do chalé. Se tivesse ido, talvez tivesse visto a janela quebrada. Apenas voltei a Londres sem a mínima ideia de que havia algo errado.

O rosto de Poirot ficou reservado. Ele disse:

— Por que seu marido se acusa do crime?

— Porque ele é… — Uma palavra tremeu na língua de Susan. Poirot firmou-se naquela palavra.

— A senhora ia dizer "porque ele é doido", falando em tom jocoso… mas a troça ficaria muito próxima da verdade, não é?

— Greg está bem. Ele está. *Está.*

— Eu sei alguma coisa do histórico de seu marido — disse Poirot. — Ele passou alguns meses no Sanatório Forsdyke antes de a senhora o conhecer.

— Ele nunca foi atestado como louco. Ele era paciente voluntário.

— É verdade. Concordo que ele não foi declarado insano. Mas ele é, de certo, desequilibrado. Ele tem um complexo de penitência… E o tem, suspeito eu, desde a infância.

Susan falou muito rápido e com veemência:

— O senhor não entende, Monsieur Poirot. Greg nunca teve uma *oportunidade* na vida. Por isso que eu queria tanto

250   · AGATHA CHRISTIE ·

o dinheiro do tio Richard. Mas tio Richard era muito prático. Ele não me entendia. Eu sabia que Greg tinha que se arrumar na vida. Ele tinha que sentir que era *alguém*! Não só um assistente de farmacêutico, sendo feito de gato-sapato. Agora tudo vai ser diferente. Ele vai ter o próprio laboratório. Ele vai poder trabalhar nas próprias fórmulas.

— Sim, sim... a senhora lhe entregará tudo... porque o ama. Ama-o demais por segurança ou por felicidade. Mas a senhora não pode dar às pessoas o que elas são incapazes de receber. No fim das contas, ele continuará sendo aquilo que não quer ser...

— Que seria?

— *Marido de Susan.*

— Como o senhor é cruel! E como fala absurdos!

— Em tudo que diz respeito a Gregory Banks, a senhora se torna inescrupulosa. A senhora queria o dinheiro de seu tio não para si... mas para seu marido. *O quanto a senhora queria este dinheiro?*

Irritada, Susan lhe deu as costas e saiu correndo.

V

— Eu pensei — disse Michael Shane com a voz suave — em passar aqui apenas para me despedir.

Ele sorriu e seu sorriso tinha um que de inebriante.

Poirot estava ciente do charme essencial do homem.

Ele analisou Michael Shane por alguns minutos, em silêncio. Sentiu que era a pessoa que menos conhecia entre todos da casa, pois Michael Shane apenas mostrava o lado de si que queria mostrar.

— Sua esposa — disse Poirot, puxando assunto — é uma mulher muito incomum.

Michael ergueu as sobrancelhas.

— O senhor acha? Ela é muito querida, concordo. Mas não é, ou assim descobri, notável pelo cérebro.

— Ela nunca será tão esperta — concordou Poirot. — Mas ela sabe o que quer. — Ele deu um suspiro. — São poucas as pessoas que sabem.

— Ah! — O sorriso de Michael irrompeu de novo. — Pensando na mesa de malaquita?

— Talvez.

Poirot fez uma pausa e complementou:

— *E no que havia sobre ela.*

— O senhor se refere às flores de cera?

— As flores de cera.

Michael franziu a testa.

— Nem sempre entendo o senhor, Monsieur Poirot. Contudo sou mais grato do que posso colocar em palavras por não estarmos correndo risco. — O sorriso foi acionado mais uma vez. — É desagradável, para dizer o mínimo, viver com esta desconfiança de que algo ou algum de nós assassinou o pobre e velho tio Richard.

— Foi assim que lhe pareceu quando o senhor o conheceu? — inquiriu Poirot. — O pobre e velho tio Richard?

— É óbvio que ele era muito conservado e tudo mais...

— E em plena posse de suas faculdades mentais...

— Ah, sim.

— E, a propósito, muito *arguto*?

— Ousaria dizer que sim.

— Um avaliador perspicaz do caráter alheio.

O sorriso permaneceu inalterado.

— O senhor não vai esperar que eu *concorde,* Monsieur Poirot. Ele não *me* aprovou.

— Ele pensou que o senhor seria, quem sabe, do estilo infiel? — sugeriu Poirot.

Michael riu.

— Que ideia antiquada!

— Mas é verdade, não é?

— Agora quero saber o que você quer dizer *com isso.*

Poirot uniu as pontas dos dedos.

— Houve uma investigação, a propósito — balbuciou ele.

— Da parte do senhor?

— Não apenas da minha parte.

Michael Shane lhe dirigiu um rápido olhar avaliador. Poirot percebeu que as reações do homem eram velozes. Idiota, Michael Shane não era tolo.

— O senhor quer dizer... que a polícia está envolvida?

— O senhor sabe que eles nunca ficaram plenamente satisfeitos no que tange ao assassinato de Cora Lansquenet ser tratado como crime fortuito.

— E eles têm feito perguntas a meu respeito?

Poirot falou com meticulosidade:

— Eles têm interesse na movimentação de parentes de Mrs. Lansquenet no dia em que foi assassinada.

— Isso é extremamente embaraçoso — falou Michael com um ar charmoso de confidencialidade e lamento.

— É, Mr. Shane?

— Mais do que o senhor imagina! Eu contei a Rosamund que estava almoçando com um certo senhor Oscar Lewis naquele dia.

— Quando, na verdade, o senhor não estava?

— Não. Na verdade, eu vim de carro visitar uma mulher chamada Sorrel Dainton... uma atriz bem conhecida. Contracenei com ela na última peça. Veja que é muito embaraçoso... pois embora seja satisfatório no que diz respeito à polícia, não cairá muito bem com Rosamund.

— Ah! — Poirot tentou parecer discreto. — Algum problema em relação a esta amizade que vocês têm?

— Sim... Na verdade... Rosamund me fez prometer que eu não a veria mais.

— Sim, entendo que pode ser embaraçoso... *Entre nous,* o senhor teve um caso com a moça?

— Ah, é só uma coisinha! Não é que eu me interesse pela mulher.

— Mas ela se interessa pelo senhor?

— Bom, ela anda um tédio... Mulheres se apegam demais. Contudo, como o senhor disse, a polícia vai ficar satisfeita de qualquer maneira.

— O senhor acha?

— Bom, eu dificilmente atacaria Cora com um machado se eu estivesse flertando com Sorrel a quilômetros e quilômetros de lá. Ela tem um chalé em Kent.

— Entendo... entendo... e esta Miss Dainton, ela pode depor a seu favor?

— Ela não vai gostar... mas, sendo um homicídio, eu imagino que vai ser obrigada.

— Ela deporia, quem sabe, mesmo que o senhor *não* estivesse de flertes.

— Como assim? — Michael de repente ficou tenebroso como o céu antes de um trovão.

— A dama tem afeição pelo senhor. Quando têm afeição, as mulheres podem jurar que qualquer coisa é verdade... até as inverdades.

— Quer dizer que o senhor não acredita em mim?

— Não interessa se *eu* acredito no senhor ou não. Não sou *eu* que o senhor precisa satisfazer.

— Então a quem devo satisfazer?

Poirot sorriu.

— O Inspetor Morton. Que acabou de entrar na varanda pela porta lateral.

Michael Shane girou nos pés bruscamente.

Capítulo 23

— Ouvi dizer que o senhor estava aqui, Monsieur Poirot — disse o Inspetor Morton.

Os dois homens estavam caminhando juntos pela varanda.

— Eu vim com o Superintendente Parwell, de Matchfield. Dr. Larraby nos telefonou para tratar de Mrs. Leo Abernethie e veio aqui fazer perguntas. O médico não ficou satisfeito.

— E o senhor, meu amigo — questionou Poirot —, onde o senhor se encaixa? Está muito distante de sua Berkshire.

— Eu queria fazer perguntas... e as pessoas a quem eu queria perguntar, convenientemente, estão reunidas aqui. — Ele fez uma pausa antes de complementar. — Foi um feito seu?

— Sim, fui eu.

— E, por conta disso, Mrs. Leo Abernethie foi a nocaute.

— O senhor não deve me culpar por isso. Se ela tivesse vindo a *mim*... Mas não veio. Em vez disso, ela telefonou para o advogado dela em Londres.

— E estava quase entregando o ouro para ele quando... Pof!

— Quando... como o senhor disse... Pof!

— E o que ela havia conseguido dizer ao advogado?

— Muito pouco. Ela só tinha chegado ao ponto de lhe dizer que estava se olhando no espelho.

— Ah! Enfim — disse Inspetor Morton, filosófico. — As mulheres fazem dessas. — Ele olhou para Poirot com aspereza. — Essa fala lhe sugere algo?

— Sim, eu creio que sei o que ela ia dizer a ele.

— Um excelente conjeturador, não é? Sempre foi. Bom, o que seria?

— Perdão, estão investigando a morte de Richard Abernethie?

— Oficialmente, não. Na verdade, é claro, ela tem certa relevância para o assassinato de Mrs. Lansquenet...

— Tem relevância, de fato. Mas eu lhe peço, meu amigo, para me dar mais algumas horas. Então eu vou saber se o que eu imaginei... e apenas imaginei, como o senhor de há de compreender... está correto. Se *estiver*...

— Sim, se estiver?

— Então eu poderei botar as mãos em provas concretas.

— Certamente poderíamos dar conta — disse Inspetor Morton, sentido. Ele olhou de soslaio para Poirot. — O que o senhor ainda está escondendo?

— Nada. Absolutamente nada. Já que a prova que eu imaginei talvez não exista de fato. Apenas deduzi sua existência a partir de vários trechos de diálogos. Talvez eu esteja errado — disse Poirot em tom totalmente sem convicção.

Morton sorriu.

— Mas isso não lhe acontece com frequência?

— Não. Embora eu vá admitir que... sim, sou obrigado a admitir que *já* me ocorreu.

— Eu tenho que dizer que fico contente em saber! Deve ser monótono estar sempre certo.

— Não é o que eu penso — Poirot lhe garantiu.

Inspetor Morton riu.

— E o senhor está pedindo que eu adie meu interrogatório?

— Não, não, de modo algum. Prossiga tal como havia planejado. Imagino que não estivesse de fato contemplando uma prisão?

Morton fez não com a cabeça.

— Ainda está muito inconsistente. Antes teríamos que conseguir uma decisão do Promotor Público... e estamos

256 · AGATHA CHRISTIE ·

muito longe. Não, apenas declarações de certas partes quanto à movimentação delas no dia em questão... em um caso, com suspeita.

— Entendo. O de Mrs. Banks?

— Esperto o senhor, não? Sim. Ela estava lá naquele dia. O carro dela estava estacionado na pedreira.

— Ela não foi vista *dirigindo* o carro?

— Não.

O inspetor complementou:

— Eu sei que é feio, mas ela nunca disse uma palavra a respeito de estar lá naquele dia. Ela tem que explicar isto de modo satisfatório.

— Ela é bastante hábil com as explicações — disse Poirot, seco.

— Sim. Uma moça esperta. Talvez um tantinho esperta demais.

— Nunca convém ser esperta demais. É assim que se apanham os assassinos. Surgiu algo mais a respeito de George Crossfield?

— Nada de definitivo. É um tipo muito comum. São muitos os jovens como ele que gostam de sair pelo país de trem, de ônibus ou de bicicleta. As pessoas têm dificuldade de lembrar, depois de passada uma semana ou mais, se foi na quarta-feira ou na quinta-feira que estavam em determinado lugar ou se viram determinada pessoa.

Ele fez uma pausa antes de prosseguir:

— Conseguimos uma informação muito curiosa... da Madre Superiora de um convento aí. Duas das freiras do convento estavam recolhendo donativos de porta em porta. Parece que elas foram ao chalé de Mrs. Lansquenet um dia *antes* de ela ser assassinada, mas não conseguiram que ninguém as atendesse quando bateram na porta e tocaram campainha. É compreensível. Ela estava no norte, no funeral de Abernethie, e Gilchrist tinha recebido folga e saíra para uma visita a Bournemouth. A questão é que elas dizem que *havia alguém no chalé*. Dizem que ouviram suspiros e resmungos. Eu já investiguei se não teria sido um dia depois, mas a Madre Superiora garante que não haveria como. Está tudo anotado em algum registro. Haveria alguém procurando algo no chalé naquele dia, que aproveitou a oportunidade de as duas mulheres não estarem? E essa pessoa não encontrou o que ele ou ela procurava, então voltou no dia seguinte? Eu não dou muita importância aos suspiros e ainda menos aos resmungos. Até freiras podem se enganar e um chalé onde um homicídio aconteceu definitivamente *pede* gemidos. A questão é: havia alguém no chalé que não devia estar lá? E, se havia, quem era? Toda a trupe dos Abernethie estava no funeral.

Poirot fez uma pergunta que pareceu irrelevante:

— Estas freiras que estavam angariando donativos naquele distrito... elas voltaram em data posterior para fazer nova tentativa?

— Sim, de fato voltaram... por volta de uma semana depois. Aliás, no dia da inspeção do cadáver, creio eu.

— Isto se encaixa — disse Hercule Poirot. — Encaixa-se muito bem.

Inspetor Morton olhou para ele.

— Por que este interesse pelas freiras?

— Elas foram impostas à minha atenção, quisesse eu ou não. Não faltará a sua atenção, Inspetor, que a visita das freiras aconteceu no mesmo dia em que o bolo de aniversário envenenado chegou ao chalé.

— O senhor não acha... É uma ideia absurda, não?

— Minhas ideias nunca são absurdas — disse Hercule Poirot, severo. — E agora, *mon cher,* devo deixá-la com suas perguntas e com as investigações quanto à agressão a Mrs. Abernethie. Da minha parte, devo sair à cata da sobrinha do finado Richard Abernethie.

— Tenha cuidado com o que vai dizer a Mrs. Banks.

— Não me refiro a Mrs. Banks. Me refiro à outra sobrinha de Richard Abernethie.

II

Poirot encontrou Rosamund sentada em um banco com vista para um pequeno córrego que descia até uma pequena cachoeira e depois fluía por um emaranhado de rododendros. Ela estava olhando para a água.

— Eu creio que estou a atrapalhar uma Ofélia — disse Poirot enquanto tomava seu assento ao lado de Rosamund.

— A senhora estaria, quem sabe, estudando para o papel?

— Nunca atuei em Shakespeare — respondeu Rosamund.

— Fora uma vez, fazendo repertório. Eu fui Jessica no *Mercador*. Um papel ridículo.

— Mas que não é desprovido de páthos. "Nunca me deixa alegre a suave música." Que fardo que ela carregava, a pobre Jessica, a filha do odiado e detestado judeu. Quantas dúvidas de si ela deve ter tido quando trouxe consigo os ducados do pai ao fugir para seu amado. Jessica com ouro era uma coisa... Jessica sem ouro poderia ter sido outra.

Rosamund virou a cabeça para olhar para ele.

— Achei que o senhor tinha ido embora — disse ela com um toque de reprovação. Ela olhou para seu relógio de pulso. — Já passou das doze horas.

— Perdi meu trem — replicou Poirot.

— Por quê?

— A senhora acha que perdi com motivo?

— Creio que sim. O senhor é bastante exato, não é? Se quisesse pegar um trem, creio que pegaria.

— Seu juízo é admirável. Sabia, madame, que passei sentado naquela pequena edícula, torcendo que a senhora, quem sabe, me faria uma visita?

Rosamund ficou encarando-o.

— Por que iria? O senhor praticamente se despediu de nós na biblioteca.

— Exato. E não havia nada... que a *senhora* queria *me* dizer?

— Não. — Rosamund balançou a cabeça. — Eu tinha muito em que queria pensar. Coisas importantes.

— Entendo.

— Eu não fico de longos raciocínios — disse Rosamund.

— Sinto que é perda de tempo. Mas isto *é* importante. Acho que a pessoa deve fazer um plano da vida tal como ela quer.

— E é isso que a senhora está fazendo?

— Bom, sim... eu estava tentando tomar uma decisão sobre uma coisa.

— Sobre seu marido?

— De certo modo, sim.

Poirot aguardou um instante, depois disse:

— Inspetor Morton acaba de chegar. — Ele previu a pergunta de Rosamund e prosseguiu. — Ele é o policial encarregado das investigações sobre a morte de Mrs. Lansquenet. Ele veio aqui obter declarações suas a respeito do que estava fazendo no dia em que ela foi assassinada.

— Entendo. *Álibis* — disse Rosamund, em tom alegre.

Seu rosto belo relaxou com um quê de satisfação travessa.

— Será um inferno para Michael — comentou ela. — Ele acha que eu não sei que, naquele dia, ele viajou para ficar com aquela mulher.

— Como a senhora soube?

— Estava óbvio no *jeito* como ele disse que ia almoçar com Oscar. Casualíssimo, sabe. E o nariz, que se torcia só um bocadinho, como sempre acontece quando ele mente.

— Sou muitíssimo grato por não ser casado com a senhora, madame!

— E, depois, é claro, eu me certifiquei telefonando para Oscar — prosseguiu Rosamund. — Os homens sempre contam mentiras de perna curta.

— Sinto dizer, mas então ele não é um marido fiel — disse Poirot em tom especulativo.

Rosamund, contudo, não rejeitou a afirmação.

— Não.

— E a senhora não se importa?

— Bom, em certo sentido, é divertido — disse Rosamund.

— No caso, ter um marido que todas as outras mulheres querem arrancar de você. Eu odiaria ser casada com um homem que ninguém queria... como a coitada da Susan. Greg é tão ridículo!

Poirot a analisava.

— E imagine caso alguém tenha tido sucesso... em roubar seu marido da senhora?

— Não teria — disse Rosamund. — Não agora — complementou.

— Quer dizer...

— Não agora que se tem o dinheiro de tio Richard. Michael se apaixona por estas coisinhas de um tal jeito... essa tal de Sorrel Dainton quase o amarrou. Queria ele para si. Só que o teatro sempre vem em primeiro lugar para Michael. Ele tem como se projetar agora, com tudo. Fazer as próprias peças. Fazer um pouco de produção e igualmente de atuação. Ele é ambicioso, entende, e ele é muito bom. Não como eu. Eu adoro atuar... mas sou canastrona, embora seja boa-pinta. Não, eu não me preocupo mais com Michael. Porque o dinheiro é meu, entende?

Os olhos dela encontraram tranquilamente os de Poirot.

Ele pensou em como era estranho que as duas sobrinhas de Richard Abernethie houvessem se apaixonado intensamente por homens incapazes de retribuir o amor. Ainda assim, Rosamund era incomumente bela e Susan era atraente e carregada de sensualidade. Susan precisava e agarrava-se à ilusão de que Gregory a amava. Rosamund, perspicaz, não tinha ilusão alguma, mas sabia o que queria.

— O sentido é que — disse Rosamund — eu preciso tomar uma grande decisão... quanto ao futuro. Michael ainda não sabe. — Seu rosto se curvou em um sorriso. — Ele descobriu que eu não estava fazendo compras naquele dia e está desconfiadíssimo em relação a Regent's Park.

— Mas o que é há com Regent's Park? — Poirot pareceu intrigado.

— Eu fui ao parque, veja bem, depois de Harley Street. Só para ficar caminhando e pensar. Naturalmente Michael pensa que, se eu fui lá, foi para me encontrar com um homem!

Rosamund deu um sorriso beato e complementou:

— Ele não gostou *mesmo*!

— Mas por que a senhora não iria a Regent's Park? — perguntou Poirot.

— Só para caminhar, o senhor quer dizer?

— Sim. A senhora nunca esteve lá?

— Nunca. Por que iria? *Para que* se vai a Regent's Park?

Poirot olhou para ela e disse:

— Para a senhora... nada.

Ele complementou:

— Eu penso, madame, que a senhora deve renunciar à mesa de malaquita verde e deixá-la para sua prima Susan.

Os olhos de Rosamund se arregalaram.

— Por quê? Eu *quero* a mesa.

— Eu sei. Eu sei. Mas a senhora... a senhora vai manter o marido. E a pobre Susan vai perder.

— Perdê-lo? Quer dizer que Greg está saindo com alguém? Eu não acreditaria que ele é capaz. Ele parece tão *fraco*.

— A infidelidade não é a única maneira de se perder um marido, madame.

— O senhor não está falando em...? — Rosamund ficou encarando Poirot. — O senhor não está achando que Greg envenenou tio Richard, matou tia Cora e deu uma "paulada" na cabeça de tia Helen, está? Que absurdo. Até *eu* sei que não é possível.

262   · AGATHA CHRISTIE ·

— Então quem foi?

— George, é claro. George é o desencaminhado. Ele está metido com algum golpe de câmbio... Quem me contou foram os amigos que estavam em Monte Carlo. Eu imagino que tio Richard ficou sabendo e ia tirá-lo do testamento.

Rosamund complementou com complacência:

— Eu sempre soube que foi o George.

Capítulo 24

O telegrama chegou por volta das dezoito horas.

Tal como havia sido solicitado, foi entregue em mãos, não por telefone, e Hercule Poirot, que estava há algum tempo nas redondezas da porta da frente, estava de prontidão para receber de Lanscombe assim que o último o recebeu do mensageiro da companhia de telégrafos.

Ele rasgou o envelope com precisão um tanto menor que sua usual. O telegrama consistia em três palavras e uma assinatura.

Poirot deu um enorme suspiro de alívio.

Então ele pegou uma nota de libra do bolso e entregou ao garoto estupefato.

— Há momentos — disse ele a Lanscombe — em que se deve abandonar a parcimônia.

— Sim, senhor, possivelmente — respondeu Lanscombe, educado.

— Onde está Inspetor Morton? — perguntou Poirot.

— O senhor policial partiu — falou Lanscombe com desgosto, sugerindo sutilmente que coisas como nomes de policiais eram algo impossível de lembrar. — O outro, acredito eu, está no escritório.

— Magnífico — disse Poirot. — Vou encontrá-lo imediatamente.

Ele deu mais um tapa no ombro de Lanscombe e disse:

— Coragem! Estamos chegando lá!

Lanscombe ficou um tanto pasmo, pois tinha em mente partidas e não chegadas.

Ele disse:

— Então o senhor não tem intenção de partir no trem das 21h30?

— Não perca as esperanças — disse Poirot.

Poirot tomou distância, depois deu meia volta e perguntou:

— Eu gostaria de saber... o senhor lembra quais foram as primeiras palavras que Mrs. Lansquenet lhe disse quando chegou aqui, no dia do funeral de seu amo?

— Lembro muito bem, senhor — replicou Lanscombe, com o rosto iluminado. — Miss Cora... perdão, Mrs. Lansquenet... por algum motivo, sempre penso nela como Miss Cora...

— É natural.

— Ela me disse: "Opa, Lanscombe. Há quanto tempo que você não leva merengues nas nossas cabaninhas". Cada criança tinha sua cabaninha... perto da cerca do parque. No verão, quando havia um jantar, eu levava merengues às daminhas e aos cavalheirinhos... os mais jovens, se me entende, senhor. Miss Cora, senhor, sempre teve grande apreço pela comida.

Poirot assentiu.

— Sim — disse ele —, foi o que pensei. Sim, era muito típico.

Ele entrou no escritório e encontrou Inspetor Morton, a quem entregou o telegrama sem dizer uma palavra.

Morton leu sem demonstrar reação.

— Não entendi uma só palavra.

— Chegou a hora de contar a todos.

Inspetor Morton abriu um sorriso.

— Você parece a donzela de um melodrama vitoriano. Mas já era hora de encontrar alguma coisa. Não consigo manter este acerto por muito tempo. O tal de Banks continua insistindo que foi ele quem envenenou Richard Abernethie e se gabando de que não vamos descobrir como ele fez. O que não consigo entender é por que sempre tem um sujeito que assume a culpa quando há um assassinato e sai

· DEPOIS DO FUNERAL ·   **265**

berrando que foi ele! O que eles ganham com isso? Nunca consegui entender.

— Neste caso, provavelmente proteger-se das dificuldades de ser responsável por si... em outras palavras, do Sanatório Forsdyke.

— Provavelmente iria para Broadmoor.

— Pode ser igualmente satisfatório.

— Mas *foi* ele, Poirot? A tal de Gilchrist veio com a história que já havia lhe contado e fecha com o que o Richard Abernethie disse da sobrinha. Se foi o marido, ela estaria envolvida. Por algum motivo, sabe, não consigo imaginar esta garota cometendo tantos crimes. Mas não há nada que ela não faria para dar cobertura a *ele*.

— Vou lhe contar tudo...

— Sim, sim, conte-me tudo! Pelo amor do Divino, conte de uma vez!

II

Desta vez, foi na grande sala de estar que Hercule Poirot reuniu sua plateia.

Havia deleite e não tensão nos rostos voltados a ele. A ameaça havia materializado-se na forma do Inspetor Morton e do Superintendente Parwell. Com a polícia encarregada do caso, questionando, pedindo declarações, Hercule Poirot, detetive particular, havia sido reduzido a algo que lembrava uma piada.

Timothy não estava longe de vocalizar a sensação geral quando comentou em *sotto voice* audível a sua esposa:

— Charlatão maldito! Entwhistle deve estar *caduco*! Só posso dizer isto.

Parecia que Hercule Poirot teria que dar duro para conseguir o devido efeito.

Ele começou com um tom levemente pomposo.

— Pela segunda vez, vou anunciar minha partida! Esta manhã proclamei que tomaria o trem das doze horas. No fim da tarde anunciei que pegaria o das 21h30... ou seja, imediatamente após o jantar. E parto porque não há mais nada para eu fazer aqui.

— Era o que eu dizia desde o início. — O comentário de Timothy continuava em evidência. — Nunca houve nada para ele fazer. A petulância desses camaradas!

— Originalmente, vim aqui para resolver uma charada. A charada foi resolvida. Permitam-me, primeiro, repassar vários pontos que foram trazidos à minha atenção pelo exímio Mr. Entwhistle.

"Primeiro, Mr. Richard Abernethie morre de maneira repentina. Em segundo lugar, após seu funeral, sua irmã Cora Lansquenet diz: 'Ele foi assassinado, não foi?'. Em terceiro, Mrs. Lansquenet é assassinada. A pergunta é: estes fatos fazem parte de uma *sequência*? Pois vamos observar o que ocorre a seguir: Miss Gilchrist, a acompanhante da falecida, é hospitalizada depois de comer um pedaço de bolo de casamento que continha arsênico. Este, portanto, é o passo *seguinte* na sequência.

"Agora, como lhes contei pela manhã, no curso das minhas investigações não encontrei nada, de fato nada, que pudesse substanciar a crença de que Mr. Abernethie teria sido envenenado. Igualmente, posso dizer, nada encontrei para provar de modo conclusivo que ele *não foi* envenenado. Mas, conforme avançamos, a situação fica ainda mais simples. Cora Lansquenet indubitavelmente fez aquela pergunta alarmante no funeral. Todos concordam com *aquilo*. E, indubitavelmente, no dia seguinte, Mrs. Lansquenet foi assassinada. O instrumento empregado foi um machado. Agora, examinemos a quarta ocorrência. O motorista do furgão dos correios local tem forte convicção... embora não venha a jurar pelo que diz... de que não entregou aquele pacote com

· DEPOIS DO FUNERAL ·   **267**

o bolo de casamento a seu modo usual. E, se for o caso, então este pacote foi deixado à mão e, embora não possamos excluir 'pessoa incógnita', temos que tomar noção particular dessas pessoas que estavam de fato no local e em condições de deixar o pacote onde foi encontrado subsequentemente. Foram: a própria Miss Gilchrist; Susan Banks, que veio naquele dia para a inspeção do cadáver; Mr. Entwhistle (ora, sim, temos que pensar em Mr. Entwhistle; lembrem-se que ele estava presente quando Cora fez o comentário inquietante!) E havia outras duas pessoas. Um senhor de idade que se apresentou como Mr. Guthrie, crítico de arte, e uma freira ou freiras que bateram mais cedo na porta para recolher donativos.

"Assim, decidi que começaria pela suposição de que a memória do motorista do furgão postal estava correta. Portanto, o pequeno grupo de pessoas sob suspeita deve ser analisado atentamente. Miss Gilchrist não se beneficiou de modo algum com a morte de Richard Abernethie e apenas em mínimo grau com a de Mrs. Lansquenet. Aliás, a morte da última a deixou sem emprego e possivelmente a deixou com dificuldades para conseguir novo emprego. Além disso, Miss Gilchrist foi levada a um hospital sofrendo de envenenamento confirmado por arsênico.

"Susan Banks, *sim,* beneficia-se da morte de Richard Abernethie e, em menor grau, da de Mrs. Lansquenet. Embora aqui a motivação deva ter sido, quase que certamente, garantias financeiras. Ela podia ter motivos para crer que Miss Gilchrist entreouviu uma conversa entre Cora Lansquenet e o irmão em que se tratou dela e, portanto, pode ter decidido que Miss Gilchrist deveria ser eliminada. Ela mesma, lembrem-se, recusou-se a dividir o bolo de casamento e também sugeriu que o médico só deveria ser chamado pela manhã, sendo que Miss Gilchrist teve que ser hospitalizada na mesma noite.

"Mr. Entwhistle *não* se beneficiava de nenhuma das mortes. Mas tinha controle considerável dos negócios de Mr. Abernethie, dos fundos de investimentos e poderia lhe haver motivo para Richard Abernethie não viver mais. Porém, vocês podem me dizer: se foi Mr. Entwhistle o envolvido, por que ele procuraria a *mim?*

"E a tanto eu vou responder: não é a primeira vez que o assassino fica tão seguro de si.

"Agora chegamos aos que chamo de dois forasteiros. Mr. Guthrie e uma freira. Se Mr. Guthrie for mesmo Mr. Guthrie, o crítico de arte, ele está a salvo. O mesmo se aplica à freira, se for uma freira de fato. A pergunta é: estas pessoas são quem dizem que são ou não?

"E eu devo dizer que pode haver um curioso... *tema,* pode-se dizer, de uma freira que atravessa todo este caso. Uma freira vem à porta da casa de Mr. Timothy Abernethie e Miss Gilchrist crê que é a mesma freira que ela viu em Lytchett St. Mary. Também uma freira, ou freiras, bateram aqui na véspera da morte de Mr. Abernethie..."

George Crossfield balbuciou:

— Três para um na freira.

Poirot prosseguiu:

— Assim, aqui temos certas peças da configuração: a morte de Mr. Abernethie, o assassinato de Cora Lansquenet, o bolo de casamento envenenado, o *tema* da "freira".

"Vou acrescentar certos detalhes ao caso que motivaram minha atenção:

"A visita de um crítico de arte, o cheiro de tinta a óleo, um cartão-postal de porto de Polflexan e, por fim, um buquê de flores de cera sobre a mesa de malaquita onde agora se encontra um vaso chinês.

"Foi ao refletir sobre estes aspectos que cheguei à verdade. A verdade que agora lhes contarei.

"Eu lhes contei a primeira parte esta manhã. Richard Abernethie teve uma morte abrupta. Mas não haveria motivo para

· DEPOIS DO FUNERAL ·   **269**

suspeitar de dolo, não fossem as palavras proferidas pela sua irmã Cora no funeral. *Toda a acusação quanto ao assassinato de Richard Abernethie jaz nestas palavras.* Em função delas, todos vocês acreditaram que havia ocorrido um assassinato. E vocês acreditaram não por causa das palavras em si, mas por conta do *caráter da própria Cora Lansquenet.* Pois Cora Lansquenet sempre foi famosa por dizer a verdade em momentos impróprios. Assim, a acusação pelo assassinato de Richard pendia não apenas sobre o que Cora havia *dito,* mas sobre *a própria Cora.*

"E agora chego à pergunta que me fiz de abrupto:

"O quanto vocês conheciam Cora Lansquenet?"

Ele ficou um instante em silêncio, e Susan aproveitou para fazer uma pergunta ríspida:

— Do que o senhor está falando?

Poirot prosseguiu:

— *Muito mal.* Esta é a resposta! A geração mais moça nunca a havia visto ou, se viu, apenas quando eram criancinhas. Havia, na verdade, apenas três pessoas presentes naquele dia que *conheciam* Cora. Lanscombe, o mordomo, que é velho e com sério prejuízo na vista; Mrs. Timothy Abernethie, que a havia visto poucas vezes, em torno da data do próprio casamento; e Mrs. Leo Abernethie, que a conhecia muito bem, mas que não a via há mais de vinte anos.

"Então eu me disse: 'Supondo que *não* tenha sido Cora Lansquenet quem veio ao funeral naquele dia?'."

— O senhor está dizendo que tia Cora... *não era* tia Cora? — Quis saber Susan, incrédula. — O senhor diz que não foi tia Cora a assassinada, mas outra pessoa?

— Não, não. Cora Lansquenet *foi* assassinada. *Mas não foi Cora Lansquenet* que veio ao funeral do irmão, no dia anterior. A mulher que veio naquele dia veio aqui com um propósito apenas: aproveitar-se, por assim dizer, do fato de que Richard morreu abruptamente. E para criar nas mentes de seus parentes a crença de que ele havia sido assassinado. O que ela conseguiu fazer com sucesso!

— Que absurdo! Por quê? Qual é o sentido? — falou Maude, áspera.

— Por quê? *Para tirar atenção do assassinato.* Do assassinato da própria Cora Lansquenet! Pois se Cora diz que Richard foi assassinado e no dia seguinte *ela mesma é assassinada,* as duas mortes estão fadadas a serem tratadas como causa e efeito. Mas se Cora foi assassinada e seu chalé é arrombado, e se o aparente latrocínio não convence a polícia, então eles vão procurar provas... onde? Perto de casa, não é mesmo? A desconfiança tende a recair sobre a mulher com quem ela divide a casa.

Miss Gilchrist interveio em um tom que quase sugeria inteligência:

— Mas... falando sério, Monsieur Pontarlier... o senhor não vai sugerir que eu cometeria um assassinato por um broche de ametista e por quadros imprestáveis?

— Não — disse Poirot. — Por algo a mais. Havia um destes quadros, Miss Gilchrist, que representava o porto de Polflexan e o qual, como Mrs. Banks teve a competência de perceber, havia sido copiado de um cartão-postal que mostrava o velho porto tal como ele era antigamente. Mas Mrs. Lansquenet sempre pintava de observação. Então eu lembrei que Mr. Entwhistle havia comentado que havia *cheiro de tinta a óleo* no chalé quando ele chegou lá. A senhorita sabe pintar, não sabe, Miss Gilchrist? Seu pai foi artista e a senhorita entende muito de quadros. Suponhamos que um dos quadros que Cora comprou barato em um bazar fosse um quadro de valor. Suponhamos que ela mesma não o tenha reconhecido como tal, mas a senhora sim. A senhora sabia que ela esperava, em pouco tempo, a visita de um velho amigo que era um conhecido crítico de arte. Então o irmão dela teve uma morte repentina... e um plano saltou à sua mente. É fácil lhe administrar um sedativo no café da manhã, que a manterá inconsciente pelo dia inteiro do funeral, enquanto a senhora mesmo se passasse por ela em Enderby. A senhorita conhece Enderby muito bem de ouvir ela falar. Ela, tal como é comum às pessoas em idade avançada, falava bastante sobre seus dias de infância. É fácil para a senhora comentar com o velho Lanscombe a respeito de merengues e cabaninhas que o deixarão seguro acerca de sua identidade caso ele se predisponha a duvidar. Sim, naquele dia a senhora usou muito bem o conhecimento que adquiriu sobre Enderby, com alusões a isto e aquilo e reativando memórias. Nenhum deles suspeitou que a senhora não era Cora. A senhora estava usando as roupas dela, com um pouco de enchimento, e, como Mrs. Lansquenet já usava um aplique de cabelo, lhe foi fácil fazer o mesmo. Ninguém via Cora há vinte anos... e em vinte anos as pessoas mudam tanto que é comum ouvir o comentário: 'Eu nem teria reconhecido!'. Mas as pessoas lembram de maneirismos, e Cora tinha certos maneirismos bem definidos, todos os quais a senhora ensaiou meticulosamente em frente ao espelho.

"E foi ali, estranhamente, que a senhora cometeu o primeiro erro. *A senhora esqueceu que a imagem do espelho é invertida*. Quando viu no espelho a reprodução perfeita do meneio lateral da cabeça de Cora, tal como um passarinho, a senhora não percebeu que na verdade estava meneando *para o lado errado*. A senhora viu, digamos assim, Cora inclinando a cabeça para a *direita*... mas esqueceu que, na verdade, sua cabeça ficou inclinada para a *esquerda* para reproduzir o efeito *no espelho*.

"Foi isso que confundiu Helen Abernethie e que a deixou preocupada no momento em que a senhora fez sua famosa insinuação. Algo pareceu 'errado' a Helen. Eu mesmo percebi na outra noite, quando Rosamund Shane fez um comentário inesperado, o que acontece em ocasiões assim. Todos, inevitavelmente, olham para *quem fala*. Portanto, quando Mrs. Leo sentiu algo 'errado', devia haver algo de errado com *Cora*

Lansquenet. Na outra noite, depois da conversa sobre imagens e espelhos e sobre 'ver-se', eu creio que foi Mrs. Leo quem fez experiências na frente de um espelho. O rosto dela não é particularmente assimétrico. Ela provavelmente pensou em Cora, lembrou de como Cora costumava inclinar a cabeça para a direita, fez isto e olhou no vidro... quando, é claro, a imagem parecia 'errada'... e ela percebeu, em um vislumbre, exatamente o que havia de errado no dia do funeral. Ela solucionou o enigma: ou Cora havia passado a inclinar a cabeça na direção oposta, o que é altamente improvável, ou *Cora não era Cora*. Nenhuma das opções fazia sentido, aparentemente. Mas ela se decidiu a contar sua descoberta a Mr. Entwhistle imediatamente. Alguém que estava acostumada a acordar cedo já estava de pé e a seguiu. Temendo as revelações que ela estava prestes a fazer, a senhora a atacou com um peso de porta robusto."

Poirot fez uma pausa e acrescentou:

— Eu posso lhe dizer neste momento, Miss Gilchrist, que a concussão de Mrs. Abernethie não foi séria. Em breve ela poderá nos contar esta história com a própria voz.

— Eu nunca fiz nada disso — rebateu Miss Gilchrist. — Tudo que o senhor falou são mentiras insidiosas.

— *Era* você naquele dia — disse, de repente, Michael Shane. Ele vinha estudando o rosto de Miss Gilchrist. — Eu devia ter visto antes... eu tive a sensação, um tanto vaga, de que já a havia visto em algum lugar... Mas é claro que nunca se dá atenção a... — Ele parou por ali.

— Não, ninguém se dá ao trabalho de prestar atenção em uma mera acompanhante — disse Miss Gilchrist. Sua voz hesitou um pouco. — Um burro de carga, uma trabalhadora doméstica! Quase uma criada! Mas prossiga, Monsieur Poirot. Prossiga com seu absurdo fantasioso!

— A sugestão de assassinato lançada no funeral foi apenas o primeiro passo, é claro — disse Poirot. — A senhora tinha mais de reserva. A qualquer momento, a senhora estava a postos para admitir que havia escutado uma conversa entre Richard e a irmã. O que ele disse a ela de fato, não tenho dúvida, era o fato de que ele não tinha muito tempo de vida, e isto explica uma frase misteriosa na carta que ele lhe escreveu após chegar em casa. A "freira" foi outra das suas sugestões. A freira ou, na verdade, freiras que bateram no chalé no dia da inspeção lhe sugeriram a referência a uma freira que estava "seguindo você", e a senhora usou este artifício quando estava nervosa para ouvir o que Mrs. Timothy estava dizendo à cunhada em Enderby. E também porque a senhora desejava acompanhá-la até lá e auferir por conta própria o nível de desconfiança. A propósito, *se* envenenar com arsênico, seriamente mas não fatalmente, é um recurso manjado... e devo dizer que ajudou a despertar as desconfianças do inspetor Morton quanto à senhora.

— Mas e o quadro? — perguntou Rosamund. — Que quadro era este?

Poirot desdobrou lentamente um telegrama.

— Hoje de manhã telefonei para Mr. Entwhistle, uma pessoa de respeito, e pedi para ir até a Granja Stansfield. Agindo sob jurisdição do próprio Mr. Abernethie — aqui Poirot deu uma olhada séria para Timothy —, ele foi conferir os quadros no quarto de Miss Gilchrist e escolher um do porto de Polflexan com o pretexto de trocar a moldura e fazer uma surpresa para Miss Gilchrist. Ele deveria levar o quadro de volta a Londres e tratar com Mr. Guthrie, o qual alertei por telegrama. O quadro do Porto de Polflexan, pintado às pressas, foi retirado da moldura e o quadro original ficou exposto.

Ele mostrou o telegrama e leu:

— *Definitivamente um Vermeer. Guthrie.*

De repente, com efeito eletrizante, Miss Gilchrist pôs-se a falar.

— Eu sabia que era um Vermeer. Eu *sabia*! *Ela* não sabia! Só falava de Rembrandt e de primitivistas italianos e era incapaz de reconhecer um Vermeer debaixo do próprio nariz!

Estava sempre tagarelando sobre arte! E não entendia de nada! Era uma porta de burra! Sempre divagando sobre esta casa! Sobre Enderby, sobre o que eles faziam quando eram crianças, sobre Richard e Timothy e Laura e todos os outros. Sempre deitada no dinheiro! Essas crianças que sempre tiveram o melhor do melhor. Vocês não sabem o tédio que é ouvir alguém falar sem parar de tudo isso, por horas e horas e dias e dias. E ter que dizer: "Ah, sim, Mrs. Lansquenet" e "É mesmo, Mrs. Lansquenet?", fingindo que está interessada. E muito entediada... entediada... *entediada*... E nenhuma expectativa quanto ao futuro... E de repente... um Vermeer! Eu vi nos documentos que, outro dia, um Vermeer foi vendido por mais de 5 mil libras!

— A senhora a matou, daquele modo brutal, por 5 mil libras? — A voz de Susan foi de incredulidade.

— Cinco mil libras — disse Poirot — teriam alugado e equipado uma *casa de chá...*

Miss Gilchrist virou-se para ele.

— Finalmente — debochou ela. — Finalmente o senhor *entendeu*. Era a única oportunidade que eu tinha. Eu *precisava* de um montante para investimento. — Sua voz vibrou com a força e obsessão do sonho. — Eu ia chamar de Palmeirinha. E teria pequenos camelos como suportes do cardápio. De vez em quando se encontra porcelana boa à venda... restos de exportação... não essas coisas horríveis, brancas, utilitárias. Eu ia começar por um bairro bom, onde viriam pessoas de bem. Eu havia pensado em Rye... quem sabe Chichester... Tenho certeza de que seria um sucesso. — Ela pausou por um minuto, depois acrescentou, pensativa. — Mesas de carvalho... e pequenas cadeiras de cestaria, com almofadas brancas de listras vermelhas...

Por alguns instantes, a casa de chá que nunca viria a ser pareceu mais real do que a solidez vitoriana da sala de Enderby...

Foi Inspetor Morton quem rompeu o encanto.

Miss Gilchrist virou-se para ele com educação.

— Ah, com certeza — disse ela. — Imediatamente. Não quero causar nenhum problema, é claro. Afinal de contas, se eu não posso ficar com a Palmeirinha, nada mais me importa...

Ela deixou a sala com ele, e Susan disse, ainda com a voz abalada:

— Nunca imaginei um assassinato *de senhorinha*. Que horror...

Capítulo 25

— Mas eu não entendi a parte das flores de cera — disse Rosamund.

Ela fixou Poirot com grandes olhos azuis e recriminadores.

Eles estavam no apartamento de Helen em Londres. Helen estava acomodada no sofá e Rosamund e Poirot a acompanhavam no chá.

— Eu não vejo o que *flores de cera* teriam a *ver* com o caso — insistiu Rosamund. — Ou com a mesa de malaquita.

— A mesa de malaquita, não. Mas as flores de cera foram o segundo erro de Miss Gilchrist. Ela falou de como elas ficavam bonitas na mesa de malaquita. E perceba, madame, que *ela* não teria como ter visto as flores. Porque elas haviam quebrado e haviam sido guardadas antes de ela chegar com Mr. e Mrs. Timothy Abernethie. *Portanto, ela só poderia ter visto quando esteve lá como Cora Lansquenet.*

— Mas que burrice da parte dela, não? — disse Rosamund.

Poirot apontou o dedo para ela.

— Isso lhe demonstra, madame, os perigos da *conversa fiada.* É uma crença profunda minha de que, se você pode induzir uma pessoa a conversar com você bastante tempo, *sobre o assunto que for,* mais cedo ou mais tarde essa pessoa se entrega. Miss Gilchrist entregou-se.

— Preciso ter cuidado — disse Rosamund, pensativa.
Então ela se avivou.

— Você sabia? Eu vou ter um bebê.

— Arrá! Então este é o sentido de Harley Street e Regent's Park?

— Sim. Eu estava tão incomodada e tão surpresa... que eu tinha que ir a algum lugar e *pensar*.

— Lembro que a senhora disse que isso não acontece com frequência.

— Bom, é mais fácil que não aconteça. Mas desta vez eu tinha que decidir quanto ao futuro. E eu decidi deixar os palcos para ser apenas mãe

— Um papel que lhe cabe de forma extraordinária. Já prevejo fotos deleitosas na *Sketch* e na *Tatler*.

Rosamund sorriu com alegria.

— Sim, é maravilhoso. Pois saiba que Michael está *encantado*. Não achei que ele fosse ficar.

Ela fez uma pausa e complementou:

— Susan ficou com a mesa de malaquita. Eu pensei que, como ia ter um bebê...

Ela deixou a frase inacabada.

— A loja de cosméticos de Susan promete — disse Helen. — Eu acho que ela está a postos para ser um sucesso.

— Sim, ela nasceu para o sucesso — afirmou Poirot. — Igual ao tio.

— Suponho que o senhor esteja falando de Richard — disse Rosamund. — Não de Timothy?

— Com certeza não estou falando de Timothy — respondeu Poirot.

Eles riram.

— Greg viajou, não sei para onde — disse Rosamund. — Foi para um retiro, segundo Susan?

Ela fez um olhar interrogativo para Poirot. O detetive não disse nada.

— Não consigo entender por que ele ficava dizendo que matou tio Richard — disse Rosamund. — O senhor acha que seria uma forma de exibicionismo?

Poirot voltou ao tópico anterior.

— Recebi uma carta muito afável de Mr. Timothy Abernethie — comentou ele. — Ele se expressou altamente satisfeito com os serviços que eu prestei à família.

— Eu acho tio Timothy um terror — respondeu Rosamund.

— Eu vou ficar com eles na semana que vem — disse Helen. — Parece que estão botando os jardins em ordem, mas ainda é difícil conseguir criadagem.

— Creio que eles têm saudade da terrível Gilchrist — sugeriu Rosamund. — Mas eu ouso dizer que, no final, ela também teria matado tio Timothy. Teria sido uma diversão!

— Assassinatos sempre lhe pareceram divertidos, madame.

— Ah! Não exatamente! — exclamou Rosamund, indecisa. — Mas eu *pensei* que tinha sido George. — Ela se animou. — Talvez um dia ele ainda cometa um assassinato.

— E vai ser divertido — falou Poirot com sarcasmo.

— Vai, não vai? — concordou Rosamund.

Ela comeu mais uma carolina do prato à sua frente.

Poirot virou-se para Helen.

— E a senhora, madame, de partida para o Chipre?

— Sim, daqui a uma quinzena.

— Então permita-me desejar uma ótima viagem.

Ele se curvou sobre a mão de Helen. Ela o acompanhou até a porta, deixando Rosamund nas nuvens, entupindo-se dos doces de confeitaria.

Helen disse sem aviso:

— Gostaria que soubesse, Monsieur Poirot, que o legado que Richard me deixou me significou mais do que os dele para qualquer dos outros.

— Tanto assim, madame?

— Sim. Veja bem... há uma criança no Chipre... a quem eu e meu marido éramos muito dedicados. Nossa grande tristeza era não termos filhos. Depois que ele morreu, minha solidão ficou impraticável. Quando eu estava trabalhando de enfermeira em Londres, no final da guerra, eu conheci uma pessoa... Ele era mais novo do que eu, casado, mas não era feliz. Vivemos juntos por um tempo. Foi só isso. Ele voltou para o Canadá... para a esposa e os filhos. E nunca ficou sabendo... do nosso filho. Ele não ia aceitar. Eu queria. Aquilo me pareceu um milagre... uma mulher de meia-idade com toda uma vida pregressa... Com o dinheiro de Richard, eu posso educar meu dito "sobrinho" e lhe dar uma oportunidade na vida. — Ela fez uma pausa. — Eu nunca contei a Richard. Ele tinha afeição por mim e eu por ele... mas ele não teria compreendido. O senhor sabe tanto de nós, de modo que pensei que gostaria que soubesse isso de mim.

Mais uma vez, Poirot se curvou sobre a mão de Helen.

Ele chegou em casa e encontrou a poltrona à esquerda da lareira ocupada.

— Olá, olá, Poirot — disse Mr. Entwhistle. — Acabo de chegar dos Assizes. Eles chegaram ao veredicto de Culpada, é claro. Mas eu não me surpreenderia se ela for parar em Broadmoor. Ela está totalmente fora da casinha desde que foi para a cadeia. Muito contente, sabe, e *deveras* graciosa. Passa a maior parte do tempo elaborando planos para uma rede de casas de chá. Seu empreendimento novo vai se chamar Lilasinhos. Ela vai inaugurar a primeira em Cromer.

— É de se questionar se ela não foi sempre louca? Da minha parte, acho que não.

— Pelo Bendito, não! Tão sã quanto você e eu quando ela planejou o homicídio. Que desempenhou com sangue frio. Ela tem uma cabeça boa por baixo da postura fofinha.

Poirot sentiu um calafrio.

— Estive pensando nas palavras que Susan Banks disse... — comentou ele. — Que ela nunca imaginaria um assassinato *de senhorinha*.

— Por que não? — disse Mr. Entwhistle. — Existe de tudo.

Eles ficaram em silêncio. E Poirot começou a pensar nos assassinos que conhecera...

Notas de
Depois do funeral

Este é o 43º romance policial de Agatha Christie e o 33º, entre romances e coletâneas de contos, estrelado pelo detetive Hercule Poirot. Foi publicado inicialmente em capítulos na revista do *Chicago Tribune,* nos Estados Unidos, entre janeiro e março de 1953, e na revista *John Bull,* no Reino Unido, no mesmo ano. Embora tenha sido publicado com o título original, *After the Funeral,* nos anos 1960 foi relançado na Inglaterra com o título *Murder at the Gallop.* Nos Estados Unidos, a primeira publicação em livro ganhou o nome *Funerals Are Fatal* [Funerais são fatais, em tradução livre].

Foi adaptado pela primeira vez para o cinema em 1963, estrelado por Margaret Rutherford. Foi intitulado *Murder at the Gallop* e substituiu o personagem de Poirot por Miss Marple, mudanças que não agradaram a Agatha Christie. O filme chegou a ser lançado no Brasil com o título *Sherlock de saias.* Em 2005, a história foi adaptada para a BBC Radio 4 e, em 2006, a história virou episódio da série *Agatha Christie's Poirot,* com David Suchet no papel principal, Lucy Punch (como Susan) e Michael Fassbender (como George).

Agatha Christie tinha o costume de inventar nomes de localidades quando suas histórias se passavam no interior inglês. Lytchett St. Mary, onde morava Cora Lansquenet, é mais um caso, assim como Cathstone, Wallcaster, Market Keynes, cidades próximas a Lytchett St. Mary, que também são fictícias.

Polflexan, o porto retratado em aquarelas de Cora Lansquenet, também não existe.

É notável no livro que a Inglaterra ainda está vivendo os efeitos da Segunda Guerra Mundial, que havia terminado há menos de oito anos na época da publicação. Vê-se repercussões como: a escassez de ovos, mencionada no capítulo 4 (que estavam na lista de alimentos racionados vigente até 1954); Miss Gilchrist tendo que fechar sua casinha de chá devido à economia fraca do pós-guerra; Poirot inventando uma história com refugiados; e as referências a "choque postergado", um diagnóstico atribuído a muitos soldados que voltavam da guerra e que hoje é mais conhecido como transtorno de estresse pós-traumático.

No capítulo 6, Mr. Entwhistle cita diversos assassinos reais ao pensar em como devem ser os "processos mentais" de um facínora. Todos são nomes de assassinos ingleses do início do século XX: Frederick Seddon (1872-1912) envenenou uma inquilina com arsênico. George Joseph Smith (1872-1915) matou pelo menos três mulheres. "Rowse" e "Armstrong" referem-se à mesma pessoa, Herbert Rowse Armstrong (1869-1922), um advogado que envenenou a esposa e tentou matar um rival da profissão. Edith Thompson (1893-1923) matou o marido junto ao amante. Por fim, a enfermeira Dorothea Waddingham (1899-1936), que matou vários pacientes idosos.

Em relação a assassinos e assassinatos fictícios, o universo de Christie é citado algumas vezes em *Depois do funeral*. "Nunca esquecerei o assassinato de Lorde Edgware", Poirot diz no capítulo 12, lembrando a trama de *Treze à mesa* (1933). Mr. Goby, o personagem central ao capítulo 12, aparece ou é citado em pelo menos outros quatro livros de Christie desde *O mistério do trem azul* (1928). Poirot recorre à figura esquisita quando quer saber o que as ruas dizem sobre os suspeitos.

E o sonífero Slumberyl, embora inventado para o livro, viria a figurar em outro livro de Christie: *Cai o pano* (1975).

As "freiras que na verdade eram quinta-colunas que saltavam de paraquedas", caso que Miss Gilchrist menciona no capítulo 19, faz referência a um mito que circulou muito na Inglaterra durante e depois da Segunda Guerra. Como freiras andando pelas ruas eram uma visão comum, acreditava-se que os alemães podiam andar infiltrados pelo país disfarçados como as mulheres de fé.

Assim como em vários livros de Christie, abundam as referências a William Shakespeare. Poirot torce para que o assassino seja "incapaz de resistir a dourar ouro de lei", tal como diz o Conde de Salisbury em *Vida e morte do Rei João* (ato IV, cena 2). É Poirot, mais uma vez, que referencia *Hamlet* ao comparar Rosamund a Ofélia diante do lago no capítulo 23 e, logo depois, ao citar o ato 5, cena 1 de *O mercador de Veneza*: "Nunca me deixa alegre a suave música". Os outros personagens não parecem tão adeptos de Shakespeare, mas têm suas referências artísticas. *A herança Voysey* de que Michael Shane fala no capítulo 19 é uma peça do dramaturgo inglês Harley Granville-Barker (1877-1946) do início do século XX, na qual, ao receber grande herança, um homem descobre todas as maracutaias que sua família ocultava. Por fim, um dos elementos que ajuda Helen Abernethie a fazer o raciocínio que leva, ao fim, à solução do assassinato é uma frase do poema "To a Louse, On Seeing One on a Lady's Bonnet at Church", do escocês Robert Burns (1759-1956): "Oh, o presente que os deuses poderiam nos dar / O de nos ver como os outros nos veem".

Este livro foi impresso pela Ipsis, em 2024, para
a HarperCollins Brasil. O papel do miolo é pólen
bold 70g/m², e o da capa é couchê 150g/m².